FEGORIA

DUNKLE STUNDEN

DU BIST ALLES, WAS ICH WILL.

Fegoria

Dunkle Stunden

von

Annika Kastner

ISBN: 978-3-947115-28-0
Erstausgabe im Februar 2021

Verlag
Booklounge Verlag, Sabrina Rudzick
Johann-Boye-Str. 5, 23923 Schönberg
www.booklounge-verlag.de
Coverbild: @ konradbak – Can Stock Photo Inc

Druck
Bookwire GmbH, Frankfurt am Main

Bibliografische Information der Deutschen Nationalbibliothek: Die Deutsche Nationalbibliothek verzeichnet diese Publikation in der Deutschen Nationalbibliografie; detaillierte bibliografische Daten sind im Internet über http://dnb.dnb.de abrufbar.

Hallo mein lieber Leser und ein herzliches Willkommen zurück in Fegoria.

Wenn du diesen Band in den Händen hältst, heißt das, dass wir gemeinsam schon ein großes Abenteuer bis hierher erlebt haben. Hast du mit Alice geweint, mit Crispin gelitten oder dich um Topas gesorgt? Schlägt dein Herz für Noam und Cian?

Danke, dass du dieses Abenteuer mit mir zusammen erlebst. Alice und Crispin brauchen jede Unterstützung, die sie bekommen können, denn der Tag des letzten Kampfes naht unweigerlich.

Oh, fast hätte ich es vergessen: Du weißt doch, wie sehr ich Widmungen liebe. Ich widme dieses Buch jedem, der sich schon einmal gewünscht hat, das Wunderland zu sehen und nie aufgehört hat, zu träumen. Außerdem meinem wundervollen Mann Philipp und meinem Sohn Joshua – mein persönliches Happy End. Meinen besten Freundinnen Sylvia, Cosima und Andrea. Egal, wann oder wie spät es ist, immer seid ihr da und ich habe euch wahnsinnig lieb.

INHALTSVERZEICHNIS

EINS

Kalte Gischt spritzt mir ins Gesicht. Mühsam öffne ich meine Augen, die durch das Salzwasser verklebt sind, und schaue mich blinzelnd um. Mein gesamter Körper fühlt sich zerschlagen und bleischwer an, als hätte mich ein Bus bei voller Fahrt erwischt und anschließend gewendet, nur um sicher zu gehen, dass ich auch tatsächlich platt bin. Mühsam unterdrücke ich ein Stöhnen, als ich mich schließlich vorsichtig bewege. Es ist ein Wunder, dass ich überhaupt eingeschlafen bin, doch die Ereignisse haben ihren Tribut gefordert und meinen Körper in den Ruhezustand versetzt – die Heilung braucht Kraft und Zeit. Beides Dinge, die mir gerade ziemlich fehlen. Wäre ich noch ein Mensch, daran hege ich keinen Zweifel, wäre ich dort gestorben. Ich erinnere mich an alles, was geschehen ist, jedes Detail, was dazu geführt hat, wie ich hier auf diesem rauen Felsen mitten im Meer gelandet bin. Die Rückblicke sind nicht grausamer als jenes, was mir widerfahren ist. Erinnerung an den Elbenprinzen, der sein Leben riskiert hat, um mich abermals in seine Gewalt zu bringen, was sich jedoch am Ende dieses Weges gar nicht als Entführung, sondern als Rettung entpuppt hat. So viele Lügen, so viel Leid ... so viel, was ich erst jetzt verstehe. Er, von dem ich bis vor kurzem gedacht habe, dass er mein Feind wäre und in dessen Arm ich endlich wieder Ruhe finde. Oh, wie falsch ich doch vor ein paar Stunden noch gelegen habe, mit törichter Blindheit geschlagen. Scham durchflutet mich, heiß und lodernd. Ich erinnere mich deutlich an den Hass, ach was, die blanke Wut, die ich empfunden habe, als ich ihn auf dem Fest Auge in Auge gegenübergestanden habe. Der züngelnde Zorn, den ich verspürt habe, den Wunsch, ihn auf der Stelle zu töten. Bei unserem Kampf in den Höhlen hätte ich es getan, wenn ich es gekonnt hätte. Ganz bestimmt! Und dieses Wissen raubt mir fast den Verstand. Gut, dass ich keinen Erfolg gehabt habe und das Schicksal mir gnädig gewesen ist. Wir gehören zusammen, unser Schicksal ist eins, das spüre ich bis in Mark und Bein. Jetzt, wo es beinahe zu spät ist und die Wirkung der faulen Zauberei nachlässt, sehe ich klarer. Sein Weg, ist mein Weg. Wie habe ich dies vergessen können, ihn vergessen? Wie soll ich damit leben, was ich getan habe? Ausgerechnet ihm, den ich über alles liebe? Ich erinnere mich an die Bestien, die dort oben, weit über uns, in den Felsen hausen, und meinen Rücken im unerbittlichen Kampf bis auf die Muskeln aufgerissen haben – jedenfalls fühlt es sich im Moment so an. Es ist mir ein Rätsel, wie ich mich auf den Beinen hab halten können. Ohne Crispin wäre ich dort zugrunde gegangen. Nur ihm ist es zu verdanken, dass ich noch atme. Er, dieser sture Prinz, der bis zum letzten Atemzug für uns kämpfen würde.

Das Salzwasser brennt wie Feuer auf meiner verletzten Haut, doch ich heiße den Schmerz willkommen, er lenkt mich von meiner inneren Qual ab. Warum ist es nur soweit kommen? Haben wir nicht etwas Glück verdient? Seit ich in diesem Land lebe, habe ich mehr Gewalt erfahren, als ein Mensch erfahren sollte. Aber ... ich bin kein Mensch. Es liegen noch Jahrhunderte vor mir und ich bete zu den Göttern, dass diese den Schmerz und die Scham fortspülen wie die Wellen mein Blut von diesem Felsen unter mir. Ich drücke mich fester an Crispins warmen Körper, suche Trost. Mich in Sicherheit zu wiegen, da er hier bei mir ist, hilft mir ungemein. Crispin ist gekommen – für mich. Mein Seelengefährte, mein Schicksal. Seine Arme schließen sich enger, besitzergreifender um meinen Rumpf. Mein Herz pocht wild in meiner Brust. Wie kann er mich nach all dem noch lieben? Er ist der Stärkere von uns beiden, schon immer gewesen, und ich lerne langsam, diese Welt aus seinen Augen zu sehen. Meine alte Welt verblasst stündlich mehr, denn mein Leben hier ist so völlig fern von dem, was ich kenne. Hart und gnadenlos, zudem voller Wunder. Dort draußen auf dem Wasser hätte ich beinahe aufgegeben. Ja, ich habe genug gehabt, das gebe ich zu. Dieses Wissen macht mich nicht stolz, aber es ist ein Moment der Schwäche gewesen. Ich bin bereit gewesen, zu gehen, all das hinter mir zu lassen, damit er sich hätte retten können. Nein, er ist es, der uns am Leben hält, der uns nicht aufgibt und dafür bin ich ihm unendlich dankbar. Mein Weg ist noch nicht zu Ende. Asta hat das, was wir haben und jenes, was uns verbindet, zerstören wollen, doch Crispin ist durchaus mächtiger oder einfach nur dickköpfiger – es trifft letztlich beides auf meinen Gefährten zu ... Diesen arroganten, selbstherrlichen und doch liebevollen, fürsorglichen Elbenprinzen, der vor Widersprüchen nur so trotzt. Er hat sein Versprechen gehalten, ist für mich bis ans Ende der Welt gegangen, hat sich unseren Widersachern alleine gestellt, nur um mich zurückzufordern. *Ich werde schützen, was mein ist, und du bist die meine, Alice.* Das sind einst seine Worte an mich gewesen. Nein, der Prinz der Elben ist nicht mein Feind. Es ist, als hat das Wasser eine heilende Wirkung gehabt und mein Blutverlust dazu beigetragen, den Trank zu vernichten. Alles wird plötzlich viel klarer, ergibt einen Sinn. Erinnerungen durchfluten mich. Er ist so viel mehr, das spüre ich tief in mir. Die Liebe meines Lebens. Wir sind verbunden, wir sind eins. Seit Tagen fühle ich mich das erste Mal als ein Ganzes. Als wäre ein wichtiges Puzzleteil, welches gefehlt hat, nun wieder an seinen Platz gerückt. Zusammen ergeben wir ein Bildnis. Ich vertraue ihm. Seit der Ring fort ist, sehe ich klarer, bin gleichzeitig wütend auf mich selbst, dass sie mich so haben täuschen können. Aber ich weiß auch, dass ich keine Chance gegen Asta und Castiell gehabt habe. Gott weiß, wie ich mich gewehrt, dennoch kläglich versagt habe, und damit nicht nur mich, sondern ebenfalls Crispin in Gefahr gebracht habe. Das wird mir kein zweites Mal passieren. Ab jetzt bin ich wachsamer.

Crispin zieht mich enger an sich und versucht, mich vor den Tropfen des tosenden Wassers mit seinem Körper zu schützen, doch dies ist unmöglich, egal wie sehr er sich bemüht. Das Meer wütet um uns herum und er weigert sich, ohne mich an Land zu schwimmen. Er ist so stur wie ein alter Ochse. Es macht mich wütend und glücklich zugleich. Ich möchte nicht von ihm getrennt sein, will jedoch, dass er sich rettet. Nur er allein hätte eine reale Chance zu überleben. Aber nein, nun sitzen wir beide hier fest, denn meine Verletzung hindert mich daran, durch das aufgewühlte Meer an Land zu kommen. Er wird keineswegs packen, mich bis dahin mitzunehmen, völlig gleich, was er behauptet. Ich erzittere. Sein Körper schafft es nicht, mich zu wärmen, der kalte Wind und das Meer sind eine unerbittliche Kombination, die gegen ihn arbeitet. Vor allem da ihm nicht mal ein Hemd geblieben ist, weil ich es trage. Nicht, dass es etwas nützt, im Gegenteil, es ist sogar triefend nass.

Gnadenlos sorgt die raue See dafür, dass wir nicht wirklich trocknen. Das Salz fühlt sich unangenehm auf meiner Haut an. Der Kampf mit der Chimäre, oben im Schloss, hat uns bis an unsere Grenzen gebracht. Auch ihm merke ich die Strapazen deutlich an. Er ist nicht weniger zerschunden als ich. Sein Bein, bis auf die Muskeln aufgetrennt, heilt ebenso dürftig wie mein Rücken, doch er beschwert sich unter keinen Umständen. Nie. Seit Stunden verharren wir hier. Jedenfalls gehe ich von Stunden aus, eine Uhr gibt es nicht. Zeit hat hier eine andere Bedeutung. Die Sonne steht hoch am Himmel, die Nacht ist längst vorbei, doch die Gefahr nicht, sie ist greifbar. Eine Uhr ... In ganz Fegoria kennt man sie nicht, aber ich erinnere mich wieder an eine Welt, in der es Uhren gibt, deren Zeiger uns unerbittlich jagen, unsere Tage planen und für einen geordneten Ablauf sorgen. Das fehlt mir. Doch hier, in dieser fremden Welt, läuft es anders. Ich erinnere mich nicht an alles aus dieser Welt, doch es wird immer mehr. Crispin sagt, es läge an einem Trank, den sie mir verabreicht haben. Die Wirkung wird gänzlich verschwinden, sobald mein Körper sich regeneriert hat. Bald – einige Stunden, vielleicht Tage, dann werde ich wieder alles wissen. Sein Wort in Gottes Ohr.

Wenn ich die letzten Stunde Revue passieren lasse, ist es ein Wunder, dass wir beide überhaupt noch leben. Daraus kann ich nur schließen, dass er recht behält und die Götter Pläne mit uns haben. Ob sie so gut sind, wage ich nicht, zu urteilen. Aber wie heißt es so schön, die Hoffnung stirbt zuletzt, oder? Meine Gedanken schweifen umher. Tief ziehe ich die salzige Luft in meine Lungen. Mein Leben hat sich so sehr verändert. Es ist wie ein ferner, unwirklicher Traum und manchmal habe ich Angst, dass ich einfach erwache. Ich liege in den Armen eines Elben, einem echten Wesen mit spitzen Ohren und einem unsterblichen Leben. Ich bin eine Albin. Herr Gott, dazu der Feind der Elben und doch lieben wir uns. Ich bin kein Mensch mehr. Verfluchte Scheiße. Ich bin eine Albin, wiederhole ich für mich selbst nochmal. Meine Ohren sind ebenfalls spitz. Spitze Ohren!!! Das ist … nicht verrückter als alles andere, was ich hier erlebe. Nie wieder werde ich in einem Café sitzen, einen Muffin mit Schokoglasur bestellen oder einen Kinofilm sehen. Dafür das Schwert schwingen und hoffen, dass sie eines Tages eine Dusche erfinden. Oh, noch besser eine Toilette. Was für eine Traumvorstellung. Crispins Nase reibt über meinen Nacken, lenkt mich ab. Ich spüre seine warmen Lippen, die einen leichten Kuss auf meine kühle Haut hauchen. Tausend Schmetterlinge fangen in meinem Bauch an, zu tanzen. Das wilde heiße Feuer in mir, ist in seiner Gegenwart eine warme friedliche Flamme, wie ein Drache, der sich zur Ruhe gelegt hat. Es fühlt sich richtig an, als sollte ich genau hier sein, bei ihm. Der Ring an meiner Hand, den Asta mir gegeben hat, weil er angeblich den Zauber der Elben unterbindet, ist fort. Mit ihm die Lügen. Er ist in den Höhlen geblieben oder ins Meer gespült worden, ich weiß es nicht. Tatsächlich hat dieses kleine Metallteil meine Erinnerungen zusammen mit dem verfluchten Trank blockiert. Sie haben mich und alles, was mich ausmacht, zerstören wollen. Das macht mir schreckliche Angst, denn sie hätten sicherlich Erfolg gehabt. Sie haben mich reingelegt. Mit Gewalt, wie ich jetzt weiß, aber dennoch ist mir bewusst geworden, dass auch eine dunkle Seite in mir wohnt. Eine, wäre mein Weg ein anderer gewesen, mein Ich hätte sein können. Mir wird schlecht bei dem Gedanken, was Grimm heute Nacht mit mir vorgehabt hat. Hart schlucke ich und verbiete mir, diesen Gedanken weiterzuführen. Crispin ist rechtzeitig bei mir gewesen, das ist alles, was zählt. Er hat es verhindert. Seine Küsse werden all das fortspülen, was Grimm hinterlassen hat. Die Kälte, die Verzweiflung ... Ich weiß aus eigener Erfahrung, wie hart und brutal er und sein Vater sein können. Zahlreiche blaue Flecke auf meinem Körper sprechen Bände Ich erinnere mich wieder, wie ich gegen sie gekämpft habe, doch ich bin zu schwach gewesen. Einzig mit einem Stab aus Holz habe ich mich ihnen gegenübergestellt. Glühend und lodernd brodelt der Hass in mir, wenn ich an Asta denke. Hass ist ein starkes Gefühl. Mächtig. Er verdient schlimmeres als den Tod.

Mein Blick wandert hinauf. Ich blinzle einige Male. Nach dem Sprung von den Felsen, auf der Flucht vor der Chimäre ins aufgewühlte Meer, harren wir also weiter aus, bis Crispin Vernunft annimmt oder ein Wunder geschieht. Beides soll mir recht sein, obwohl ich das Wunder bevorzuge. Wir haben so viel geschafft, es wäre unfair, wenn es jetzt endet. Nicht so. Aber uns läuft die Zeit davon. »Crispin?« Meine Stimme klingt heiser. Ich unterdrücke ein weiteres schmerzvolles Stöhnen.

»Ja, kleiner Schmetterling?« Sofort richtet er sich auf, winkelt seine Arme an, wirkt sehr besorgt, während ich mich ihm zudrehe. Er ist so stark. Ich hasse es, Angst in seiner Stimme zu erkennen. Durch mich hat er dieses Gefühl erst kennengelernt. Jemand wie er hat keine Angst. Nicht so, wie er sie ausstehen hat müssen. Er hat nie eine Gefährtin gewollt, weil es seine Schwachstelle wäre, und selbst damit behält er recht. Hier bin ich und all das zeigt, dass seine Befürchtung wahr geworden ist. Ich schwäche ihn, und genau das werden sich seine Gegner zunutze machen. Eine feuchte Strähne fällt ihm in sein markantes Gesicht, auf dessen Wangen sich ein dunkler Bartschatten gebildet hat und von Kratzern übersät ist. Es verleiht ihm etwas Gefährliches und Hartes, was mein Herz noch ein wenig mehr klopfen lässt. Trotz meiner Schmerzen kann ich nicht umher, festzustellen, wie attraktiv er ist. Er hat seine Tunika, so gut es geht, um meinen Rumpf gebunden, um die Blutung zu stoppen. Wenn ich ihm Glauben schenken darf, hat die Heilung bereits begonnen. Es fühlt sich nicht so an, aber mein Vertrauen hat er. Albe und Elben heilen schneller, dem Himmel sei Dank. Ein dünnes, rotes Rinnsal treibt trotzdem noch vom Felsen ins Meer. Bei meinem Glück wimmelt es gleich vor Haien. Mörderische Fegoria-Monsterhaie. Ich bin sicher, so etwas gibt es hier. Die Krallen der Chimäre haben mich schwer erwischt, doch immerhin haben wir ebenfalls eines dieser Biester in die ewigen Jagdgründe schicken können. Ich bin zwar ein echter Tierfreund, doch bei diesem Vieh hört es wirklich auf.

»Du musst gehen und mich zurücklassen, das muss dir bewusst sein, Crispin. Wenn wir beide bleiben, sterben wir. Noch schlimmer: Grimm oder die Chimäre entdecken uns«, flüstere ich, schaue ihm direkt ins Gesicht … Wobei mir ein schneller Tod durch die Chimäre lieber wäre als eine Ewigkeit mit Grimm. Crispin presst mürrisch die Lippen aufeinander, seine Miene nimmt einen störrischen Ausdruck an. Er wird nicht nachgeben, das weiß ich, und jenes Wissen macht mich verrückt. Will er hier mit mir sterben? Ja, die Antwort liegt auf der Hand. Mir ist bewusst, dass Diskussionen zwischen uns noch nie leicht gewesen sind. Wir sind beide dickköpfig und stur, nicht gerade unsere besten Eigenschaften.

»Niemals. Vorher sterbe ich mit dir hier draußen, Alice. Verlange alles, nur nicht das. Ich schaffe es nicht mehr und bin am Ende meiner Kräfte, was das angeht Nichts und niemand wird uns trennen. Genug ist genug Schau dich und mich an, uns bekommt es nicht, wenn wir dies versuchen. Und ohne dich habe ich keinen Grund mehr, weiter zu machen. Wofür sollte ich noch kämpfen? Gehst du von dieser in die nächste Welt, werde ich dir folgen. Dann soll es so sein. Ich bin all das leid. Diese Sorge, die Ängste und die Schmerzen, die du erdulden musst. Es ist mir gleich, was mit mir geschieht, Alice, aber ich kann es nicht ertragen, dich gepeinigt zu sehen. Sie fügen mir keine körperlichen Schmerzen zu, doch wenn ich weiß, dass du leidest, verletzt es mich an anderer Stelle.« Er zeigt auf sein Herz. Mein Mund ist nur noch eine harte Linie. Ich sage ja, er wird nicht nachgeben.

»Genau, wir werden auch sterben, wenn du nicht zur Vernunft kommst. Wir beide, Crispin. Du kannst es schaffen, ich nicht. Sei doch mal eine Sekunde realistisch. Dein Volk braucht dich. Mein Rücken ... Ich glaube, das Vieh hat etwas Wichtiges kaputtgemacht. Meine Muskeln ...«

»Das wird heilen, Alice. Du bist eine Albin. Das bringt dich nicht um. Es regeneriert bereits, das habe ich dir längst mitgeteilt. Gib dir noch etwas mehr Zeit. Wir haben es so weit gebracht. Reiß dich zusammen, verflucht. Du bist eine Kriegerin, du bist stark. Ja, mein Volk zählt auf mich, aber was brauche ich? Ich kenne die Antwort und deswegen bin ich hier, nicht bei meinem Volk, also belasse es dabei. Du bist robust, das wissen wir beide. Dein Überleben ist relevant für mich und unsere Zukunft. Für die Zukunft Fegorias. Aufgeben kommt für jemanden wie dich nicht infrage. Enttäusche mich nicht.«

Ich lache auf. »Und so lange willst du hier ausharren? Tage? Wir haben diese Zeit nicht, du Sturkopf. Ach was, ein Esel bist du. Du kannst noch so sehr drauf beharren, diesmal bist du im Unrecht, was du eigentlich weißt, du willst es nur keinesfalls zugeben. Diesen Kampf wirst du nicht gewinnen. Dieses Mal nicht. Lass mich zurück und rette dich. Meinst du nicht, sie werden uns früher oder später auch hier suchen? So viel Zeit kann Elil uns kaum verschaffen.« Crispins Augen scheinen Blitze zu versprühen. Er beißt die Zähne fest aufeinander, mahlt sie geradezu. Mutig strecke ich meine Hand aus und streiche dem Mann, den ich vor Stunden noch für meinen Widersacher gehalten habe, die widerspenstige Strähne aus dem Gesicht. Alles in mir schreit danach, ihn zu küssen ihm diesen störrischen Ausdruck vom Gesicht zu wischen. Mein Körper verzerrt sich nach ihm.

»Es ist nicht an der Zeit, uns voneinander zu verabschieden, Alice. Egal, was du sagst, es wird meine Meinung nicht ändern. Dann sterben wir hier, gemeinsam.«

Es fühlt sich vertraut an, ihn zu berühren. Ich möchte nichts lieber, als für immer in seinen Armen liegen. Seine Brust hebt und senkt sich schnell. Er ist verärgert. Sauer auf mich, erbost auf die Welt und vermutlich darauf, dass ich recht habe. Versteht er denn nicht, dass ich nicht aufgeben, sondern ihn retten will, so wie er mich stets rettet? Warum räumt er sich dieses Recht ein und verwehrt es mir? An ihm sehe ich ebenso Spuren des Kampfes: seine zerrissene Hose, die mit rostroten Flecken übersät ist, seine aufgeplatzte Lippe, das blau unterlaufene Auge, welches jedem Preisboxer Ehre machen würde. All die Blessuren und Kratzer, verteilt auf seinem muskulösen Körper, den ein Bildhauer nicht besser hätte erschaffen können, und doch wirkt er stark und unerschütterlich. Leider auch wild entschlossen. Grimm, dieser verfluchte ... Was wäre passiert, wäre ich länger dortgeblieben? Wäre aus mir ebenso ein Monster geworden, wie er eines ist? Wäre ich verloren gewesen? Mit mir all das, wofür wir kämpfen wollen? Ich empfinde Scham, wie ich mit den zwei Alben gesprochen habe, die zu meiner Familie gehören. Familie. Ich habe hier Angehörige meines Blutes. Ich bin nicht allein. Was rede ich, jenes bin ich sowieso nicht. Crispin, Cian, Noam. Sie sind ebenso meine Familie wie Alliaria und Elil. Die Erinnerungen schmerzen. Jede, die wiederkehrt, ist ein Dolchstoß in mein Herz.

Ich schaue dem Mann in die Augen, zu dem ich mich so hingezogen fühle und der mich momentan schrecklich wütend macht, weil er nicht hören will. Gerade, als er etwas erwidern will, lässt uns eine Stimme zusammenzucken. »Störe ich?« Eine weibliche Stimme, die vergnügt klingt, ertönt. Ich fahre erschrocken herum. Violette Augen funkeln mich an, gehören zu einer bildschönen grünhaarigen Frau, die sich mit den Ellenbogen auf dem Felsen abstützt. Obwohl die Wellen ungebändigt peitschen, wirkt es bei ihr, als hätte sie nicht ansatzweise Schwierigkeiten, sich dort zu halten. Elegant streckt sie ihre langen Arme von sich, ehe sie ihren Kopf in die Handflächen legt und uns dabei lieblich zublinzelt.

Ihre roten Lippen öffnen sich zu einem Lächeln, entblößen spitze Zähne, die mich erschaudern lassen. Ich rücke von ihr ab. Eine Nixe oder täusche ich mich? Meine Mutter ist wie sie gewesen und doch fröstelt es mich bei ihrem Anblick. Unwillkürlich gleite ich mit meiner Zunge an meinen Zähnen entlang. Gott sei Dank ertaste ich nichts Spitzes. Wo kommt sie plötzlich her? Wer ist sie? Eine Flosse lugt hinter ihr aus dem Wasser. Meine Augen weiten sich überrascht. Ja, ich habe recht, eine Nixe. Dunkel erinnere ich mich an die Schlacht in Escher und an Hände, die Orks ins Wasser gezogen haben. Es schüttelt mich abermals. Nixen sind gefährlich. Das sind Kelalans Worte gewesen, als er mir die Wesen Fegorias erklärt hat. Meine Mutter ist nicht gefährlich gewesen, oder? Wobei, hier in Fegoria ist jeder ein potenzieller Feind.

»Ich gestehe, euch zuzusehen, ist irgendwie erotisch und beschämend zugleich. Ihr wirkt so verzweifelt, wollt euch für den anderen aufopfern und dennoch sind die Blicke zwischen euch glühend. Was geschieht nun? Paart ihr euch? Ich habe nicht so recht gewusst, wann ich in euren Kampf gegen das Ertrinken eingreifen soll. Das Beobachten hat mich amüsiert, wenn ich ehrlich bin. Ich liebe es, dabei zuzusehen, wie einem Wesen die Luft ausgeht, das Herz allmählich aufhört zu schlagen, und sie langsam untergehen, um den Meerestieren Nahrung zu bieten. Ein wunderbares Schauspiel. Es erquickt mich jedes Mal. Eure dünnen schwachen Beinchen, wie sie gezappelt haben ... Ihr seid so hilflos im Wasser.« Sie blickt mich aus ovalen Augen an. »Von dir habe ich mehr erwarte, Tochter des Meeres. Immerhin teilen wir uns gleiches Blut. Wie auch immer, ihr habt es ja gemeistert, obwohl ich mir etwas mehr Zeit als nötig gelassen habe.« Lange schlanke Finger mit krallenartigen Nägeln kratzen vor mir kleine Steine vom Felsen und verursachen dabei ein Geräusch, welches mich noch näher an Crispin heran rutschen lässt.

ZWEI

Meine Arme schließen sich fester um Alice‘ zierlichen Körper. Es fühlt sich befriedigend an, wie sie sich näher an mich drückt, während ich Triel nicht aus den Augen lasse. Diese mustert Alice eindringlich, ehe sie sich mir zuwendet. Sie leckt sich über die spitzen Zähne, mustert meinen Körper ungeniert von Kopf bis Fuß. Mich lässt dies zwar kalt, aber Alice verspannt sich merklich. »Oh, was für ein schöner Mann du bist. Nackt noch schöner als in Rüstung verhüllt. All diese harten Muskelstränge … Äußerst appetitlich und vielversprechend. Da hat sich das Warten gelohnt, du Leckerbissen. Dein Glück, dass deine Gefährtin dabei ist, denn wir Nixen können im Liebesspiel sehr überzeugend sein. Das vergisst kein Mann so schnell. Was müsste ich tun, damit ich den Rest von dir sehen darf? Die lästige Hose ist ohnehin nur noch ein Lumpen. Fort damit, Prinz, amüsiere mich. Mir steht der Sinn nach einer Unterhaltung der anderen Art.«

»Wie kann sie es wagen?«, murrt Alice leise, mehr zu sich selbst als zu mir. Was mich ebenfalls beruhigt: Sie widerspricht Triel nicht. Auch wenn in den letzten Stunden viele ihrer Erinnerungen zurückgekommen sind, weiß ich nicht genau, wo wir stehen oder was sie fühlt.

Gib nie etwas vor den Nixen preis, sie würden es gegen dich verwenden, denke ich. Mir gefällt es, dass Alice bedacht handelt, dazugelernt hat – anders als vor Monaten. Sie schaut die Nixe vor sich so finster an, als würde sie mit dem Gedanken spielen, ihr für ihre Worte die Haut abzuziehen. Mittlerweile würde ich ihr dies sogar zutrauen. Diese Welt hat sie verändert. Das Wissen, dass sie eifersüchtig ist, imponiert mir, schmeichelt meinem Herzen und meinem Selbstwertgefühl. Dass Alice sich erinnert und aufgehört hat, gegen mich anzukämpfen, lindert den Schmerz in mir. Ich klammere mich an das Wissen, dass alles so wird wie vorher. Ich spüre, wie sie sich mir wieder öffnet, meine Nähe sucht und ihre Blicke voller Liebe, aber auch voller Trauer und Scham sind. Der Trank lässt nach. Ich vermute, die Verletzungen tragen ihren Teil dazu bei, der Blutverlust spült es fort – ihr Körper muss sich schneller regenerieren, dadurch wird zudem der Trank zügiger abgebaut.

»Sprich dich aus, Schwester des Meeres.« Durchaus interessiert hebt Triel die Augenbrauen. Sie ist gefährlich, man darf sie nicht unterschätzen. Mein ganzer Körper ist wachsam und angespannt.

»Lass deine Spielchen, Triel. Sie ist gerade nicht sie selbst und geschwächt. Sie ist durch einen Trank geblendet, ein fauler Zauber. Sie ist die meine, ich der ihre. Es besteht keine Hoffnung für dich, sich mit uns zu paaren. Heute nicht und an keinem anderen Tag.«

»Langweiliger Elb!« Sie schmollt, jedoch nicht lange. »Beschreibe den Trank!«

Ich schiebe Alice hinter mich, schütze sie mit meinem Körper. Auch wenn ich Triel kenne, Nixen sind nie harmlos und ihr neugieriger Blick behagt mir nicht. Ich bin vor geraumer Zeit dabei gewesen, als sie ihren Opfern die Haut vom Körper gerissen haben, mit ihren Zähnen bei lebendigem Leib. An ihren Fingern klebt mehr Blut als an meinem Schwert. Sie tötet aus purem Vergnügen, das unterscheidet uns. »Er blockierte Teile ihrer Erinnerung, lässt hingegen bereits nach. Wie du siehst, es gibt nichts für dich zu holen«, erläutere ich sachlich. »Was machst du hier, Triel, außer dich an unserem Leid zu laben?«

»So unfreundlich? Tsss ... Spitzohrprinz ... Lerne, dich zu beherrschen, oder ich lasse dich zurück und rette nur sie. Es wäre zwar eine Verschwendung, aber ... Ich ziehe es in Erwägung.«

»Du willst uns retten? Zu welchem Preis?« Ich bin äußerst achtsam, Nixen leisten keine Gefälligkeiten. Niemals! Sie sind einzig auf ihr eigenes Wohl aus.

»Wir haben Alice ein Angebot zu machen, es würde selbst dich aus dieser misslichen Lage befreien.«

»Wie lautet das Angebot?« Ohne zu erfahren, wie hoch der Preis für diese Rettung ist, werden wir dem Handel nicht zustimmen. Ich beobachte mein Gegenüber genau, jede noch so kleine Regung ihres Gesichtes.

»Das, mein lieber Prinz, wird euch Jade erklären, denn sie wartet auf dich und deine kleine Halbnixe.« Wieder lächelt sie Alice an. Allerdings wirkt dieses Lächeln nicht echt, sondern aufgesetzt. Es verursacht mir eine Gänsehaut. Nein, Triel hat Pläne und hier läuft etwas im Hintergrund. Wir dürften diesem Handel nicht akzeptieren, das weiß ich ganz sicher. »Aber vorher will ich dir helfen, statt mich an deinem Leid zu erfreuen, Prinz der Elben. Ich habe heute einen großzügigen Tag.«

Alice greift nach meiner Hand, als Triel sich aus dem Wasser hebt, die lange Flosse wird dabei zu zwei langen schlanken Beinen. Das Wasser perlt an ihnen ab, tropft vor ihren Beinen auf den Stein. Ich stehe ebenfalls auf, überrage dabei die Nixe um mehr als einen guten Kopf, wie ich befriedigend feststelle und eisig auf sie hinabblicke. »Du kannst die Flossen einfach gegen Beine tauschen und laufen? Ich habe immer gedacht, es nimmt eine gewisse Zeit in Anspruch, um dies zu können.« Ich bin beileibe überrascht. Das zeigt abermals, wie listig sie sind.

Sie legt den Finger auf ihren Lippen. »Psst ... Es gibt

Dinge, über die sollte man nicht sprechen. Geheimnisse gibt man nicht preis. Tarnung, Täuschung – auch du kennst das, Hoheit. Also schweige, sonst muss ich dich töten. Es bietet uns Schutz. Wir werden oft unterschätzt, da man denkt, wir sind nur im Wasser gefährlich. Dabei können wir ohne Probleme des Nachts euch die Kehle durchschneiden, wenn uns danach beliebt. Vergiss das nie, wenn du an einem Gewässer rastest. Ich offenbare mich auch nicht dir, Prinz, sondern ihr, meiner Schwester. Sie ist ein Teil von uns. Ihr steht es zu, dies zu wissen, ehe sie eine Wahl trifft.« Eine Wahl? Wovon redet sie? Meine Augen verengen sich zu Schlitzen. Sie schreitet auf Alice zu, reicht ihr die Hand. »Stehe auf, Tochter des Meeres! Ich werde dir helfen.«

»Ich ...«, zögert Alice, schaut mich an. Sie traut Triel ebenso wenig wie ich. Unsicherheit blitzt in ihren Augen auf.

»Was hast du vor Triel? Was wird es uns kosten?«, verlange ich nochmals, zu erfahren. Alice steht mit zittrigen Beinen auf, ich stütze sie achtsam. Sie muss sich ausruhen, heilen. Das alles ist zu viel für ihren geschwächten Körper.

»Schweig, Elb! Dies geht nur uns Schwestern etwas an.« Sie legt den Kopf schief. In ihren nassen Haaren klimpern Muscheln, die dort eingearbeitet sind.

»Hüte deine Zunge, Nixe«, mahne ich sie, woraufhin

sie erbost in meine Richtung faucht, ehe sie den Blick zu Alice richtet. Alice streicht sich ihr Haar aus dem Gesicht, während ich mich hinter sie stelle und meine Hand auf ihr Kreuz lege, damit sie weiß, dass ich da bin. Und nicht nur das, ich bin bereit, jederzeit einzuschreiten.

»Ich werde ihren Körper reinigen. Sie muss bei vollem Verstand sein, wenn sie sich für uns entscheidet«, teilt Triel mir kryptisch mit, was mir nicht gefällt, daher runzle ich Stirn provokativ.

»Keine falschen Spielchen, mein Schwert funktioniert einwandfrei«, lasse ich Triel trocken wissen, was sie mit einem Zischen und gefletschten Zähnen kommentiert. Soll mir dies Angst machen? Wenn ja, hat sie keinen Erfolg. Ihr Kopf würde schneller auf dem Grund des Meeres landen, als sie bis drei zählen kann.

»Du wagst es, Elb?«, knurrt sie aufgebracht. Das hinterfragt sie noch? Ich wäre durchaus gewillt, weitaus mehr zu riskieren, um Alice zu schützen, daher umgreife ich mein Schwertknauf herausfordernd und weiche Alice nicht von der Seite.

»Es ist okay, Crispin«, haucht Alice, strafft dabei ihre Schultern. Sie hat eine Entscheidung getroffen, die mir vermutlich nicht gefallen wird. »Meine Mutter, sie ist wie du gewesen, oder? Eine Nixe. Jedenfalls habe ich das gehört.«

Triel nickt. »Lass mich die Reste des Giftes, welches dich verwirrt, entfernen, Schwester. Danach offenbare ich dir, weshalb ich hier bin. Öffne deinen Mund.«

»Was ...«, setze ich an, um etwas zu fragen, doch Triel hält die Hand hoch und verlangt offensichtlich, dass ich schweige. Sie beugt sich vor, bis ihr Mund genau vor Alice‘ Lippen verweilt.

Triel mustert sie. »Mund auf!« Zögernd kommt Alice ihrer Aufforderung nach. Triel legt ihre schlanken Hände, mit Schwimmhäuten zwischen den Fingern, an ihre Wangen an und schließt die Augen. Das Meer um uns herum scheint kurz still zu stehen, ehe die Nixe tief einatmet. Alice verkrampft sich, umgreift ihren Hals, während ich sie stütze.

»Aufhören!«, fahre ich Triel an, während das Meer um uns herum zu stürmen beginnt. Mit aller Kraft stemme ich mich gegen die wilde Gischt. Triel ignoriert mich, ihr Blick ist starr auf Alice gerichtet. Blaue Tropfen treten aus ihrem Mund hervor, wie kleine Perlen schweben sie um uns herum, vermehren sich zusehend. Ein beachtlicher Wirbel, der sich mit der Gischt vermischt und einen wilden Tanz aufführt, entsteht innerhalb weniger Sekunden. Als Triel den Mund schließt, fällt alles mit einem lauten Platsch zu Boden. Das Meer spült den Rest des Zaubers fort. Mein Herz pocht eigenartig schnell. Ich wage es kaum, Alice anzusehen. Ist sie wieder ganz die Alte? Erinnert sie sich an alles? Dies würde so vieles erleichtern.

»Der Zauber ist schon fast aus ihrem Körper heraus gewesen. Die Reste sind nun vollkommen fort. Gib mir dein Schwert, Prinz!« Triel hält die Hand auf, schaut mich fordernd an.

»Niemals.« Meine Knochen knacken, so fest umklammere ich den Griff. Auch wenn ich ihr dankbar bin, lebensmüde bin ich nicht.

»Prinz?« Sie schaut finster drein. Ihre geöffnete Hand verlangt weiterhin stumm mein Schwert.

Alles in mir kämpft dagegen an. Ich kenne Triel, aber vertraue ich ihr? Nein, die Antwort ist klar. Kann ich ihr einen kurzen Moment trauen? Womöglich. Wer sagt mir, dass sie das Schwert nicht gegen uns richten wird? Anderseits, bräuchte sie es? Sie kann uns hier so oder so verrotten lassen. Ich bin im Zwiespalt. Mir ist bewusst, dass unsere Chancen gerade schlecht stehen, doch ich werde einen Ausweg finden, den finde ich immer. Ich habe schon unter schlechteren Umständen überlebt, wenn auch nur um mein eigenes Leben und nicht das meiner Gefährtin.

Alice wendet sich mir zu, legt ihre schlanke Hand zärtlich auf meine Wange. Alles in mir zieht sich vor Sehnsucht zusammen. Zu lange sind wir getrennt gewesen. »Vielleicht müssen wir ihr vertrauen, Crispin. Ich fühle mich ... besser. Wirklich. Es ist, als würde sich in meinem Kopf eine große Nebelwand lichten. Stück für Stück sehe ich mehr Bilder, die sich langsam zusammensetzten. Ich sehe ... dich. Uns. Ich sehe und fühle so vieles ...« Sie unterbricht sich selbst, schluckt hörbar. »Sie hat recht. Der restliche Zauber verflüchtigt sich. Ich erinnere mich an unsere ersten Treffen, glasklar. Vor einer Minute ist es noch verschwommen gewesen, schemenhaft.«

All das überfordert sie emotional. Das erkenne an ihrem unglücklichen Gesichtsausdruck. Und wenn ich ehrlich bin, mich auch. Ich drücke sie an mich, schließe eine Sekunde die Augen, ehe ich mein Wort an die Nixe richte. »Ich vertraue niemanden mehr«, teile ich ihr mit, wage es, auf mein Gefühl zu hören, welches mich zur Vorsicht ermahnt. »Sprich, was du von uns willst oder verschwinde.«

Triels Lächeln ist plötzlich kalt wie Eis. Wissend blitzen ihre Augen auf. »Du bist schlauer, als gut für dich ist, Prinz. Oder soll ich sagen: König, der sich erheben möchte? Oh ja, wir sind nicht unwissend. Auch uns kommt zu Ohren, dass du eine Armee versammelst und dich von deinem Vater losgesahnt hast. Nur warum? Was planst du?« Sie schaut von mir zu Alice. »Mein Blut, ist dein Blut, Schwester. Ich kann euch retten, wenn du mein Angebot annimmst. Du bist wie ich, eine Nixe. Du solltest nicht an Land bei einem Elben leben, das ist deiner unwürdig. Lass dein Erbe erwachen, mögest du eine Tochter des Meeres werden und die Götter dir deine Flossen schenken. Lass dich nicht durch etwas wie Liebe beherrschen, denn sie macht schwach. Entscheide dich für uns, für Macht. Jedes Wesen wird vor dir erzittern. Du brauchst diesen Mann nicht.« Ich presse die Zähne aufeinander, knurre leise. Es ist richtig gewesen, ihr das verfluchte Schwert zu verweigern. Vermutlich hätte sie es mir in den Leib gerammt. Triel beachtet mich nicht. Wie kann sie es wagen? Statt unser Band zu würdigen, versucht die halbe Welt, es zu zerstören. Sehen sie nicht, welche Chance sich uns auftut? Sind sie des Wahnsinns, es so mit Füßen zu treten? Was glauben sie, wie viele Chancen die Götter uns noch gewähren? »Gibt mir deine Hand!« Triels Augen funkeln, während die Wellen immer stärker peitschen, als würde das Meer sie anfeuern. Ich bereue keine Sekunde, auf mein Gefühl gehört zu haben. Hinterlistig. Bösartig. Ich habe es geahnt. Ich hebe den Blick, mustere Triel, die raubtierhaft lächelt. »Still, Spitzohr!« Sie legt ihren Finger auf die Lippen.« Ich werde mein Blut mit meiner Schwester teilen, somit den Teil des Meeres in ihr erwecken. Niemand lehnt dieses großartige Geschenk ab. Sie hat das Recht, zu wählen, und sich gegen dich und dieses verfluchte Band zu entscheiden. Wir Nixen wollen keine Gefährten, wir wollen Macht. Es liegt uns im Blut, wir lieben die Furcht und das Töten. Liebe? Lächerliche, widerwärtige Schwäche.«

Ich schütze Alice mit meinem Körper, trete entschlossen vor. »Niemals.«

»Nur so werde ich auch dich retten. Lass sie gehen, kehre in dein altes Leben zurück und gib mir, was uns gehört. Sie gehört zu meinem Volk, du zu deinem.«

»Sie gehört zu mir«, fauche ich.

Triel richtet ihren Blick auf Alice. »Das Wasser erkennt dich als seine Tochter an. Jede Nixe muss von einer anderen gesegnet werden, um in die Schwesternschaft aufgenommen zu werden. Du wirst dein Blut mit meinem vereinen. Unter Wasser wirst du nie wieder Angst haben müssen, zu ertrinken. Du wirst ewig leben, mächtig und stark sein. Allerdings ist die Entscheidung endgültig. Wählst du uns und deine Flosse, ist es dir untersagt, weiter an Land zu leben. Es ist dir auch untersagt, dich mit ihm abzugeben. Wir sind dann dein Leben. Du bist somit ein Teil von etwas Größerem. Wähle uns und verlasse dieses Spitzohr, der ohnehin unter deiner Würde ist.«

Plötzlich dämmert es in meinem Kopf. »Ihr Nixen

wollt euch einen Trumpf sichern! Meine Gefährtin in euren Reihen würde euch mehr Sicherheit verschaffen als jedes Bündnis, welches ihr aushandeln könntet. Jade weiß, dass ich Alice nicht verletzen würde, es nie könnte.« Ich lache hart auf. Sie halten sich für so clever. Triel zischt erbost. Ich habe sie durchschaut. Es geht ihr nicht um Alice, nein, sie wollen einzig Schutz. Alice wirkt leicht panisch, gar verwirrt. Sie hat Angst vor den Konsequenzen dieses Erbes. Sie ist wie erstarrt, bringt kein Ton hervor, dabei sehe ich, wie es in ihr arbeitet.

»Es obliegt ihr alleine, ob sie sich uns anschließt, oder sich von uns abwendet. Lasst es mich so sagen: Die meisten von uns wählen weise oder sterben. Was soll sie an Land, an der Seite eines Prinzen ohne Heimat, wo sie eins der gefürchtetsten Wesen der Meere werden könnte und das mit mehr Liebhabern, als sie zählen kann?«

»Wage es nicht, uns zu drohen!«

»Ich will das nicht.« Alice unterbricht uns und wir beide schauen sie überrascht an.

»Sei nicht töricht, Mischling. Niemand von uns paart sich mit anderen Rassen. Schon gar nicht mit dem Ziel, ein Kind zu zeugen. Deine Mutter ist naiv und einfältig gewesen, geblendet durch dieses Geschwätz eines Gefährten. Du bist nur zur Hälfte eine Nixe. Statt dich zu töten, bieten wir dir Macht. Es ist eine Ehre, dass wir dir dieses Angebot unterbreiten. Hingegen eine Schandtat, sich mit einem Alb fortzupflanzen, denn es verwässert unser Erbe. Doch bist du hier, an der Seite eines Spitzohres, verwässerst unser Erbe noch mehr. Wir bleiben stets unter unseresgleichen. Wir wollen keine Gefährten. Sie sind hinderlich und schwächen uns. Es ist gut, dass dieses Band ausgelöscht worden ist. Wir verabscheuen Schwäche. Wir verabscheuen Gefährten. Unsere Männer sind uns unterlegen. Findet einer von uns einen Gefährten, so zögern wir nicht, ihn zu töten, mit Freude. Ich würde ihm die Kehle ausreißen und verspeisen.«

»Nun, das klingt ... nicht besonders romantisch.« Alice rückt noch näher an mich heran. Ihr Zittern beschert selbst mir eine Gänsehaut. Besitzergreifend lege ich meine Hand auf ihren Bauch, spüre ihren nassen Körper an meiner nackten Brust. Sie wirkt entschlossen und strafft die Schultern.

Triel lacht auf. Offenbar amüsiert es sie. »Glaube mir, Wesen, die willig sind und sich mit uns vergnügen, an denen mangelt es uns nicht. Solltest du dich entscheiden, bei uns zu bleiben, wirst du es sehen. Du wirst viele fügsame Opfer finden, die sich dir bedingungslos hingeben. Du wirst frei wählen können. Horche in dich hinein. Spürst du die Sehnsucht nach Macht?«

Ich versteife mich augenblicklich. Alleine der Gedanke, dass jemand Hand an Alice legen könnte, lässt mich rotsehen. »Einen Trollmist wird sie, das weißt du, Triel. Sie ist nicht wie du, seelenlos. Hiermit darfst du unser Bündnis als beendet ansehen. Wie kannst du es wagen, mich so hintergehen zu wollen? Soll Castiell euch doch ausrotten, um keine von euch wäre es schade.« Ich spucke vor ihr auf die Erde.

Alice legt ihre Hand auf meine, dreht sich um und schaut zu mir auf. Ihr Blick ist fest, zielbewusst. Sie nickt mir zu, lächelt schwach. »Ich weiß, wer und was ich bin, Crispin, und wo mein Platz ist. Ich sehe so klar, wie lange nicht mehr. Vielleicht verstehe ich zum ersten Mal wirklich, was wir sind und was uns verbindet. Womöglich bin ich anfangs wie du gewesen, habe es nicht glauben wollen oder können, doch jetzt weiß ich es. Sie könnte nichts sagen, was meine Meinung oder Gefühle zu dir beeinflussen oder ändern würde.« Sanft legt sie ihre Hand auf meine Wange, mein Kiefer mahlt angespannt. »Es tut mir so leid, dass du wegen mir leiden musst. Verzeih mir! Ich habe dir so wehgetan ... Verflucht, ich habe dich sogar umbringen wollen. Ehrlich, ich erinnere mich an die Wut, die ich auf dich gehabt habe, doch trotz allem bist du gekommen und hast mich gefunden. Du bist alles, was ich will. Ich würde immer wieder dich wählen.« Ehe ich antworten kann, oder meine Sprache wiederfinde, richtet sie ihr Wort an Triel. »Ich habe meine Entscheidung bereits getroffen, meine Bestimmung ist Crispin. Ich wähle ihn. Jetzt, morgen und für alle Zeit. Immer. Dein Angebot beschämt mich, wo du unsere Geschichte zu kennen scheinst. Deine Überheblichkeit widert mich an. Ich weise dein Geschenk dankend zurück. Wenn ich so ein Leben wollen würde, hätte ich auch bei den Alben bleiben können. Du ahnst nicht, was dir entgeht, indem du dich gegen einen Gefährten wehrst.«

»Willst du mich beleidigen? Ich würde ihn auf der Stelle töten, wenn ich ihn finde«, zischt Triel aufgebracht. Ihre Augen funkeln voller Zorn. Sie kann offenbar nicht glauben, dass Alice mich statt ihrer wählt.

Ich hingegen atme erleichtert auf. Alice' Worte haben etwas in mir gelöst. Eine Last fällt mir von den Schultern, zentnerschwer. Ein kleiner Teil von mir hat die Furcht verspürt, sie könnte sich von mir abwenden, und nach allem, was sie an meiner Seite erlebt hat, einen anderen Weg einschlagen. Ich hätte es ihr nicht verdenken können. Der egoistische Teil in mir hätte nie aufgehört, um sie zu kämpfen. Zum ersten Mal hat sie sich vollends zu mir bekannt, zu unserer Verbindung. Das macht mit meinem Herz ganz verrückte Dinge ... Es pocht wild und die animalische Seite in mir möchte sie an mich reißen und in die Welt hinausschreien, dass sie nur mir gehört. Alice stellt sich auf die Zehenspitzen, unsere Lippen treffen sich. Es fühlt sich an, als würde auch ich nach Hause kommen. Endlich. Oh, bei den Göttern, sie hat mir so sehr gefehlt. Sie hat mir nie geglaubt, dass diese Verbindung besteht, doch jetzt, nach all dem, begreift sie es, obwohl ich mir gewünscht hätte, dass sie dafür nicht solche Qualen erleben muss.

In mir pulsiert unsere Verbindung vor wilder Freude. Alice' warmen Lippen auf den meinen, weich und unnachgiebig. Ich weiß, dass sie nicht lügt, sie wieder die ist, die ich an diesem furchtbaren Tag, an dem man sie entführt hat, verlassen habe. Fegoria ist nicht sanft, das weiß ich. Fegoria ist eine Welt, in der nur die Stärksten überleben. Dies hat mich bisher nie gestört, da ich mich zu den Stärkeren zähle. Genau das ist der Punkt: Ich bin robust und werde mein Glück selbst suchen. Meine Gegner sollen sich fürchten, denn ab sofort wird mich nichts mehr aufhalten, mein Schicksal zu erfüllen – mit Alice an meiner Seite.

Jetzt verstehe ich, was das Rankenwesen damit gemeint hat, dass dies meine Mission wäre, Alice alleine zu befreien. Es ist meine Aufgabe, mein Test, mich würdig zu erweisen. Würdig, sie zu lieben, und qualifiziert, für all das zu kämpfen, was wir anstreben. Ich bin daran gewachsen und sehe vieles klarer als zuvor. Ich betrachte die Alben durch die Begegnung mit Elil vollkommen anders. Alice behält ebenfalls recht, ich habe das Ganze zu schwarz-weiß gesehen. Albe sind für mich mein Geburtsfeind. Zuvor habe ich nie mit einem gesprochen oder ihnen die Chance gegeben, sich mir zu erklären. Nicht, dass sie es gewollt hätten, doch mit Alice' Ankunft scheint ein Stein ins Rollen gebracht worden zu sein, der nicht mehr zu bremsen ist. Fegoria ist im Wandel. Mir ist eingetrichtert worden, dass Albe von Grund auf verdorben und böse sind, jenes habe ich geglaubt. Wie oft ist mir dieses Bild auf den Schlachtfeldern bestätigt worden ... Es gibt nicht nur schwarz und weiß, auch Grautöne, wie Alice so schön sagt. Diese habe ich gesehen und verstehe ihre Denkweise nun. Ich habe meinen Stolz herunterschlucken, Hilfe annehmen und mein Wissen erweitern, meine Persönlichkeit entfalten und mich finden müssen. Der Mann, der ich sein will, nicht der, den mein Vater geformt hat. Ich denke, ich habe jetzt ein Bild davon, wer ich bin und wer ich sein möchte, nicht wer ich sein muss. Ja, ich bin der König, widerwillig, aber ich werde meinen Platz akzeptieren, weil es mein Schicksal ist. Fegoria hat eine Zeit des Friedens verdient. Alice hat ebenfalls eine weitreichende Entscheidung getroffen und das Erbe ihrer Mutter abgelehnt. Nun müssen wir in die Zukunft blicken, die die Götter für uns vorhergesehen haben – gemeinsam.

DREI

Ich möchte nie aufhören, Crispin zu küssen. Niemals wieder. Gefühle drohen, mich zu überwältigen, und es fühlt sich an wie eine Erlösung. Sein Duft umfängt mich, er riecht nach Wald, gemischt mit rauer See und nach ... ihm, nach Crispin, nach Heimat.

Wie habe ich jemals an ihm zweifeln können? Allein die Erinnerung an die Wut, die ich verspürt habe, als wir gekämpft haben, und der Wille, ihn zu verletzen ... Ich schäme mich so fürchterlich, aber ich schwöre, ich werde es gutmachen. Ich möchte mich am liebsten tausendmal entschuldigen. Meine Hände liegen auf seiner warmen Brust, unter der sein Herz kräftig schlägt. Der Blick aus seinen eindringlichen Augen ist forschend und liebevoll, sein oft so störrischer Mund zu einem leichten Lächeln verzogen.

Triel muss verrückt sein, wenn sie denkt, ich würde dies aufgeben. Sie ahnt nicht mal, wie sich ein Gefährte anfühlt, sonst würde sie nicht so reden. Dieses Empfinden ist mit nichts vergleichbar, was ich bisher erlebt habe. Unmöglich. Crispin aufzugeben, würde bedeuten, dass ich einen Teil von mir selbst vernichte. Nein, hier gehöre ich hin, zu diesem Mann, und ab jetzt werde ich nicht mehr zurückbleiben oder warten. Nein, ich werde kämpfen und noch härter als zuvor trainieren!

»Schade, sehr schade. Ein Versuch ist es wert gewesen. Was bietet ihr mir stattdessen für eure Rettung an?« Triel wirkt ungeduldig, noch immer zornig. Sie ist nicht bereit, aufzugeben. Crispin hingegen lächelt in unseren Kuss hinein. Er scheint zufrieden zu sein.

»Kleiner Schmetterling, das hat mir gefehlt. Nichts gegen dein kriegerisches Geschick, aber so ist es mir lieber«, flüstert er leise, nur für mich hörbar. Wir lösen uns widerwillig voneinander. Triel macht einen Kopfsprung ins Wasser, taucht sogleich mit peitschender Flosse wieder auf und spritzt uns mit voller Absicht nass. Nun gut, damit kann ich leben. »Was? Sollen wir auf dir reiten?«, provoziert Crispin, was sie erbost zischen lässt.

»Bin ich ein Delfin? Wage es nicht, so respektlos mit mir zu reden, Prinz. Sonst werde ich dich ertränken, sobald sich mir die Chance bietet. Du treibst es bis an meine Grenzen, verfluchter Elb. Das schwöre ich bei den Göttern. Du überspannst den Bogen deutlich. Dass eine von uns lieber dich wählt als uns, grenzt an einen Frevel. Ich weiß nicht, wie Jade dies aufnehmen wird. Sie wählt dich, ein lumpiger Elb, statt uns! Für jeden anderen Mischling wäre dies das Todesurteil.«

»Oh, da ist jemand empfindlich. Man kann nicht immer gewinnen, Triel. Was kostet unsere Rettung? Sprich!« Crispin scheut nicht davor, sie weiter zu reizen. Ihre Drohung übergeht er, denn Triel würde es nicht wagen, mich in seiner Gegenwart anzugreifen. Egal, was sie sagt, sie kennt seinen Ruf. Jeder kennt ihn.

»Ich bringe euch einzeln. Erst Alice, dann ...«, erklärt sie, doch mein Gefährte tritt vor, schiebt mich besitzergreifend hinter sich, strafft seine breiten Schultern.

»Niemals! Nicht in tausend Jahren lasse ich Alice allein mit dir gehen. Für wie närrisch hältst du mich? Einen Fehler macht man einmal, in meinem Fall ein zweites Mal, so töricht wie ich gewesen bin. Aber nein, kein drittes Mal. Es kostet mich stets tausende Jahre meines unsterblichen Lebens und wahrscheinlich werde ich sogar der erste Elb mit grauen Haaren sein. Wir werden uns nicht trennen. Dir traue ich nicht. Ich sehe nicht mal mehr unser Bündnis als solches an. Ihr habt mich betrügen wollen. Hinterhältiges Pack! Du drohst Alice und jetzt soll ich sie mit dir gehen lassen? Für wie dümmlich hältst du mich, Nixe?«

»Also, wenn ich ehrlich bin, stimme ich ihm ausnahmsweise zu. Das endet meist böse für mich, insofern ich mich von ihm trenne. Und ... ich vertraue hier niemanden mehr außer ihm. Anscheinend haben sämtliche Völker komische Pläne mit mir, davon habe ich die Nase gestrichen voll. Wir gehen zusammen, oder du kannst ohne uns gehen. Wir finden einen Ausweg, den finden wir immer. Wir brauchen dich nicht.« Die Worte klingen mutiger, als ich mich fühle. Innerliche zittere ich wie Espenlaub. Er blickt mich verwundert an, doch ich schenke ihm ein Lächeln. »Was?« Bei diesem entgeisterten Blick steigt ein gurgelndes Kichern in mir auf.

»Du stimmst mir zu? Oh Gott, du bist du falsche Albin oder es passieren tatsächlich noch Wunder!«

»Oje, seid ihr immer so anstrengend?« Triel spritzt uns abermals nass. Sie wirkt mehr als ungeduldig. Vermutlich würde sie uns lieber fressen, als weiter zu verhandeln.

»Verliebte Wesen sind mir ein Graus. Es macht sie schwächlich, widerlich weich. Prinz, bei unserem ersten Treffen hast du mir besser gefallen. So rau und hart, unnachgiebig mit einem Hauch Verzweiflung. Das ist männlich gewesen, aber jetzt ...«

Was bildet dieses Fischfilet sich eigentlich ein? »Wie gut, dass es nicht deine Sorge sein muss, wie erotisch mein Gefährte ist, denn du wirst nie das Vergnügen haben, ihn zu erforschen«, zische ich durchaus erbost.

»Man sollte den Tag nie vor dem Abend loben, Mischlingsverräterin.« Sie spielt mit mir, das wird mir umgehend klar. Und leider hat sie einen Punkt getroffen, auf den ich allergisch reagiere.

»Crispin steht nicht auf garstige Fischstäbchen.« Crispin hustet in seine Hand, doch seine Schultern zucken dabei verdächtig. Er amüsiert sich königlich, dieser Blödmann. Er mag es, wenn ich mich aufrege.

»Fischstäbchen? Hat sie mich gerade beleidigt, das Albenbastardkind auf den dünnen Beinchen?« Triel leckt sich die Zähne. »Sei froh, dass ich noch nicht beschlossen habe, dich zu töten. Ich könnte dich mit den Zähnen zerfleischen und ausweiden.«

»Willst du deinen Dreizack holen? Ich habe echt keinen Bock mehr darauf, dass mir ständig jeder sagt, was besser für mich ist und meint, mir drohen zu können. Verschwinde, wir brauchen deine Hilfe nicht. Auch wenn du denkst, dass du gefährlich bist, unterschätze mich nicht. Du wartest hier vergebens darauf, dass ich einwillige.« Wut brodelt in mir hoch. Ich habe genug von all dem. Dieser Welt werde ich ab jetzt meine Krallen zeigen.

»Es ist deine letzte Chance. Man lehnt dieses Angebot nicht achtlos ab. Diese Chance bietet sich dir nie wieder.«

Mein Blick huscht zum Strand und auch Crispin bemerkt, dass sich dort Albe sammeln, die uns suchen. Noch sind sie nicht auf die Idee gekommen, dass wir auf dem Meer verweilen. Die raue See und die Felsen bieten uns Schutz, zumindest für eine kurze Weile, denn die ersten Drachen steigen bereits in die Luft. Es ist nur eine Frage der Zeit, ehe sie uns finden. Crispin und ich wechseln einen eindringlichen Blick. Wir kommunizieren wortlos. *Ich könnte*, will ich sagen, doch er schüttelt den Kopf. Wir finden einen anderen Weg. Unsere stille Kommunikation dauert nur wenige Sekunden, aber die Entscheidung ist gefallen. Ich verlasse mich darauf, dass Crispin die Lage besser beurteilen kann als ich, denn ich habe mächtig Schiss, wenn ich ehrlich bin. Der Gedanke, Grimm wiederzusehen, ist furchteinflößend.

Triel setzt ein Muschelhorn an ihre Lippen und hält es unter Wasser. Kurze Zeit später taucht eine weitere Nixe neben ihr auf, ihre roten Augen mustern uns unmissverständlich, während ihr blaues langes Haar im Wasser hinter ihr treibt. Sie legt den Kopf schief, entblößt ihre Zähne. »Wir könnten dich einfach zwingen, das weißt du, oder?«, lächelt Triel.

»Versucht es nur.« Crispin hebt sein Schwert und schwingt es locker im Handgelenk. »Ich kann es kaum erwarten. Ich glaube, es wäre mir sogar eine Freude, dir den Kopf sauber von den Schultern zu schlagen.« Bewundernd schaue ihn an. Wie kann er so furchtlos sein? »Sieh zu und lerne, kleiner Schmetterling«, neckt er mich leise, kassiert dafür einen festen Boxer gegen seinen Oberarm. Er zuckt nicht mal mit der Wimper.

»Dein Ego ist ohnehin schon so riesig, da muss ich es nicht noch fördern.« Meine Antwort lässt ihn heiser auflachen. Ich weiß nicht, was ihn gerade so munter macht. Ist es die Nahtoderfahrung? Er ist nicht bereit, aufzugeben. Jemand hat einst gesagt, unsere größte Schwäche liegt genau darin, im Aufgeben.

Ohne die Nixen aus den Augen zu lassen, greift er meine Hand und zieht sie an seine Lippen. »Wir werden Schwimmen.« Er küsst jeden meiner Fingerknöchel, was meine Beine zittern lässt. Hitze schießt durch meine Adern. Ich weiß, dass sein Plan verrückt ist, aber nicke dennoch. Seine Miene wird wie auf Knopfdruck wieder hart, er blickt auf. Über uns vernehmen wir Flügelschläge, laut und kräftig, und ein schwarzer Schatten kommt schnell auf uns zugerast. Es fühlt sich an wie eine kalte Dusche. Wir haben zu lange gewartet – Grimm kommt uns holen. Crispin stößt mich zu Boden, bedeckt meinen Körper mit seinem, während die Nixen abtauchen, um dem Drachen zu entkommen, der sich auf uns stürzt. Panik breitet sich in mir aus. Das ist nicht fair. Warum?

VIER

Ich versuche, Alice mit meinem Körper abzuschirmen, und drehe mich mit erhobenem Schwert um. Bereit, mit Blut um unser Leben zu kämpfen und Grimm die Stirn zu bieten. »Lust auf einen schnellen Ritt?« Elil sitzt in voller Kampfmontur auf diesem Ungetüm von Drachen und ich halte perplex inne. Mit diesem Anblick habe ich bei den Göttern nicht gerechnet – und bei seinem Angebot dreht sich mir der Magen um. Drachenreiten? Es gibt in meinen Augen kaum etwas Schlimmeres, mit dem man mir Qualen zufügen könnte. Allerdings werde ich diese Schwäche niemals preisgeben und ich kann nicht leugnen, auch einen Anflug von Erleichterung, dass er hier ist, zu verspüren. Diese Wendung ist überraschend und positiv. Die Götter scheinen uns heute wohlgesonnen, was wirklich langsam Zeit wird.

»Dass ich jenes mal sage ... Aber ich bin froh, dich zu sehen«, bringe ich feixend hervor, woraufhin sich seine Mundwinkel zu einem verschmitzten Lächeln verziehen. Alles an diesem Bild ist widersprüchlich: Ein todbringender Alb, der mich anlächelt und mir seine helle Hand reicht wie ein Freund.

»Du hast eine Schwäche für mich, oder?« Ich winke ab.

»Ja, genau so groß wie meine Schwäche für Trolldung.«

»Nicht sehr höflich seinem Retter gegenüber, Prinz.«

Alice erhebt sich ebenfalls. Sie mustert den Alben vor uns, der uns die Hand immer noch entgegenhält. Plötzlich zögert er, zieht sie an seine Brust, ehe er mich anschaut.

»Wird sie mich umbringen? Dann warne mich vor, mein Elbenfreund.«

»Nein, sie hat ihre Erinnerungen wiedererlangt.«

»Wenn das so ist, kommt! Es wird nicht mehr lange dauern, bis sie hier sind und euch suchen. Meine Männer lenken sie ab, so lange es geht. Sie wissen bereits, dass ihr Hilfe gehabt habt. Castiell und Grimm sind außer sich vor Wut. Sie suchen die Verräter. Also genau genommen mich. Dass ihr Kommandant derjenige ist ... Nun, das ziehen sie wohl kaum in Erwägung. Glück für uns. Vorerst. Bald wird bei ihnen der Edelstein fallen und sie werden eins und eins zusammenzählen. Wenn dies geschieht, wäre ich gern fort.« Seine Zähne blitzen auf.

Ein weiterer Drache erscheint über uns, er ist feuerrot. Seine Schuppen glänzen im Licht der Sonne. Alliaria klammert sich in voller Kampfausrüstung an Lioma. Beide wirken entschlossen. »Wir müssen los, sie kommen. Was dauert das so lange?«, zischt sie. Alice macht einen Schritt auf den Drachen zu, ergreift die ihr dargebotene Hand. Ich lege meine Hände an ihre Hüfte und hebe sie an. Mit Schwung landet sie auf dem Rücken des Drachen und grinst wie ein kleiner Elbling. Diese Freude kann ich nicht teilen, gewiss nicht, doch trage ich mein Schicksal mit Fassung, wie es sich gehört. Ich drücke meine Hand unauffällig auf meinen jetzt schon gluckernden Magen, stecke das Schwert weg.

»Dass ich das nochmal mache ...«, murmle ich, ehe ich Elils Hand ebenfalls ergreife und mich auf diesen verfluchten Drachen hieve, hinter Alice Platz nehme. Sofort grummelt es gefährlich in mir. Mein Körper scheint an mir zu zweifeln. Elben sind nicht zum Fliegen bestimmt, definitiv nicht.

»Haltet euch fest, das wird kein schöner Flug«, teilt der verfluchte Alb mir mit, steigt sofort senkrecht in die Höhe. Mein Magen bleibt irgendwo unter uns, mir wird unsagbar übel und ich beiße die Zähne so kräftig aufeinander, dass mein verdammter Kiefer knackt. Dennoch behalte ich die Haltung und drücke mich an Alice, um sie zu sichern. Ich kann und werde diese Schwäche nicht preisgeben. Niemals! Vorher beiße ich mir die Zähne aus.

Was macht Alice? Sie lacht aus vollem Hals und freut sich viel zu sehr über diese fürchterliche Art, sich fortzubewegen. Bei den Göttern, womit habe ich das verdient? »Als wäre ich ein Vogel«, ruft sie gegen den Wind, doch ich kann diese Begeisterung weder teilen noch verstehen. Ich bete still zu den Erschaffern, dass wir es bald überstanden haben.

»Dein kleiner Elbenprinz sieht das sicher anders, er ist nicht für so etwas gemacht. Das sind nur echte Albe. Er hat sich nach unserem ersten Flug wie eine kleine Lady hinter den Büschen erbrochen. Sehr amüsant. Ich wünschte, seine Männer hätten dies gesehen. Der legendäre Prinz der Elben, der sich nach einem kleinen Flug erbricht.«

»Das hast du ihr jetzt unbedingt erzählen müssen, oder?«, knurre ich, woraufhin er gegen den Wind lacht. Das wird er mir für alle Ewigkeiten vorhalten. Zum ersten Mal, seit ich denken kann, werde ich rot bis an die Ohrenspitze. Es ist mir mehr als unangenehm, dass er Alice diese Schwäche offenbart. Vor allem, dass jemand mich in solch einem schwachen Moment gesehen hat, dann auch noch ein Alb. Schlimmer geht es kaum. Alice drückt tröstend meine Hand. Ich unterdrücke ein Knurren, will kein Mitleid. Das ist ... Nein!

»Haltet euch fest!« Wir machen eine scharfe Drehung, weichen Bäumen aus und fliegen tiefer, um unentdeckt zu bleiben. Äste schlagen gegen meine Beine, schrammen an uns entlang und ich versuche, Alice mit meinem Körper abzuschirmen. Nicht viel später brechen wir aus dem Dickicht, steigen weit hinauf in den Himmel, bis die Wolken unter uns verweilen. Sonnenlicht blendet mich und ich kneife die Augen zusammen. »Castiell hat uns ausgeschickt, euch zu finden«, teilt Elil uns mit und zeigt neben sich. Dort gleiten mindestens dreißig weitere Drachen neben uns her, wie ich überrascht und leicht besorgt feststelle. »Das sind meine Männer, sie sind mir treu ergeben. Die anderen Trupps suchen in der anderen Richtung. Ich habe sie aufgeteilt. Sie werden niemals auf die Idee kommen, dass ihr mit uns fliegt oder wir euch zur Flucht verhelfen. Als erster Kommandant ist es schwer, dies mit meinem Stolz zu vereinbaren, denn ich fühle mich wie ein Verräter. Allerdings handle ich nur im Sinne meines Volkes und das Wissen hilft mir.«

»Wie sieht dein Plan aus?«, hinterfrage ich.

»Wir können euch nicht bis ans Ende bringen, so leid es mir tut. Es ist zu riskant. Wir können sie kurz täuschen, doch jede Minute zählt. Während wir auf der Suche nach euch sind, führt ein weiterer Teil von uns alle aus dem Schloss, die sich uns anschließen wollen – jene, denen ich vertraue, die sich gegen Castiell stellen. Ich werde sie mit deiner Karte führen und auf dein Wort setzen, dass wir willkommen sein werden. Dieser Plan klingt immer noch so verrückt in meinen Ohren, aber hätte mir jemand gesagt, dass Crispin, der Kronprinz der Elben, mit mir auf einem Drachen reiten wird, hätte es nicht weniger verrückt geklungen.«

Ich denke fieberhaft nach. Den Zeitpunkt für den Treffpunkt mit Cian und Noam haben wir um Längen verpasst. Sie haben uns gestern erwartet. Wo werden sie langkommen? Ich überlege eifrig und versuche herauszufinden, wo wir sind. Allerdings habe ich keinen blassen Schimmer und frage mich, wie Elil mit einem Drachen navigieren kann. Ich bewundere ihn dafür, wenn ich ehrlich bin, denn unter uns sehe ich nichts als Wolken, weiche und dicke Wolken.

»Elil, danke, dass du uns hilfst.« Alice richtet ihr Wort an ihren Cousin.

»Für ein besseres Leben«, erwidert er nur, ehe sich der Drache um sich selbst dreht. Bei den Göttern, ich schwöre, er macht dies mit Absicht, um mich zu quälen. Hätte ich heute etwas gegessen, so wäre es jetzt auf dem Weg, talwärts.

Alliaria taucht neben uns auf. »Fangt!« Sie wirft einen Sack zu uns herüber, den ich geschickt auffange, und zwischen uns platziere. »Neue Kleidung und Vorräte.« Ich nicke ihr dankend zu. Sie lächelt und wirkt nicht mehr wie die Zofe, die ich kennengelernt habe. Ihr Haar ist streng nach hinten zu einem hohen Zopf gebunden, betont ihre scharfen Gesichtszüge und verleiht ihr etwas Kriegerisches, was mir zuvor entgangen ist. Ihre Rüstung gleicht der, die Alice auf dem Fest der Albe getragen hat, sie glänzt im Licht der Sonne. Stolz und erhaben schaut sie zu uns rüber. Sie ähnelt Alice mehr, als ich angenommen habe.

»Bringt uns an den Rand der Gebirge! Von dort aus finde ich den Weg und wir werden alsbald auf meinen Bruder treffen ... Ich kenne seine Route. Ich habe die Karten genau studiert und mir den Weg eingeprägt. Ich überlasse nichts dem Zufall. Dein Überleben kann davon abhängen, einen zweiten Plan in der Hinterhand zu haben.«

»So sei es«, ruft Elil, gibt seinen Drachenreitern mit Handzeichen Befehle, ehe er sich im mörderischen Tempo wieder auf den Weg macht und die Wolken an uns vorbeiziehen. Es fühlt sich komisch an, mit einer Armee Albe zu fliegen. Alles in mir ist auf Obacht, auch wenn Elil es geschafft hat, mein Vertrauen zu gewinnen. Er hat sich bewiesen.

Der Flug verläuft äußerst turbulent. Als wir nach viel zu langer Zeit endlich landen, geben meine Knie fast nach, so zittrig sind sie. Nur mit Mühe und Not gelingt es mir, stehen zu bleiben, was dieser verfluchte Alb mit einem Feixen quittiert. Kalter Schweiß sitzt mir im Nacken und ich atme einige Male tief ein, um die Übelkeit zu überwinden, während Alice leichtfüßig neben mir landet. Sie schaut mich fragend an, ehe sie leicht schmunzelt. Die anderen Drachenreiter schweben weiter über unseren Köpfen. Es ist ein sonderliches Gefühl, dass sie uns schützen, nicht, dass sie uns angreifen wollen. In meinem Kopf ist dieses Wissen jedoch erst halb angekommen.

»Es tut mir leid, dass ich euch nicht weiter begleiten kann. Hier solltet ihr auf deinen Bruder treffen – in ein, zwei Tagen, wenn deine Route stimmt.« Ich nicke ihm ernst zu. Sie stimmt, das weiß ich. »Wir sehen uns an einem besseren Ort, mein Freund. So die Götter wollen, werden wir Seite an Seite kämpfen.« Freund ... Die Worte schmecken komisch in meinem Mund, aber er hat recht.

»So sei es, Freund. Mögen wir uns wiedersehen. Wir treffen uns im Wüstenhain. Pass auf dich auf«, erwidere ich und meine jedes Wort genau so, wie ich es sage.

»Dein Prinz sorgt sich um mich, Alice. Niedlich, oder?« Alice schnaubt belustigt, nimmt ihren Cousin in den Arm, was ihn kurz erstarren lässt. Wir ähneln uns sehr, anscheinend ist er diese körperliche Nähe ebenso wenig gewöhnt wie wir.

»Ich frage mich wirklich, was ich alles verpasst habe.«

»Das willst du nicht wissen«, murre ich. Elil nickt uns noch einmal zu, steigt dann hinauf in den Himmel und ist alsbald nur noch ein Fleck am Horizont. Mit ihm verschwinden auch die anderen Drachen, nur wir bleiben zurück. Diese Rettung ist denkbar unerwartet gekommen. Ich ziehe Alice an meine Brust, drücke meine Lippen auf ihre warme Stirn, mein Mund streift ihren, ehe ich ihren ungeschützten Hals küsse. Ich gönne mir diese Sekunde und genieße das Gefühl, dass wir zusammen und, bis auf ein paar Kratzer, wohlauf sind. Sie schlingt die Arme um meinen Rumpf, was ich mit einer Umarmung erwidere. Ihr weicher Körper schmiegt sich an mich, sorgt dafür, dass die Besorgnis in mir abnimmt. Wir halten uns einige Sekunden nur fest. Wir haben es geschafft. Zwar sind wir noch nicht in Sicherheit, doch unsere Sterne stehen besser als heute Morgen. Darauf kann ich aufbauen. »Küss mich.« Es ist keine Bitte, sondern ein Befehl, den ich an Alice richte. Ich brauche sie wie die Luft zum Atmen. So sehr, dass es mich schmerzt. Sie ist hier, bei mir. Wir sind zusammen und leben. Diesmal hat es nicht so rosig ausgesehen wie sonst. Es hat durchaus schon solch brenzligen Situationen in meinem Leben gegeben, aber keine hat diese Furcht in mir ausgelöst wie jene, die Alice betrifft.

»Nur zu gern«, flüstert sie, woraufhin ihre Finger über meinen Nacken gleiten, sich in meinen Haaren, die ganz hart vom Salz sind, vergraben. Ich freue mich auf ein Bad und saubere Kleider. »Wir beide geben ein schönes Paar ab, oder? Dreckig bis zur Nasenspitze.« Sie lächelt mich an. Ein Glucksen bahnt sich den Weg aus meiner Brust. Es fühlt sich fremd an ... So lange habe ich nicht mehr gelacht.

»Da vorne gibt es einen Bach. Ich habe ihn von diesem Ungetüm aus erblickt. Vielleicht sollten wir uns waschen und umziehen. So sehr ich dich liebe, aber du hast recht. Du müffelst, meine Liebste. Dann sehen wir weiter. Es wird bald Nacht werden. Wir müssen einen Schlafplatz finden. Ich kenne diese Gegend nicht oder was hier nachts umherstreift. Aktuell möchte ich das auch gar nicht.«

»Als ob du nach Rosen duften würdest«, neckt sie mich, als wir uns Hand in Hand einen Weg durch das Unterholz bahnen.

»Oh, was würde ich für eine Haarkur geben«, stöhnt sie, doch ich habe keine Ahnung, was eine Haarkur ist, oder wie ich sie ihr beschaffen kann. Ich spüre jeden Schritt in meinen Knochen und ahne, dass es Alice nicht anders geht, doch keiner von uns beschwert sich. So sanft wie möglich, hebe ich sie über einen umgefallenen

Baum. Sie verzieht kurz ihr Gesicht. Ihr Rücken muss furchtbar schmerzen, aber er heilt. Immer wieder werfe ich verstohlene Blicke darauf. Auch bemerke ich ihre Blicke, als sie mein leichtes Hinken wahrnimmt. Diese Chimäre hat ganze Arbeit geleistet. Mein Bein benötigt dringend eine Pause, um zu regenerieren. Wir finden den Bach, entledigen uns unserer Kleidung und baden im eiskalten Wasser. Ich lasse die Umgebung nicht aus den Augen, auch wenn alles friedlich wirkt. Oh, was freue ich mich auf Zeiten, wo ich nicht hinter jedem Baum eine Gefahr vermuten muss. Ich liebe es sonst, unter freiem Himmel zu nächtigen und die Sterne zu betrachten.

Alice spritzt mich nass. Ich komme nicht drum herum, ihren bezaubernden Körper zu mustern. Mein eigener Körper reagiert mit Begierde auf den Anblick meiner Gefährtin, wie sie mit dem nackten Rücken zu mir im Wasser steht und sich nun weiter fröstelnd wäscht. Vorsichtig trete ich hinter sie, tupfe ihr sanft das Blut und den Schmutz vom ramponierten Körper ab, ehe ich meine Lippen auf ihre Schulter drücke. Sie ist so tapfer. Mein wunderschöner Schmetterling. Stark und schön. Meine. Sie ist übersät von Blutergüssen und Schürfwunden, ebenso wie ich. Am schlimmsten aber ist ihr Rücken, auch wenn die Heilung schon gut vorangeschritten ist. Der lange Schnitt hat sich geschlossen, Schorf und

Narbengewebe bildet sich langsam. Bald wird nur noch eine Narbe zurückbleiben und mich daran erinnern, wie schnell das Leben ausgehaucht sein kann. Meine Hände streichen sachte ihre Seite hinab und sie erzittert unter meinen Berührungen. Himmel, ich bin den Göttern so dankbar, dass wir wieder zusammen sind. Das Wissen, dass sie mich liebt, nach all dem, ist schier unglaublich. Ich drehe sie zu mir um, fahre mit dem Mund ihren Hals entlang, beiße spielerisch hinein und trotz unserer Blessuren stöhnt sie genüsslich auf. Diese Nähe zu ihr macht mich gerade völlig fertig. Gefühle strömen auf mich ein Erleichterung, Wut, Angst, Liebe. Mein momentanes größtes Problem? Verlangen. Ich möchte sie all das Schlechte vergessen lassen und neue, schöne Erinnerungen erschaffen. »Soll ich aufhören?«, frage ich mit rauer Stimme. Mein Daumen fährt vorsichtig über ihre weiche Haut. Sie schmiegt ihren Körper an mich, das kalte Wasser ist längst in Vergessenheit geraten. Flammen schießen durch mich hindurch. Es lodert heiß in meinen Adern.

»Dann müsste ich dich wirklich töten. Wehe, du hörst auf«, murmelt sie leise an meiner Brust und drückt ihre Lippen auf einen Bluterguss in der Größe eines Pferdehufes. Mein Mundwinkel hebt sich. Ich umgreife ihre Taille, ziehe sie so eng an mich, dass kein Blatt mehr zwischen uns passt, und erobere ihren Mund mit dem meinem. Meine harte Männlichkeit drückt sich an ihren Bauch, zeigt ihr mehr als deutlich, wie sehr ich sie begehre. Und das tue ich, mit jeder Faser meines Körpers. Ihre Hände krallen sich in meine Schultern. Sie brennt ebenso lichterloh wie ich. In mir zischt das Inferno, bereit, mich zu verzehren, wenn ich nicht weitermache, sie nicht weiter küsse und ihren Körper in Besitz nehme. Mit dem Finger fährt sie meine Bauchmuskeln entlang, woraufhin ich genüsslich die Augen schließe. Diese Frau bringt mich um den Verstand. Mit meiner Hand wandere ich tiefer, erforsche ihre warme Mitte, während sie sich in meinen Armen windet. »Ich brauche dich, Crispin«, flüstert sie erstickt an meine Brust. Genau das will ich hören. Mit Schwung hebe ich Alice hoch, sie schlingt die Beine um meinen Körper und ich trage sie aus dem Wasser, während sie meinen Hals küsst und mich an den Rand meiner Selbstkontrolle bringt. Unter den Bäumen gehe ich in die Knie. Sie schmiegt sich an mich, als wären wir eins. Ihr Schoß drückt sich einladend und aufreizend gegen mich. Ich kann mich kaum noch beherrschen, nicht wie ein wildes Tier über sie herzufallen. Ich bette sie vorsichtig auf dem Laub, was sie nicht zu stören scheint. »Fass mich an, Crispin«, fleht sie. Zu gerne komme ich dieser Aufforderung nach.

Meine Hand wandert über ihren Nacken. »Ich fasse dich doch an«, necke ich sie.

»Ich brauche mehr von dir«, wimmert sie fast und ich genieße das Wissen, dass sie sich ebenso verzerrt wie ich mich.

»Sag mir, zu wem du gehörst, Alice? Für jetzt und alle Zeit«, fordere ich rau, denn alles in mir benötigt diese Antwort. Ich muss wissen, dass sie mein ist. Ein animalischer Teil in mir lechzt danach, dass ihre schönen Lippen es aussprechen.

»Zu dir, ich gehöre dir«, haucht sie. Schon brauche ich keine Aufforderung mehr, sondern versenke mich mit einem Stoß in ihr.

FÜNF

Crispin lehnt am Stamm eines großen Baumes, dessen Krone weit in den Himmel über uns ragt. Ich sitze vor ihm, mein Rücken an seine Brust gebettet. Seine Wärme geht auf mich über und ich kuschle mich enger an ihn, während er seinen Umhang über uns ausbreitet. Ein Gefühl von Sicherheit und Heimat überkommt mich, lässt mich selig seufzen. Wir schauen auf das Wasser des Flusses, hören seinem Rauschen zu und sehen die Sterne, die sich darin spiegeln. Einen Moment der Ruhe, ein gestohlener Augenblick, nur für uns – die Illusion, dass alles friedlich ist. Um uns herum hören wir die ersten Tiere der Nacht, die langsam erwachen und auf Jagd gehen. Es raschelt im Wald, gelegentlich ertönt ein Quieken oder Brummen, doch ich habe keine Angst, wenn ich bei Crispin bin. Ein Urvertrauen, wie ich es nie zuvor verspürt habe, hat sich in mir verfestigt. Er würde eher sterben, als zuzulassen, dass mir etwas geschieht. Wenn ich mich auf etwas verlassen kann, dann auf ihn. Ein schönes Gefühl. Müdigkeit macht sich in mir breit. Zum ersten Mal seit langer Zeit wagt mein Körper es, sich zu entspannen, was nur an seiner Nähe liegt. All das Erlebte fordert langsam seinen Tribut.

Crispin streicht in kleinen Kreisen über meinen Arm,

während sein Kinn auf meinem Scheitel ruht. Die friedliche Stimmung hat ihn ebenso erfasst wie mich. Solche Augenblicke haben wir selten. Leider. Er genießt die Zweisamkeit, die uns zu lange verwehrt worden ist. Ich wünsche mir, dass es immer so sein könnte wie jetzt, so idyllisch. Wir beide, keine Kämpfe, kein Krieg. Keine Sorgen um das Morgen. Nur er und ich und unsere Liebe. Ich wage den Gedanken, wie es wäre, wenn er in meiner alten Welt leben würde. Wir würden vielleicht ein Haus kaufen, die Welt bereisen und Konzerte besuchen, ehe wir Kinder bekommen und eine Familie gründen würden. Crispin im Anzug, die Vorstellung lässt mich lächeln. Oder in Lederjacke mit dicken Boots an den Füßen. Er würde die Frauen verrückt machen, egal in welcher Welt.

»Schlaf ein wenig, kleiner Schmetterling.« Seine Stimme klingt ebenfalls schwer vor Müdigkeit, doch ich weiß, dass er kein Auge zumachen wird. »Morgen suchen wir Cian und Noam. Dann geht unsere Reise weiter. Wenn wir sie nicht finden, schlagen wir uns alleine durch. Wir bewältigen die Strapazen, wie immer. Dies ist erst der Anfang. Es kommen noch schwere Zeiten auf uns zu. Ich wünschte, es wäre nicht so, doch leider sieht die Realität anders aus.«

»Was ist passiert, als ich fortgewesen bin?«, frage ich leise. Jetzt, wo wir endlich einen Augenblick haben, um reden zu können, nicht weglaufen müssen, traue ich mich, diese

Frage zu stellen. Was ist in meiner Abwesenheit geschehen? Geht es allen gut? Er seufzt laut auf, aber beginnt zu erzählen, während ich aufmerksam seiner Stimme lausche, meine Augen jedoch immer wieder zufallen. Obwohl ich nicht einschlafen will, übernimmt mein Körper das Kommando. Er holt sich, was er benötigt. Schlaf. Alles, was er berichtet, klingt noch verrückter als das, was ich schon erlebt habe. Diese Welt verblüfft mich stets aufs Neue – im positivem wie negativem Sinne. Es würde mich nicht überraschen, wenn die Grinsekatze vom Baum über uns hinabblicken würde und >*kuckuck*< ruft. Rankenwesen? Yetis? Verfluchte Axt, das soll ich auch noch glauben? Was kommt als Nächstes? Aliens? Mister Spock? Obwohl, der wäre gar nicht so verkehrt. Vielleicht könnte er uns rüber in meine Zeit beamen. Zack, alle Sorgen dahin.

Crispin soll der König werden, der alle Völker vereint? König. Es schaudert mich bei dem Gedanken. Was für eine Verantwortung. Sie macht mir schreckliche Angst. Allerdings ... Jetzt, wo ich dem Geschehen zuhorche, habe ich nie etwas gehört, was mehr Sinn ergibt. Crispin ist der geborene Anführer, ein perfekter Herrscher. Wie oft habe ich ihn genau deswegen bewundert, für seine Führungsqualitäten, seinem eisernen Willen und seinem guten Herzen, welches er zu verstecken versucht. Die Götter haben klug gewählt. Er ist edel und großherzig, auch wenn er es leugnen würde. Doch weiß ich nicht, was in ihm vorgeht, was er fühlt oder denkt. Er nimmt es einfach hin, dass er dafür geboren sein soll. Das bereitet mir Sorgen. Macht es ihm gleichermaßen Angst wie mir? Ich spüre, dass er nicht weiter darüber reden möchte, noch nicht. Er ist kein Mann der großen Worte, eher einer der Taten. Wie gewaltig muss das Wissen, dass all dies vor unserer Geburt geplant worden ist, für ihn sein? Unsere Pläne haben ganz anderes ausgesehen. Wir haben fortgehen wollen, ein Leben in Frieden und Ruhe genießen – ein Platz für uns und unsere Freunde, ohne all das. Doch jetzt? Wir haben anscheinend keine Wahl und müssen dies durchstehen.

Ich sehne mich nach den leichten Tagen, an denen wir ohne Sorgen lachen können. Für mich ist alles so fremd, so unglaublich andersartig. Prophezeiungen, unsere Verbindung, dass wir füreinander bestimmt sind, Rituale, Götter, Kriege ... Es klingt wie eine Folge aus X-Faktor: das Unfassbare. Crispin soll also Fegoria regieren. Bin ich bereit, für so viel Verantwortung? Wie soll ich ihm helfen, wo ich eine völlig Fremde in diesem Land bin? Ich weiß nicht mal ansatzweise, wie es hier funktioniert. Ach, was rede ich, ich weiß nicht mal, welche Wesen mir hier begegnen könnten oder wie lang ein Jahr ist. Ebenso die Mythen und Sagen .. Sie sind nicht die meinen. Ich muss noch so vieles lernen und es ist nur so wenig Zeit. Ich kann ihm alle Eissorten von *Ben & Jerrys* aufzählen, aber ich bezweifle, dass uns das hier etwas nützt.

»Hier ist alles so schwer, ich habe das Gefühl, immer auf der Hut sein zu müssen. Niemand ist das, was er zu sein scheint. Es ist zu einfach für Asta und Castiell gewesen, mich zu bekommen, dann umzupolen. Was, wenn du oder jemand, den wir lieben, meinetwegen verletzt wird? Manchmal wünsche ich mir, ich wäre nie hier aufgetaucht oder wirklich gestorben. All das, was auf uns zukommt, macht mir Angst, Crispin. Ja, richtig große Angst sogar. Ich bin keine echte Kriegerin, so gerne ich es auch wäre, bin ich nur ein einfacher Mensch, der gerne Schokolade isst, gute Bücher liest und Netflix schaut. Ich bin schwach. Viel zu schwach für Fegoria und seine Tücken. Egal, wie sehr ich mich bemühe, ich habe noch so viel zu lernen.«

Crispin hält mit dem Streicheln inne, nimmt meine schmale in seine große Hand. Seine Finger sind nicht weich, eher rau vom Leben hier – sie erzählen ihre eigene Geschichte. »Bist du nicht! Du bist kein Mensch mehr, Alice. Es wird Zeit, dass du das begreifst und akzeptierst. Du schwächst dich selbst. Nichts an dir ist menschlich, nicht mal dein weiches Herz. Versteh mich nicht falsch. Du bist weder schwach noch alleine. Du hast hier ein neues Leben. Ich vermag nur zu ahnen, wie schwer es für dich sein muss. Ich würde dir all deinen Kummer abnehmen, wenn es in meiner Macht stände. Aber ich kann es nicht, egal wie sehr ich es mir wünsche. Du darfst trauern, sollst es sogar, doch du musst auch dein neues Dasein anerkennen. Du hast in der kurzen Zeit, in der du nun hier bei uns bist, so viel erreicht. Weder ich, noch Cian und Noam werden dich jemals im Stich lassen. Wir stehen mit dir Seite an Seite, Alice. Bis in den Tod würde ich mir dir gehen und darüber hinaus. Nicht zu vergessen Topas. Du bist alles, aber nicht schwach und kein Mensch. Du bist so stark, dass es mir stellenweise Angst macht. Wehe, du erzählst es Cian und Noam. Ich habe keine Ahnung, wer Netflix ist, aber vielleicht können wir ihn dir irgendwo besorgen, wenn er dir Freude macht? Ich möchte mich bemühen, dein Leben hier leichter zu gestalten, dir die Sterne vom Himmel holen, sofern es ginge. Um uns herum ist so viel Missgunst und Feindschaft. Leider wird diese Welt nie so sein wie die, aus der du einst gekommen bist, doch es werden bessere Zeiten folgen. Es tut mir leid, dass dies noch in der Ferne liegt. Und dennoch hoffe ich, dass du hier einige Dinge lieben lernen wirst und dich eines Tages an meiner Seite heimisch fühlst.«

Ich keuche erstickt auf. Seine Worte haben etwas in mir berührt. »Nein, Netflix kannst du mir nicht beschaffen, aber danke. Und ja, du hast recht. Ich vergesse immerzu, dass ich kein Mensch mehr bin, weil ... es so verrückt ist.

Diese Welt ist so verworren. Götter, Magie und Fabelwesen, wohin das Auge reicht. Manchmal befürchte ich, in Wirklichkeit in einer Anstalt zu hocken und mir dies alles nur einzubilden. Wenn ich ehrlich bin, weiß ich, dass ich mich in manchen Situationen selbst aufhalte, weil es so unwirklich für mich ist. Wie wild klammere ich mich an die Alice, die ich früher gewesen bin, doch werde ich diese Person nie wieder sein, kann sie nie wieder werden. Das verursacht Schmerzen in mir. Komme, was wolle, dieser Pfad hat sich geschlossen. Aber du hast recht, es wird Zeit, Alice Field endgültig loszulassen, und dieses Wissen schmerzt am meisten. Alice Field gibt es nicht mehr, ich muss sie sterben lassen, wie sie es in Escher eigentlich auch getan hat, damit die Albin ihren Platz in Fegoria einnehmen kann. Hier ist mein neues Zuhause, hier gehöre ich hin, zu dir. Na ja, es ist einfacher gesagt, als getan. Ich hänge an meinem alten Ich, merke jedoch immer wieder, dass es nicht in diese Welt passt, nicht mehr zu mir passt, als wäre ich bereits herausgewachsen. Ich will deiner würdig sein. Und weißt du was, mein Zuhause ist da, wo du bist. Tief in mir zählt nur dieses Wissen. Die Zeit wird alles regeln ... Irgendwann.« Ob ich will oder nicht, schniefe ich leise. Zu begreifen, dass mein menschliches Sein dahin ist, fühlt sich tatsächlich wie ein Abschied an.

»Alice?« Seine Stimme ist voller Zärtlichkeit. Er schafft

es, mich auf seinen Schoß zu setzen und ich schaue trotzig zu ihm auf.

Selbst im Sitzen überragt er mich und ich mustere seine breiten, muskulösen Schultern. Er legt seine Stirn an meine, atmet hörbar ein. »Sag so etwas nie wieder. Du bist meiner würdig, viel mehr als das. Ich bin der, der deiner nicht würdig gewesen ist. Schau uns doch an, wohin uns meine Sturheit gebracht hat? Gut, nicht nur meine ...« Unsere Blicke treffen sich. Er lächelt mich schief an, was ein kleines Grübchen zutage bringt. Ich liebe dieses Grübchen wirklich. Es verleiht seinem harten Gesicht einen weichen Hauch. »Immerhin sind wir zusammen.«

»Immerhin das, ja.« Er lächelt nur breiter. »Nicht nur du musst neu anfangen, mein komplettes Leben ist durcheinandergewirbelt worden. Verflucht, ich soll eine ganze Welt retten, die vielleicht gar nicht gerettet werden will. Ist dir bewusst, wie viele nicht mehr an diese Verbindung glauben? Du hast doch die Nixe gehört. Was, wenn die meisten das, was wir uns wünschen, ablehnen werden? Es hätte mir genügt, mit dir alleine irgendwo zu leben, weit entfernt von all dem, wo keiner weiß, wer wir sind, oder Erwartungen und Pflichten an uns stellt. Aber wer bin ich, dass ich die Götter abweise? Was, wenn sie mir dich als Strafe wegnehmen? Nein, ich muss das bis zum Ende durchstehen.« Mir wird in diesem Augenblick klar, dass ich diesen Aspekt völlig außerachtgelassen habe. Er hat recht, nicht nur mein Leben hat sich vollkommen gewandelt, seines ebenfalls. Und er öffnet sich Tag für Tag mehr, zeigt mir mehr von sich und dem, was er fühlt. Seine Hand umschlingt meinen Nacken, streicht mit seinem schwieligen Daumen darüber. Ich schmiege mich ihm entgegen. »Du bist eine Naturgewalt, kleiner Schmetterling. Zweifle nie an deiner Stärke oder meiner Liebe zu dir. Versprich mir das!« Seine Hand wandert unter mein Kinn, hebt es langsam an, und unsere Blicke verankern ineinander, ehe ich nicke.

SECHS

Die Sonne kriecht über den Waldboden, während ich die Spuren im Unterholz lese. Immer wieder gehe ich in die Hocke und suche uns einen Weg, möglichst ohne auf Trolle oder Ähnliches zu stoßen. »Wir müssen weiter nach Süden«, teile ich Alice mit, die neben mir auf einem tief hängenden Ast sitzt und eine pinke Frucht verspeist. Ihr Füße baumeln fröhlich in der Luft und mein Herz zieht sich vor Liebe zusammen. Das Sonnenlicht fängt sich in ihren roten Haaren, lässt sie geradezu erstrahlen wie ein loderndes Feuer. Ich trete zu ihr, setze ihr mit Bedauern die dunkle Kapuze auf, ehe ich es bei mir imitiere. Es ist besser, wenn man uns nicht sieht, erst recht nicht ihr rotes Haar. Wer weiß, wen Castiell auf uns angesetzt hat oder wer Ausschau nach uns hält. Sie lächelt zu mir auf, wirft den Rest der Frucht fort.

»Das ist überaus köstlich gewesen, du Griesgram. Schau nicht so ernst drein. Wir haben heute noch kein Monster getroffen – das ist ein Grund zum Strahlen und nicht, um zu schauen wie sieben Tage Regenwetter.«

»Bleib hinter mir«, fordere ich und hebe sie vom Ast. Ihr Körper gleitet quälend langsam an meinem hinab. Sie weiß genau, was sie dadurch in mir auslöst und feixt daher leicht. Meine Lippen kräuseln sich. Leider haben wir dafür keine Zeit, wir müssen die anderen finden, obwohl Alice es mir nicht gerade einfach macht, diese edlen Gedanken durchzuhalten. In meinen Knochen steckt noch die Müdigkeit, ich habe in der Nacht kein Auge zugemacht. Wie könnte ich auch? Ich bin es gewohnt, einige Tage ohne Schlaf auszukommen. Mein Bein ist fast verheilt, es zieht nur ein wenig, wenn ich es sehr belaste. Sogar Alice' Rücken sieht viel besser aus. Ein paar weitere Tage und es werden nur noch Narben zu sehen sein. Wir kommen schneller voran als gestern, was an unserem Genesungszustand liegt. Sie hat recht, wir haben heute Glück und das soll so bleiben. Wir wandern den ganzen Morgen, ohne zu sprechen, durch das fremde Dickicht. Mein Schwert schlägt uns einen Weg und Insekten schwirren um unsere Köpfe. Ihr Summen macht mich beinahe verrückt, elende Quälgeister. Zur Mittagszeit machen wir eine weitere Pause an einem kleinen Bach, frischen unsere Flaschen auf und sammeln einige Beeren, die wir auf einer Lichtung verspeisen und unser Vorgehen planen.

Als der Himmel sich langsam verdunkelt und die ersten Sterne erwachen, bemerke ich eine weitere Lichtung. Sofort bleibe ich stehen, wobei Alice, die wieder vor sich hingeträumt hat, in mich hineinläuft. Mitten auf der Wiese verharrt jemand. Ich bedeute ihr, ruhig zu sein, und mustere die Gestalt in der Abenddämmerung. Die feinen Härchen auf meinen Armen stellen sich augenblicklich auf. Alice will an mir vorbeischauen, doch ich halte sie an ihrer Schulter auf. »Stopp!«

»Was?«, fragt sie leicht desorientiert, ehe sie zur Lichtung blickt.

Die Frau auf der Lichtung steht mit dem Rücken zu uns, ihr weißes langes Haar weht im Wind, ihr Gesicht ist zum Himmel gerichtet, als bade sie in den letzten Sonnenstrahlen, ehe die Nacht vollends hereinbricht. Der Wald ist verstummt. Nicht einmal die Insekten brummen noch. Das ist kein gutes Zeichen. Ihr Körper ist nackt, wie die Götter sie geschaffen haben, ihre Haut ist ebenso hell wie ihr Haar, und so transparent, dass wir jegliche Adern und Knochen erkennen. Man sollte denken, dass sie abstoßend wäre, aber nein, als sie sich uns zuwendet, erblicken wir die Schönheit in Person – als hätte jemand Nebel in eine Silhouette gegossen. Eine Todesfee! Ein Unglücksbote, der den Tod ankündigt. Ich schlucke hart. Das ist ein schlechtes Omen – wahrlich, schlechter geht es kaum. Kalter Schweiß bricht mir aus allen Poren. Uns bleibt auch nichts erspart. Nun wendet sich ihr gesamter Körper uns zu und ich richte mich unwillkürlich weiter auf, um Alice zu verdecken. Die

Todesfee wirkt rein und unschuldig, nicht wie der Tod, den sie verkündet. Es heißt, die Götter selbst entsenden sie. Sie ist die Botin, die Vollstreckerin.

»Crispin, was ist das?«, flüstert Alice, woraufhin die Todesfee den Kopf schief legt, uns aus der Ferne eindringlich mustert, ehe sie die Hand hebt und uns zu sich winkt. Diese Geste verursacht sogar mir eine Gänsehaut.

»Eine Todesfee«, knurre ich, unschlüssig, was ich tun soll. Am liebsten würde ich Alice von dieser Frau fortschaffen, soweit es nur geht. Doch wie groß sind unsere Chancen? Dieses Wesen stammt von den Göttern ab. Es ist nicht von dieser Welt.

»Du musst mich nicht fürchten, Prinz der Elben. Ja, ich bin wegen euch auf die Erde gekommen, jedoch nicht, um euch den Tod zu bringen. Heute bin ich nur die Überbringerin einer Botschaft. Kommt, lasst mich nicht warten! So viele Seelen wollen heute von mir erlöst werden, die Zeit drängt. Der Tod kann nicht warten, das Leben geht weiter, die Zeit, sie rinnt uns durch die Finger.« Ihre Stimme weht wie ein Windhauch zu uns herüber.

»Was sollen wir machen? Wegrennen?«, flüstert Alice, doch ehe ich antworten kann, steht die Todesfee plötzlich vor uns. Ich zücke mein Schwert, obwohl ich weiß, dass es sinnlos ist. Gegen den Tod persönlich besteht niemand, selbst ich nicht.

»Vor mir läuft man nicht davon, kleine Albin. Ich bin weder gut noch böse. Sowohl bin ich alles, aber auch nichts. Zeit hat für mich keinerlei Bedeutung. Ich bringe den Tod, doch entscheide nicht über ihn. Ich bin die Erlöserin, geleite die Seelen hinüber in die *Heiligen Hallen* der ewigen Lande. Ich richte nicht. Wenn deine Zeit gekommen ist, finde ich dich überall, egal wie schnell und wie weit du läufst. Sieh mich nicht als dein Feind an, sondern als eine Freundin, die dir deinen letzten Weg erleichtert. Spare dir deine Kraft, denn heute ist nicht der Tag, an dem du in die Hallen eintreten wirst.« Sie legt ihre Hand auf mein Schwert, senkt es langsam. Ich schaue ihr aufmerksam ins Gesicht. Ihre Augen sind weiß, keine Pupille ist zu erkennen. Es ist das erste Mal dass ich eine echte Todesfee treffe. Sie verursacht in mir ein Unwohlsein. Vermutlich ist es das mächtigste Wesen, dem ich jemals begegnet bin. Aus ihren Worten spricht so viel Wahres, so viel Weisheit. Sie ist ganz anders, als angenommen oder erzählt wird.

»Wann ist unsere Zeit gekommen?«, will meine vorlaute Gefährtin wissen, was der Todesfee ein Lächeln entlockt.

»Dies ist noch nicht geschrieben, sei froh. Lasst es mich euch zeigen, was passieren wird, dafür bin ich heute gekommen. Wollt ihr nicht wissen, was euch erwarten kann, sofern ihr siegt? Kinder, das hohe Alter, Liebe und Freude? Aber auch, was geschieht, wenn eure Mission von Misserfolg gekrönt ist?«

Die Überlegung, dass Alice eines Tages ein Kind, mein Kind, unter ihrem Herzen tragen wird, macht komische Dinge mit meinem Herzen – lässt es poltern, auf eine gute Art und Weise.

»Ist es rechtens, dass wir die Zukunft kennen?«, hinterfrage ich rau und versuche, meine Gefühle zu kontrollieren, denn dieses Wissen ist gefährlich.

»Wäre ich sonst hier? Zweifelst du an dem Geschenk der Götter?« Sie reicht uns ihre Hände, wartet ab, ohne uns zu drängen. Alice und ich schauen uns an, ehe wir ihre Hände ergreifen und fortgerissen werden. Jedenfalls fühlt es sich so an, als würde sich der Boden unter mir öffnen und mich verschlingen. Viel schlimmer als ein Drachenflug. Alice' Hand wird mir entrissen und ich komme taumelnd zum Stehen. Alles, was ich sehe, als die Welt wieder stillsteht, ist grelles weißes Licht. Es blendet mich.

»Alice?«, rufe ich. Panik macht sich in mir breit, weil ich sie nicht finden kann und der Wald um uns herum verschwunden ist. Was ist das für ein Hexenwerk? Ich drehe mich um meine eigene Achse, blinzle gegen die Helligkeit an. Wo bin ich? Was ist mit uns passiert?

»Crispin, der König, der keiner sein mag. »Eine helle Stimme erklingt. Ich fahre herum, will mein Schwert ziehen, doch es ist unauffindbar. Ich trage weiße Kleider, statt der schwarzen Kampfrüstung der Alben. Der Stoff ist weich und fließend. Ein Gewand der Götter, mit keinem Material zu vergleichen, welches ich je an meinem Körper getragen habe. »Nicht so hastig, junger Elb. Hier droht dir keine Gefahr. Schon lange wollen wir dich treffen, doch du bist blind für uns, hast die Zeichen nicht gesehen. Der Umbruch, er hat sich längst angekündigt. Der Wind, die Bäume ... Sie haben es dir zugeflüstert, aber du bist taub gewesen, bis sie gekommen ist. Erst das hat dich aufgeweckt.«

»Wo ist Alice? Wer seid Ihr?«, brause ich auf, doch die Frau vor mir lächelt nur wissend. »Sie ist in Sicherheit. Sie ruht, während wir sprechen. Es wird ihr guttun. Sie hat viel erlebt und durchgestanden. Gönne ihr diesen Moment. Einst, vor gar nicht allzu langer Zeit, hat sie anstelle deiner hier gestanden, und dich gewählt, statt die *Heiligen Hallen* und den Frieden, der dort auf sie gewartet hätte.«

Die Nebelgestalt vor mir weist menschliche Züge auf, die immer wieder auseinander wabern. Ihre Worte gehen mir durch Mark und Bein. »Wer seid Ihr?«, fordere ich erneut, zu erfahren. Meine Geduld ist am Ende. Es macht mich nervös, dass sie so vertraut mit mir zu sein scheint, wo ich sie überhaupt nicht kenne.

»Wer ich bin? Das solltest du doch erahnen. Calis, die Göttin des Schicksals. Es hat lange gedauert, aber am Ende hast du doch richtig erkannt, was wir dir für ein Geschenk gemacht haben, Prinz der Elben. Es freut uns, dass du es nun wertschätzt.«

Ich stocke kurz. Sie ist eine echte Göttin? »Warum ich? Warum macht Ihr ausgerechnet mir dieses Geschenk? Ich verstehe es nicht, ohne undankbar wirken zu wollen. Warum soll ich diesen Thron besteigen, wo es etliche gibt, die es wollen? Vermutlich wären sie sogar besser dafür geeignet als ich.«

Calis lächelt, macht eine Bewegung mit der Hand und das grelle Licht verschwindet. Erleichtert reibe ich meine Augen. Wir stehen auf einer Wiese. Weiches Gras wird mir von einem zarten Wind gegen die Beine geweht ... Meine Füße sind nackt. »Wir sind im Zwischenreich. Hier gehen die Toten hindurch, ehe sie in die *Heiligen Hallen* wandern. Hier hat Alice sich dazu entschieden, an deiner Seite zu bleiben, statt mit ihrem Vater zu gehen. Hier hat das Schicksal seinen Lauf genommen. Ja, sie hat die Wahl gehabt und ebenso wie wir dich gewählt. Was für ein schicksalhafter Ort. Sie hätte den Schmerz beenden und ins nächste Reich schreiten können, doch sie hat dich gewählt. Du willst wissen, warum? Genau aus dem Grund, weil du diesen Thron nicht willst, halten wir dich würdig, ihn zu besteigen. Du wirst der sein, der ihn mit gerechter Hand regiert, mit einer Königin an deiner Seite, die deiner würdig ist. Alice ist anders, was du bereits bemerkt hast. Dieses Anderssein wird Fegoria guttun. Wie du deine, hat auch sie ihre Reise bestehen müssen. Sie hat in dieser anderen Welt, fern von unserer, erwachen müssen, nur so habt ihr beide eine Chance und die Möglichkeit gehabt, zu den Persönlichkeiten zu werden, die ihr heute seid. Sie wird unsere Welt bereichern, euch neue Möglichkeiten aufzeigen, an die ihr jetzt noch nicht denkt. Sie wird das Land, welches du so sehr liebst, mit ihrem Wissen bereichern, wird dir treu zu Seite stehen. Wir sehen die Zukunft, Vergangenheit und Gegenwart. Wir sehen alles, was möglich ist und was sein wird. Mit dir wird Fegoria erblühen, wenn ihr denn siegreich seid, was wir hoffen. Unter eurer Führung wird eine lange Zeit des Friedens hereinbrechen – das wünschen wir uns für euch Wesen, über die wir wachen. Der Weg wird kein leichter sein, aber gemeinsam könnt ihr ihn beschreiten. Jedoch nicht ohne Verluste. Nichts im Leben bekommen wir geschenkt, erst recht nicht den Tod.« Ich presse die Lippen aufeinander. Schöne Worte, nur weiß sie, was für eine Last dieses Wissen ist? Und was, wenn wir verlieren? Warum greifen sie nicht ein? »Weil wir es nicht können. Die Götter dürfen nicht eingreifen. Wir können euch lenken, helfen, aber nicht intervenieren. Es würde die Ordnung stören. Wir können Castiell nicht einfach entfernen, egal wie fehlgeleitet er durch seinen Hass ist. Wo liebe ist, da ist auch Feindseligkeit. Wo Licht wandelt, wird auch Schatten sein.«

»Lest Ihr meine Gedanken?«, zische ich, was sie schmunzelnd bestätigt.

»Schlechte Angewohnheit. Was passiert, wenn ihr verliert, fragst du nicht zu Unrecht. Auf deinen Schultern lastet eine schwere Bürde und doch wirst du sie tragen, stolzer Elbenkrieger.«

»Unterlasst es, meine Gedanken gehören mir«, fordere ich, wohl wissend, dass ich kein Recht habe, dies zu befehlen. Jemand wie ich, kann einer Göttin keine Befehle erteilen. Aber ich fühle mich nackt und schutzlos mit dem Wissen, dass sie in meinem Kopf ist. Es fühlt sich nicht richtig an. Meine Gedanken gehören mir.

»Möchtest du sie sehen, die Zukunft? Ich kann sie dir zeigen«, lockt sie mich.

Ich hadere mit mir. Will ich es wissen? Ist dieses Wissen gut für mich? Ich atme tief ein, nicke dann schlussendlich. Was bleibt mir anderes übrig? Zu wissen, wofür ich kämpfen werde, ist wichtig. Vielleicht kann ich daraus Kraft ziehen, die ich am Ende brauche. Wird es die Last von meinen Schultern nehmen?

»Es hat viele Möglichkeiten gegeben. Wir hätten Alice in ihrer Welt lassen können, dann hättet ihr euch nie getroffen. Sie wäre dort in ihrer menschlichen Hülle gestorben, für alle Zeit für euch und uns verloren. Es wäre ein glückliches Leben für sie geworden, mit Kindern, einer Familie und ein hohes Alter, aber ihr hätte im Unterbewusstsein etwas gefehlt. Ein Teil von ihr, wonach sie sich immer gesehnt hätte – dich, ihren Seelengefährten. Sie wäre nicht in die *Heiligen Hallen* gegangen, weil sie kein Teil dieser Welt gewesen wäre. Dort glaubt man nicht an Götter. Dieses Gefühl der Leere, der Verzweiflung, welches euch des Nachts manchmal nicht schlafen gelassen hat, ja, ich weiß davon. Sie ist es gewesen: Zu weit von dir entfernt, zu unerreichbar und doch hat ein Teil von dir gewusst, dass es sie da draußen gibt. Alles in dir hat sich nach ihr verzehrt. Selbst da seid ihr verbunden gewesen. Du hast dich nach ihr gesehnt, und gewusst, dass man sie dir genommen und sie weit von dir weg gewartet hat. Ihre Neugierde wurzelt darin, dass auch sie unbewusst auf der Suche nach dir gewesen ist. Sie ist ruhelos gewesen, ohne den Grund nur zu erahnen, also haben wir euch die Chance gegeben, euch doch zu finden. Obwohl Kota sie zum Schutz fortgeschickt hat, haben wir dort schon die Fäden in den Händen gehabt. Wie haben den Fluch von euch beiden genommen, euch das Geschenk eurer Verbindung, was wir den anderen Bewohnern dieser Welt verwehren, gelassen, weil wir in euch so viel mehr sehen. Es ist eine Chance auf einen Neuanfang. Fegoria ist bereit, die Schuld zu begleichen, den Krieg zu beenden. Nach ihrem Tod würdest du dem Wahnsinn verfallen – aus Kummer um etwas, was du nicht mal gekannt hast. Fegoria hätte damit die Möglichkeit vertan, zu etwas Großem heranzuwachsen.« Eine Schüssel taucht vor mir auf, tiefschwarz wie einst die, die Kelalan genutzt hat, um Alice‘ Vergangenheit zu sehen. »Sieh genau hin, wie euer Leben sein wird, solltet ihr siegreich sein.«

Ich schaue nachdenklich auf das schwarze Wasser, bis es sich aufklärt. Nach und nach erscheinen Bilder, fügen sich als ein Ganzes zusammen. Meine Hände umklammern den kühlen Rand. Eine lachende Alice läuft über eine von Blumen übersäte Wiese. Ihr Haar, weiß und strahlend, weht hinter ihr her. Selbst ihr Duft kitzelt meine Nase, so real ist diese Vision. Warum ist ihr Haar weiß, frage ich mich verwirrt ... Wir altern nicht. Ich sehe nur ihren Rücken, stelle fest, dass ich hinter ihr herlaufe. Eine andere Ausführung von mir. Tiefe Freude und Glück brodeln in diesem Moment und der Version von mir, die ich sein könnte, in mir auf. Über uns bricht Regen herein. Wir suchen Hand in Hand Schutz unter einem der hohen Bäume, die es im Nebelwald nicht gibt. Unter unseren Füßen ist nun warmer Sand. Ich erkenne ihn nicht, diesen Ort, an dem ich uns sehe, er ist mir fremd. Unser Zuhause? Alice lacht mich an. Wir finden einen trocknen Platz. Nass bis auf die Haut dreht sie sich zu mir um, freudestrahlend. Die Schatten, die ich dieser Tage so oft auf ihrem Gesicht bemerke, sind verblasst. Meine Hand legt sich auf ihren Bauch, der kugelrund gewölbt ist. Pure Liebe durchströmt mich. Leben wächst in ihr heran. Leben, welches aus unserer Verbindung entstanden ist. Unser Kind. Das Zeugnis unserer Liebe. Mein zukünftiges Ich schaut sie voller Leidenschaft an, streichelt langsam und bedächtig über ihren Bauch, in dem unser Nachwuchs geschützt ruht. Vor Zuneigung zieht sich mein Herz schmerzhaft zusammen und eine tiefe Sehnsucht bricht in mir aus, durchflutet mein ganzes Sein. Genau dies wünsche ich mir. Ich sehe mich selbst glucksen, mein Ohr an ihr Gewand gedrückt, als lausche ich unserem Kind. Alice schaut liebevoll zu mir hinab, streicht über mein nasses Haar. Ich sehe so unbeschwert und frei aus. Schwer atme ich ein. Diese Bilder drohen, mich zu überwältigen, weil ich in diesem Moment nur eines will: dass genau dieser Augenblick eintrifft. Ich löse mich von ihr, lege meine Hände um ihr Gesicht, küsse sie sanft auf die Lippen. Wir sehen beide so glücklich und selig aus, also müssen wir uns keine Sorgen um das Morgen machen. Das Wasser gerät in Schwingung. Ich will das Gesehene nicht loslassen, doch ich habe keinerlei Macht über die Bilder, die sich sekündlich ändern. Alice erscheint, schweißgebadet bäumt sie sich auf. Sie schreit, während ich besorgt ihre Hand halte und sie ängstlich mustere. Meine Mutter ist da, auch Cian und Noam, die vor der Tür stehen und über uns wachen, während mein Kind, unser Nachwuchs, das Licht der Welt erblickt. Eine fremde Frau, die sich an Cian schmiegt, erspähe ich ebenso. Ich höre den ersten Schrei unseres Kindes, sehe Alice' stolzes Gesicht, der Blick voller Zuneigung, als ich unser Kind wiegend im Arm halte und mich zu ihr beuge, um sie zu küssen. Sogar Elil, der lachend in hellen Gewändern ins Zimmer stürmt, und überhaupt nicht wie der dunkle Alb wirkt, den ich heute kenne, ist anwesend. Wir sehen so glücklich aus, dass es mir fast wehtut, uns so zu betrachten und dabei zu wissen, was noch vor uns liegt, damit dies überhaupt eintreten kann. Unser Weg wird steinig und lang.

Wieder wechseln die Bilder ... Ein Thron, überwachsen mit Ranken und Rosen. Ich sitze dort ... Deutlich älter, was ich an meinen Augen erkenne, denn sie sind erfahrener, sprechen von Jahrhunderten, die bereits verstrichen sind. Zu meiner linken und rechten Seite befinden sich weitere Stühle. Wir sitzen in einer großen Runde zusammen. Ich herrsche nicht alleine. Cian, Noam, Alice – Personen und Wesen, die ich noch nie gesehen habe, hocken mit mir im Kreis. Alice schaut zu mir auf, mit einem Lächeln auf den Lippen. Frieden! Frieden und Einigkeit lenkt die Völker Fegorias, das bemerke ich an den entspannten Gesichtern der Runde. Kein Kummer trübt sie. Wie viele Jahre vergehen bis zu dieser Zukunft? Wo werde ich diese Verbündeten finden? Was muss ich tun, damit sie sich mir anschließen?

Die Bilder verblassen, ich bleibe mit klopfendem Herzen zurück. Gänsehaut bedeckt meine Arme. »So schaut ein vereintes Fegoria aus. Das könntet ihr beide erschaffen. Solltest du versagen oder du deinen Platz nicht einnehmen ... Sieh selbst!« Erneut kräuselt sich das Wasser ... Karges, trostloses Land ... Verbrannt bis auf den letzten Baum ... Gebäude, eher Ruinen ... Skelette stapeln sich auf dem Boden, während Trolle sich an den Knochen vergnügen ... Wölfe, die sich um Kadaver beißen ... Ich drehe mich im Kreis. »Das ist einst Escher gewesen. Die Menschen, sie sind vernichtet worden. Für alle Zeit ausgelöscht. Es wird nie wieder einen Menschen in Fegoria geben. Sie sind fort. Castiell hat sie dem Erdboden gleichgemacht, es gibt keine Überlebenden dieser Rasse«, lässt Calis mich wissen. »Doch sie sind nicht die einzigen Opfer dieser Schlacht, wenn du scheiterst. Kota wird Völker ausrotten, die ihm ein Dorn im Auge sind. Niemand wird mehr sicher sein. Volk um Volk wird fallen oder versklavt werden. Sein Ziel ist die alleinige Herrschaft. Mordend wird er durchs Land ziehen und eine Schneise der Verwüstung hinterlassen. Er wird Fegoria und alles Gute eliminieren. Er ist die Wurzel des Bösen, die diese Welt befallen hat. Besiegst du ihn, zerschlägt es das Böse.« Ich stehe auf einem Schlachtfeld. Vor mir tobt das letzte Gefecht, das weiß ich. Ich spüre es bis in die Tiefen meiner Seele. Machtlos bin ich nur ein stiller Zuschauer, als sich die Schrecken offenbaren. »Es müssen Opfer gebracht werden, um zu siegen. Du wirst Entscheidungen treffen, dich an den heutigen Tag und das, was ich dir gezeigt habe, erinnern. Nicht alles wird sofort ersichtlich sein. Du wirst Furcht verspüren, Verluste erleiden und daran wachsen. Du musst auf Alice vertrauen. Darauf, dass ihr nach allem ein Leben habt. Denk an meine Worte. Manche Opfer müssen gebracht werden, damit man sein Ziel erreichen kann. Leben und Tod liegen so nah beieinander. Ignorierst du diesen Rat, wirst du der sein, der fällt. Vertrauen in die, die du liebst, junger Elb, ist das Wichtigste. Du kannst das, was kommt, nicht aufhalten. Du kannst nur darauf vertrauen, dass du, wenn du dein Schicksal annimmst, siegen wirst. Ihr könnt diese Zukunft erschaffen, die du so hoffend herbeisehnst. Und sei gewiss, sobald das Ende kommt, musst du dich ihm nicht alleine stellen.«

Ein Schwert steckt in meiner Brust. Ich sehe mich selbst mit geweiteten Augen, ohne ein Leben in ihnen, im Dreck liegen, Astas abgeschlagener Kopf neben mir. Seine Krähen kreischen laut über unseren Leichen. Alice schlägt schreiend nach den Vögeln, schüttelt immer wieder meinen leblosen Körper, ehe Grimm sie von mir fortzieht. Sie wehrt sich, tritt ihn und stürzt dabei zu Boden. Hasserfüllt schaut sie zu ihm auf, tritt ihn erneut, diesmal direkt gegen sein Schienbein, ehe ein Schlag sie niederstreckt. Sie landet auf meinem toten Körper, bewusstlos und nicht stark genug, sich ihm entgegenzustellen. Noam erscheint, über und über mit Blut besudelt, geht er auf Kota los, nicht bereit, ihm Alice zu überlassen. Er kämpft für seine Königin. Mein Freund mobilisiert seine letzten Reserven, um für meine Gefährtin einzustehen, weil ich es nicht mehr kann. Das Wissen, dass sie mich überdauern, lastet schwer auf mir. Ich sollte der sein, der sie schützt. Wie kann es so schiefgehen, dass ich in die *Heiligen Hallen* einkehre? Noam schwankt, wird hinterrücks von Castiell erstochen. Er sinkt zu Boden, aber nicht, ohne ein letztes Mal sein Schwert zu heben. Alice erwacht benommen, springt auf, um dazwischen zugehen, doch zwei Albe halten sie zurück. Sie sieht ebenso zerschlagen aus wie wir. Sie schleppen sie von Noam fort, der gerade stirbt.

Kälte breitet sich in mir aus. Ihr Schicksal wird schlimmer sein als der Tod, das weiß ich. Ich entdecke Cian, nicht weit von mir entfernt. Tot blicken auch seine Augen gen Himmel. Sein Körper verdeckt den einer Frau, die ich noch nie zuvor gesehen habe, und doch meine ich, sie in der anderen Version auf einem der Stühle erspäht zu haben. Wer ist sie? Was verbindet mein Bruder mit ihr, dass er bereit ist, dafür in den Tod zu gehen?

Topas ist verschwunden ... Kalmias Überreste brennend am Boden, zusammen mit anderen Rankenwesen. Ausgelöscht. Ich wende mich von diesen Bildern ab, sehe Elil oben am Himmel seine letzte Schlacht kämpfen, Bararods Flügel sind längst durchlöchert. Ein Pfeil trifft sein Ziel. Er brüllt laut auf, während jemand mit langen hellen Haaren hinter ihm von seinem Drachen in den Tod stürzt. Der Schmerz in seiner Stimme hörend, jagt es mir eiskalt den Rücken hinunter. Nein, diese Zukunft werden wir verhindern. Gemeinsam. Ich nehme mein Schicksal an. Wir werden Fegoria vereinen. Unerwartet stehe ich wieder im Licht, blinzle angestrengt.

»Jetzt weißt du, was passieren wird, solltest du versagen. Wir nehmen den Fluch von euch, geben euch die Seelengefährten zurück, wenn ihr Frieden in unsere Welt bringt. Wir sind des Mordens leid. Wir Götter wollen unsere Schöpfung glücklich erleben. Nach euch werden weitere Gefährten erwachen – mit jedem Schritt, den ihr geht. Mit euch hat es begonnen und ihr bringt es zu Ende.«

»Ihr habt mein Wort, dass ich bis zum Schluss dafür kämpfen werde, wie auch immer dies aussehen wird.«

Sie nickt. »Ich habe nichts anderes erwartet.« Nein, ich werde nicht zulassen, dass Alice abermals in Grimms Hände gelangt. Sie wird nicht als Einzige übrigbleiben.

Plötzlich erscheint Alice neben mir. Sie wirkt verwirrt. Sofort reiße ich sie an mich, drücke mein Gesicht in ihr duftendes Haar. Ihr geht es gut. Es ist nur eine Vision gewesen, beruhige ich mich selbst, auch wenn mein Herz wild pocht. Diese Bilder werden mich bis an mein Lebensende verfolgen, so viel ist sicher.

»Halte fest, was du liebst, Alice. Bevor das Ende kommt, werden wir uns nochmal treffen. Denke an meine Worte: Das Ende wird ein neuer Anfang sein. Vertrauen ist alles, was letztendlich zählt. Und nun, erwacht Eure Freunde werden bald eintreffen.«

SIEBEN

So schnell die Helligkeit gekommen ist, ist sie auch verblasst. Crispin und ich stehen Arm in Arm auf der Lichtung, alleine. Die Todesfee ist fort und ich bleibe leicht verwirrt zurück. Was ist das denn gewesen? Gott sei Dank ist dieses Wesen, oder was auch immer sie gewesen ist, verschwunden. Ich löse mich langsam von Crispin, reibe mir über meine Arme. Es fröstelt mich. Todesfee. Alleine der Name jagt mir eine Gänsehaut über den gesamten Körper. Was hat sie von uns gewollt?

»Das ist echt gruselig gewesen«, flüstere ich und bemerke, wie intensiv Crispin mich mustert. Sein Blick wandert an mir hinab, zu meinem Bauch, verharrt dort kurz, ehe er den Kopf schüttelt und entschlossener denn je wirkt. Verwundert schaue ich an mir hinab, doch ich sehe nichts Ungewöhnliches. Alles wie vorher. Vorsichtshalber taste ich mich ab, aber nein, ich bin wohlauf. »Alles okay mit dir?«, frage ich vorsichtig.

»Ja, ich ... muss nur meine Gedanken ordnen. Gib mir einen Moment.«

Er muss seine Gedanken ordnen? Was für Gedanken? Was habe ich verpasst? Sie hat uns etwas zeigen wollen. Warum hat sie es nicht getan? Es sind sechs

Sätze gewesen, die sie mit uns gesprochen hat. Dafür der Aufwand?

»Das ist komisch gewesen, oder? Ich meine, das ganze Spektakel für *Halte fest, was du liebst, Alice. Bevor das Ende naht, werden wir uns erneut treffen. Denke an meine Worte.*« Ich zucke mit den Schultern. Crispin will etwas sagen, schließt aber seine Lippen. Er atmet tief ein, ehe er doch zum Reden ansetzt: »Wir müssen nicht alles verstehen, was die Götter von uns verlangen. Sie werden ihre Pläne haben.«

»Okay.« Ich runzle die Stirn. »Du bist gerade komisch.« Verheimlicht er mir etwas? Ich kneife die Augen zusammen, doch er hält meinem Blick stand. Entschlossen erwidert er ihn ... So gerne hätte ich sein Pokerface. Bevor ich weiter bohren kann, schießt ein schwarzer Blitz über die Lichtung, genau auf uns zu. Crispins Reflexen ist es zu verdanken, dass ich nicht umgerannt werde und mein Gesicht Bekanntschaft mit dem Boden macht. Er stößt mich zur Seite, geht dann statt meiner lachend zu Boden. Ja genau, lauthals lachend. Etwas, das man aus seinem Mund eher selten vernimmt. Ich liebe dieses Geräusch. Silver hat ihn einfach von den Füßen gerissen und leckt ausgiebig über das Gesicht seines Freundes. Die Rute des Wolfes schwenkt so wild hin und her, dass er vermutlich jede Sekunde vom Boden abheben wird.

Crispin schaut peinlich berührt zu mir auf, ehe ihm ein Glucksen entfährt, was mich überglücklich macht. Ich liebe sein Lachen abgöttisch.

»Runter! Was ist nur los mit dir?«, jauchzt er und schiebt den riesigen Wolf von sich. Er kommt nun schwanzwedelnd auf mich zu, reibt seinen großen Kopf an mir, hechelt zufrieden und bläst mir seinen nicht gerade frischen Atem ins Gesicht. Liebevoll knuddle ich dieses todbringende Tier.

Ich hebe meinen Blick, in den Bäumen kracht es urplötzlich laut. Etliche Vögel fliegen erschrocken auf, als sich etwas einen Weg durch die Bäume bahnt. Topas landet nicht weit von uns auf dem Boden, rennt dann auf seinen kurzen Beinen zu uns, stolpert dabei etliche Male, so aufgeregt ist er. »Topas«, hauche ich. Sofort schießen mir Tränen in die Augen. Mein Topas. Ich gehe in die Knie und breite meine Arme aus. Er kommt auf mich zu, so schnell ihn die kurzen Drachenbeine tragen. Ich sehe in die, vor Freude leuchtenden, Augen meines kleinen ... viel größeren Drachens, der fast wie ein Pony wirkt. So lange bin ich doch gar nicht fort gewesen, oder? Er ist wahnsinnig gewachsen, gibt glucksende Töne von sich, als er vor mir zum Stehen kommt. Ich schließe meine Arme um seinen glatten Hals, vergrabe mein Gesicht an ihm. Kleine Rauchschwaden kriechen aus seiner

Nase, wirbeln um uns herum, als er mein Gesicht mit seiner geteilten Zunge abtastet. »Wer hat dich gefüttert?«, lache ich schluchzend, schmiege mich an ihn und sein warmer Atem streift über meine Haut. »Oh Gott, du hast mir unendlich gefehlt.« Ich heule los, und wie, es gibt kein Halten mehr. All meine Emotionen kochen über. Ich habe meinen kleinen Freund schrecklich vermisst. Ihm ist es anscheinend ähnlich ergangen. Er stupst mich mit der Nase an, seine Zunge tupft eine Träne von meiner Wange. Ich lache erfreut auf, während seine bernsteinfarbenen Augen mich glückselig betrachten. Er schnurrt wie eine Katze, reibt immer wieder seinen Kopf an meinem Kinn, ehe er mich erneut mustert, als kann er selbst nicht fassen, dass ich es bin.

»Wo sind die beiden Biester?«, höre ich eine Stimme aus dem Wald, bevor zwei Reiter auftauchen. Sie entdecken uns, verharren augenblicklich. Eine Sekunde scheint die Zeit still zu stehen. Ungläubig starren wir uns an. »Ich fasse es nicht«, flucht einer der Reiter, sitzt sofort ab und kommt auf uns zu, der andere ist nicht weniger flink. Langsam erhebe ich mich, spüre Crispins Hand in meinem Rücken. Mein Herz schlägt vor Freude über dieses Wiedersehen. »Warum weint sie bei unserem Anblick? Sehen wir so unschicklich aus? Oder ist es die Erleichterung, dass sie nicht mehr mit meinem Bruder alleine ist?« Mein Körper steckt in einer Schockstarre. Die zwei Männer kommen mit einem warmen Lächeln auf uns zu. Mein Herz setzt kurz aus, läuft sogleich vor Freude fast über. Empfindungen drohen, mich zu überwältigen – es ist zu viel. Auch ihnen sehe ich an, dass es sie nicht kaltlässt. Viel zu lange sind wir getrennt gewesen.

»Wo bleibt meine Begrüßung?« Noam breitet seine Arme einladend aus, wird von Cian, der ihn gespielt böse anschaut, angerempelt.

»Hey, Fußsoldat. Nach deinem Prinzen. Prinzen haben immer Vorrang, jenes sollte dir bewusst sein.«

Die beiden kabbeln sich, genau wie das letzte Mal, als ich sie gesehen habe. Es fühlt sich an, als wäre nur ein Wimpernschlag vergangen. Sie sehen müde aus, aber sie sind hier. Sie leben, es geht ihnen gut. Plötzlich erfüllt pures Glück meinen Körper. Es fühlt sich an wie früher. Crispin und ich, die Jungs, Topas, Silver – wir alle vereint. Zusammen sind wir unbesiegbar, das weiß ich einfach. Ich schüttle die Starre ab, laufe den beiden entgegen und werfe mich ihnen gleichzeitig in die Arme. Sie taumeln nicht mal, diese Mistkerle. Mühelos halten sie mein Gewicht und drücken mich ebenso fest an sich. Tränen vernebeln mir die Sicht. Ich vermute, ich rotze sie ein wenig voll, aber auch das ist mir egal. Damit müssen sie wohl oder übel leben. Sie alle sind wohlauf. Sie sind hier, bei uns. Als ich mich von ihnen löse, habe ich leichten Schluckauf. Cian streicht mir sanft über die Wange, ein Lächeln liegt auf seinen Lippen.

»Du hast schon mal besser ausgesehen. Will ich wissen, was passiert ist, oder wird es mir den Schlaf rauben? Du hältst uns ganz schön auf Trab, aber mein Bruder braucht das.«

»Musst du uns immer so einen Schrecken einjagen?« Noam tadelt mich liebevoll, zwickt mir in die Seite. »Dich kann man nicht eine Minute aus den Augen lassen.« Ich schniefe zur Antwort, unfähig, gerade wirklich etwas zu sagen. Klar, es ist mein Wunsch gewesen, sie alle wieder zu sehen, aber so richtig daran geglaubt, habe ich nicht zu einhundert Prozent. Nicht, nachdem Asta und Grimm immer mehr Erfolg mit ihrem Trank gehabt haben und zwischen mir und meinen Freunden das ganze Reich der Albe gelegen hat. Ich habe gewusst, dass sie mich nie im Stich lassen werden. Niemals! Sie sind meine Familie. »Also, Crispin, hat sie dich ebenfalls so begrüßt wie uns oder dir den Tritt verpasst, den du verdient hast?« Noam will Crispin über seinen Kopf streichen, wird jedoch von ihm abgewehrt und landet stattdessen selbst in einem Schwitzkasten. Sie rangeln wie Kleinkinder, ich hingegen lehne mich an Cian. Seine Arme schließen sich um mich und ich atme tief ein. Er ist mein Bruder, ebenso wie Noam. Man merkt uns allen die deutliche Erleichterung, dass wir wieder vereint sind, an.

»Sie hat mich verprügeln wollen, wirklich. Das hätte dir mit Sicherheit gefallen.« Crispin lässt Noam frei, kommt zu uns geschlendert, schlägt Cian auf den Rücken, ehe er ihn in eine kräftige Umarmung zieht. »Schön dich zu sehen, Bruder.«

»Schön, dich nach deinem waghalsigen Plan mit einem Alben auf einem Drachen zu reiten, wohlauf zu sehen. Ich bin mir nicht ganz sicher gewesen, ob ich dich wiedersehen würde, aber hier stehst du. Auf die Geschichte eures Wiedersehens bin ich gespannt.«

Immer wieder schmiege ich mich an Pix, kuschle mich an sein weiches Fell, was er mit einem Wiehern kommentiert. »Sie freut sich über das Pferd mehr als über uns, merkt ihr das auch?«, ruft Noam von weiter hinten, und ich grinse in die weiche Mähne meines Tieres. Es ist einer der besten Tage überhaupt. Ganz bestimmt. Nachdem wir uns im Wald getroffen haben, haben wir keine Zeit mehr verschwendet und uns sofort auf den Weg zum Tunnel gemacht, wo wir die anderen treffen werden. Der Himmel über uns wird dunkler, doch wir haben noch ein paar Stunden Ritt vor uns. Dank der Pferde kommen wir viel schneller voran und meine müden Beine können etwas ruhen. Eine wahrhaftige Wohltat. Ich freue mich so sehr auf ein Bett, ein Bad und ein Stück Brot. Das wird ein Fest für alle Sinne. Am liebsten möchte ich direkt tagelang schlafen.

»Es riecht ja auch besser als du, Noam«, rufe ich feixend zurück.

»Euch hat sie ja noch herzlich begrüßt, mich eher aufspießen wollen«, wirft Crispin ein und zwinkert mir unterdessen zu. Ich werde rot. Er will mich aus der Reserve locken und ärgern. Vermutlich fühlen wir gerade alle dasselbe. Wir sind wieder zusammen, unsere kleine Familie, und so schenke ich ihm ein ehrliches Lächeln welches er warm erwidert.

»Du übertreibst«, winke ich ab. Er hat recht, was mir mehr als unangenehm ist, aber das ist keine Absicht gewesen, was der Schuft genau weiß. Er will mich ärgern, wie er es stets gerne macht.

»Ich kann immer noch nicht fassen, dass ihr gleich zwei Chimären getroffen und das sogar überlebt habt. Nichts gegen euch, aber ...« Cian findet das Ganze nicht so lustig wie Noam. Er mustert uns immer wieder, als will er sichergehen, dass wir noch alle Gliedmaßen besitzen. Ich wackle mit allen zehn Fingern in seine Richtung, woraufhin er seine Mundwinkel zu einem schiefen Grinsen verzieht.

»Das haben wir wohl kaum mit Absicht geplant, Bruder. Und glaube mir, es ist knapp gewesen, selbst für meine Verhältnisse. Wären wir nicht gesprungen, muss ich gestehen, glaube ich nicht, dass wir es überstanden hätten. Auch wenn ich davon überzeugt bin, ein überragender Kämpfer zu sein, wäre ich dabei an meine Grenzen gestoßen. Ohne Elil hätte ich es nicht mal in die *Schwarzen Lagunen* geschafft. Sie sind gerissen, überall Bogenschützen.«

»Hat mein Bruder gerade zugegeben, dass er nicht gesiegt hätte? Haltet die Pferde an, das muss ein Wechselbalg sein! Zieht die Schwerter! Faule Zauber!«

Ich feixe geräuschlos, während Crispin seinen Bruder säuerlich mustert. Topas schwirrt an mir vorbei, verschanzt sich dann knurrend auf einem Baum an meiner linken Seite. Der Ast biegt sich beachtlich. Er ist tief beleidigt, dass er nicht mit auf Pix reiten darf. Ist ihm bewusst, wie groß er ist? Mein armes Pferd! Langsam bricht die Dunkelheit über uns herein. Die ersten Sterne erhellen neben den beiden Monden den Himmel. Die Tiere der Nacht erwachen, Grillen zirpen ihr Abendlied. Silver verschwindet in das Dickicht, vermutlich um sein Abendessen zu finden. Topas folgt ihm, allerdings nicht besonders leise, sodass ich dem Wolf keine große Erfolgschance ausrechne. Die beiden sind wie Hund und

Katz, wie zwei sich balgende Kinder. Ich bekomme eine Gänsehaut bei dem Gedanken, was sich in den Büschen herumschleicht. Es beruhigt mich, dass Topas und Silver ebenfalls über uns wachen, wahrscheinlich aufmerksamer als wir, denn ich möchte demnächst sicher keine weiteren Monster treffen. Nicht mal ein Reh, wenn es hier so etwas Normales gibt. Bestimmt hat es dann Säurespeichel oder ... Ach, weiß der Geier ...

»Wie ist es in den *Schwarzen Lagunen* gewesen, Alice? Niemand von uns ist bisher dort gewesen. Erzähle uns ein wenig. Ich bin neugierig. Wie leben Albe?« Cian lenkt sein Pferd neben meines. Dass er diese Frage stellt, wundert mich nicht. Er ist schon vom ersten Tag an der vorwitzige Bruder gewesen, muss alles wissen und hinterfragen. Das macht einen großen Teil seines Charmes aus, diese offene Art. Noam und Cian haben Dune und Pix an ihren Pferden festgebunden und mit zum Treffpunkt gebracht. Als wir nicht aufgetaucht sind, haben sie das Schlimmste vermutet. Es tut mir unsagbar leid, ihnen solche Sorgen bereitet zu haben.

Ich weiche einer Liane aus, die ziemlich fies ihre aussehenden Dornen in meine Richtung streckt. Ich könnte schwören, dass sie sich von selbst zu mir bewegt hat. Mich fröstelt es und ich weiche noch ein Stück weiter aus. Sogar Flora und Fauna sind in Fegoria gefährlich.

Super! Diese Welt ist wirklich ein Urlaubsparadies, denke ich voller Ironie. Sie sollten hier Never-Come-Back-Reisen für Arschlöcher anbieten. Mein Blick wandert kurz zu Crispin, der die Lippen auf Cians Frage hin, auf die ich noch immer nicht geantwortet habe, fest aufeinandergepresst hat. Ich weiß nicht, wie viel ich erzählen kann, ohne ihn zu verletzen, aber er nickt, obwohl er sich sorgt, da ich nicht bereit bin, mich damit auseinanderzusetzen. Zeit ... Mir ist bewusst, dass er mir die Zeit geben möchte, darüber zu sprechen, doch er hat Angst vor meinen Antworten. Das sehe ich ihm an, auch wenn er es nicht ausspricht. Ich muss reden, so glaube ich, denn sie haben ein Recht, es zu erfahren. Vielleicht wird es uns irgendwann nutzen. »Es ist ... kalt und feucht gewesen«, beginne ich zögerlich und suche nach den richtigen Worten, um es genau zu beschreiben. »Alles trostlos und finster. Fröhlichkeit und Wärme haben komplett gefehlt. Ein Lachen habe ich dort so gut wie nie vernommen. Oh, und wisst ihr was? Ich ... Ich habe Familie. Ja, wirklich. Eine Cousine und einen Cousin. Aber das wisst ihr ja bereits. Ich hoffe, dass wir sie in der Wüste wiedertreffen werden. Elil hat uns abermals das Leben gerettet. Das ist äußerst riskant für ihn und seine Schwester gewesen. Sollte Grimm sie erwischen, wird er sie nicht töten. Nein, es wird Schlimmeres mit ihnen anstellen. Ohne ihn hätten wir es vermutlich nicht mal aus dem Schloss geschafft.«

»Wir und Albe ... in einem Heer ... Dass ich das noch erlebe«, brummt Cian, woraufhin meine Mundwinkel leicht zucken. Crispin hat mir berichtet, wie sehr Cian sich gewehrt hat, um nicht mit meinem Cousin gehen zu müssen. Es ist für alle eine neue Situation, die Albe werden ebenso denken, jedenfalls die, die sich uns anschließen. Für niemanden wird es einfach, alte Muster zu durchbrechen. Allerdings hätte ich erwartet, dass es gerade Cian leichter fallen würde. So kann man sich täuschen.

»Grimm und Castiell sind grausam, heimtückisch und herzlos. Mehr als das. Sie unterdrücken ihr Volk, herrschen mit harter Hand durch Gewalt, Einschüchterung und Angst. Sie morden, ohne mit der Wimper zu zucken. Ein Stallbursche hat aus Versehen Wasser über Grimms Stiefel verschüttet. Er hat ihn auspeitschen lassen, bis der arme Junge nicht mehr aufrecht stehen hat können. Er ist fast noch ein Kind gewesen. Ich ... habe tatenlos zugesehen.« Scham durchflutet mich. Es ist an jenen Tag gewesen, bevor Crispin gekommen ist. Ich habe nichts unternehmen können, um es zu verhindern. Das hätte Grimms Wut nur noch mehr entfacht und er hätte es an dem Burschen ausgelassen.

»Alice, du hast getan, was du tun hast müssen, um zu überleben«, knurrt Noam und ich weiß, dass er recht hat, aber dennoch lastet das Wissen, dass ich nichts getan habe, schwer auf mir. Ich habe dort so viele Schläge eingesteckt, wäre es darauf noch angekommen? Sie hätten ihn vermutlich getötet, wenn ich eingegriffen hätte, um mir die Lektion zu erteilen, dass Mitgefühl eine Schwäche ist. Eine Schwäche, die sie an mir nicht akzeptieren. Ach was, die sie bei niemanden akzeptieren.

»Dass sie gnadenlos sind, ist uns bekannt. Hat er dich ...«, setzt Cian leise und vorsichtig an, was Crispin nach Luft schnappen lässt. Ich weiß sofort, was er meint und meine Wangen färben sich rot.

»Cian!« Crispins Stimme ist hart. Sein Bruder zuckt zusammen, reibt sich verlegen über den Nacken. Ja, ich habe geahnt, dass die Frage, ob sie mir Gewalt angetan haben, kommen wird. Crispin hat mir diese Frage noch nicht persönlich gestellt, obwohl ich weiß, dass er es sich selbst pausenlos gefragt haben wird. Er gibt mir Zeit, selbstständig zu ihm zu kommen, um über all das zu sprechen, was mir widerfahren ist.

»Es ist okay, Crispin. Wirklich«, flüstere ich plötzlich heiser. »Ihr müsst wissen, was passiert ist. Das verstehe ich.« Ich hole tief Luft. Crispins Lippen sind fest aufeinandergepresst. Ich sehe, dass seine Fingerknöchel weiß werden, so zäh umklammert er das Zaumzeug. Ich schaue zu ihm auf. »Mir ist bewusst, dass du nichts dafür kannst. Lona ... dieses miese Biest. Sie haben mich im Schlaf überrascht. Damals habe ich gedacht, Crispin sei schon zurück. Es ist ein schöner Tag im Schloss gewesen. Ich habe gebacken, gelesen und Spaß gehabt, mich abgelenkt, um dich nicht zu sehr zu vermissen. Und ja, es ist naiv von mir gewesen, zu denken, dass du es bist, ihr großer Vorteil. Bis ich gemerkt habe, dass etwas nicht stimmt, ist es längst zu spät gewesen. Ich bin müde und schlaftrunken gewesen, das Feuer im Kamin ist weit heruntergebrannt und das Zimmer voller Schatten. Da ist ein Alb in unserem Schlafzimmer ge... Ein brutaler Kerl. Meine Hilferufe hat er im Keim erstickt und mir ins Gesicht geschlagen, ehe überhaupt ein Ton meinen Mund verlassen hat. Ich habe mich gewehrt, weiß Gott, aber bin nicht stark genug gewesen. Noch nicht mal annähernd. Mit Händen und Füßen habe ich versucht, von ihm wegzukommen. Ihr habt recht behalten, dass ein Dolch unter dem Kissen mehr als angebracht ist. Ich werde nie wieder ohne schlafen, denn er hat mir einen Vorteil verschafft. Es ist mir gelungen, ihn zu verletzen und Abstand zu schaffen. Als Lona ins Zimmer gekommen ist, habe ich gedacht, jetzt haben wir ihn. Ich bin davon überzeugt gewesen, dass sie mir hilft. Immerhin hat sie zu euch gehört, ihr habt ihr vertraut, also habe auch ich ihr vertrauen wollen. Ihr hasst Albe, sie hasst Albe, aber ich habe mich getäuscht. Nun, Lona bist du wohl wichtiger als der Hass auf dieses Volk. Weißt du, sie ist es gewesen, die mich KO geschlagen hat. Sie! Ausgerechnet! Wie ein nasser Sack bin ich umgefallen und dann wie ein Hund an der Kette in Grimms Zelt erwacht. Sie haben mich angeleint wie ein Tier. Es ist demütigend und erniedrigend gewesen. Genau dieses Gefühl, dass ich weniger wert bin, hat Grimm mir gleichermaßen vermitteln wollen.«

Crispin atmet tief ein, sein Kiefer ist fest angespannt. Ich sehe an seinen Gesichtsmuskeln, dass er mit den Zähnen knirscht. Er hört aufmerksam zu, als ich leise davon berichte, wie Grimm mich glauben lassen hat wollen, Crispin hätte mich aufgegeben und wie er sich mir aufzwingen hat wollen, ihn zu küssen. Dass ich ihn und Noam gesehen habe, wie sie den Zeltplatz verlassen haben, unwissend, dass ich nur einige Meter entfernt gewesen bin. Oh, dieser Moment ist einer der Schlimmsten gewesen. Sie sind so nah und trotzdem unerreichbar für mich gewesen. Und, dass sie unser Band unterdrücken haben wollen, ebenfalls durch einen Trank, doch dass sie es nicht geschafft haben, ich sie dies aber zu meinem Eigenschutz glauben gelassen habe.

»Es ist unmöglich, dieses Band zu zerstören, außer die Götter selbst entscheiden sich dazu, es zu durchtrennen. Diese Narren. Sie halten sich für Gottes gleich. Ich werde ihn töten, Alice. Für alles, was er dir angetan hat. Ihn, Asta und Castiell.«

»Uns, er hat es uns angetan. Nicht nur mir, Crispin. Und wir haben schon gewonnen, schau doch genau hin. Du hast bewiesen, dass unsere Liebe stärker ist als er, als sie alle. Du alleine. Du bist erschienen und hast ihnen die Stirn geboten. Du bist für eine Albin gekommen, für mich. Damit hast du Zeichen gesetzt. Du hast allen Zweiflern den Wind aus den Segeln genommen. Denn wir sind zusammen hier, du bist siegreich gewesen, Crispin. Du hast mich gerettet, ohne dass dafür andere ihr Leben lassen haben müssen. Ich bin so stolz auf dich. Du alleine, hörst du? Darauf kannst du ebenfalls stolz sein, auch wenn dein Ego nicht noch mehr Lobpreisungen benötigt.« Ich sehe, wie zerrissen er ist, und versuche, es durch den Scherz etwas aufzulockern. Er gibt sich die Schuld an allem. Dabei trägt er sie nicht. Diese ganze Last auf seinen Schultern ... Wie gerne würde ich sie ihm abnehmen ... Ich habe immer ans Schicksal geglaubt, daran werde ich auch jetzt festhalten. Alles passiert aus einem bestimmten Grund. Ich könnte mich verkriechen, weinen und schreien, aber ich kann genauso kämpfen, also mache ich lieber das. Kämpfen! Ich bin stark, stärker als manch einer denkt. »Castiell hat versucht, mich zu brechen – mit Schlägen, Erniedrigungen und Drohungen. Er hat mich auspeitschen lassen. Mehrfach. Ist es schlimm gewesen? Oh ja, aber es gibt durchaus Schlimmeres. Grimm ... Er ... hätte gerne mehr von mir bekommen. Das hast du gehört, als du mich aus seinen Fängen befreit hast. Doch der Trank, den sie mir gegeben haben, hat nicht sofort gewirkt. Die ersten Male, als er mich hat küssen oder anfassen wollen, habe ich ihm in die Lippe gebissen und um mich geschlagen, gekratzt, geschnappt – all das eingesetzt, was ihr mir gezeigt habt. Oh, ihr wärt stolz auf mich gewesen. Ich habe ihm in seine Kronjuwelen getreten. Danach habe ich zwar, für die Prügel, die ich kassiert habe, kaum laufen können, aber das ist es wert gewesen. Also, nein, er hat mir nicht diese Art von Gewalt angetan, die ihr denkt.« Den Göttern sei Dank, setze ich in meinem Kopf fort, ist mir dies erspart geblieben. Ich habe Glück gehabt. So viel Glück.

»In seine was?« Cian schaut fragend zu den anderen, die ebenso verwirrt wirken wie er. Geht das schon wieder los.

»Seine, äh ... männlichen Genitalien. Also da, wo es wehtut.« Sie nicken, hören mir weiter zu. Ich habe gehofft, dieser Witz würde die Stimmung lockern, doch sie wirken weiterhin bedrückt. »Als der Trank gewirkt und er die Hochzeit verkündet hat, ist Crispin rechtzeitig gekommen, ehe ... Nun ... Ich danke dem Schicksal, dass er mir meinen Gefährten rechtzeitig geschickt hat, bevor Grimm seinen Willen bekommen hat. Ich glaube, das hätte ich nicht verkraftet. Also, nein, er hat mich zwar körperlich angegriffen, aber nicht so, wie ihr fürchtet. Alle blauen Flecken werden heilen. Meine Seele hat er nicht brechen können.« Ich kann fast beobachten, wie ein Stein von Crispins Herzen fällt. Die Sorge, die ihm seit meinem Wiederfinden in den Augen gestanden hat, ist jetzt kleiner geworden. Wenn auch nur minimal.

»Ich werde mir nie verzeihen, dass ich dich nicht beschützt habe.« Er weicht meinem Blick aus. »Abermals. Es tut mir so unsagbar leid, Alice. Meine Liebe zu dir und die gleichzeitige Pflicht, der König zu werden, zerreißt mich. Du bist das Wichtigste für mich, doch wenn ich meinen Platz nicht einnehme und siegreich bin, werden wir nicht glücklich sein können. Also, was habe ich für eine Wahl, außer weiterzumachen? Dieser Gedanke nagt so sehr an mir. Ich fühle mich, als würde ich dich im Stich lassen.«

Ich stoppe Pix. »Crispin!«, herrsche ich ihn an, gleichwohl ich es gar nicht so schroff vorgehabt habe. »Du musst damit aufhören. Diese Schuldgefühle fressen dich auf. Dabei gebe ich dir keinerlei Schuld. Lona ist die Schuldige, sie hat uns hintergangen. Grimm und Castiell tragen ebenso Schuld, aber keiner von euch, versteht ihr das? Ich glaube ans Schicksal. Sie hätten mich bekommen, auf welche Art auch immer. So haben wir meine Familie gefunden, den ersten Kontakt zu den Alben geknüpft, und ich lasse mir das Gefühl, dass diese Tortur außerdem etwas Gutes gehabt hat, nicht nehmen. Auch von dir nicht, denn dieser Glaube lässt mich nachts besser schlafen. Verschwende unsere Zeit nicht mit Schuldgefühlen. Lass uns zufrieden sein, dass wir wieder zusammen sind.« Ich schnaube wütend.

»Das kann nicht dein Ernst sein!« Crispin funkelt wütend zurück. »Du siehst etwas Gutes darin, dass sie dich gefoltert haben? Ich habe tatenlos zusehen müssen, wie er dich geschlagen hat. Wie kannst du nur ansatzweise glauben, dass ich das einfach so abhaken kann? Dann bist du verrückter, als ich gedacht habe.« Jetzt geht es los. Unsere Dickköpfe werden wieder aneinanderprallen.

»Ja, ich sage nicht, dass ich es mir lieber anders gewünscht hätte, denn das hätte ich, aber wir können nichts mehr daran ändern und ich bin froh, dass nichts Schlimmeres passiert ist. Das solltest du auch, Crispin. Wenn ich darüberstehen kann, hast du nicht das Recht, dir Vorwürfe zu machen. Halte dir bitte vor Augen, dass du für mich auf einen verdammten Drachen gestiegen bist, bei einem Alben, um zu mir zu kommen. Das ist, was für mich zählt. Du hast mich gerettet.« Überrascht merke ich, dass wir alleine sind. Noam und Cian sind vorausgeritten. Anscheinend wollen sie nicht Zeuge unseres Streits werden. Ich kann es ihnen nicht verdenken, denn ohne es zu wollen, sind wir immer lauter geworden. Wenn wir uns streiten, dann mit Leidenschaft – wie alles, was wir machen.

»Ich habe jegliches Recht, Alice. Weil du die meine bist. Ich hätte dich schützen müssen, kapierst du es nicht? Ich schaffe es, mein Volk zu schützen, aber nicht die Frau, die ich liebe? Diese Schmach frisst mich fast auf. Ich schäme mich maßlos, so sehr versagt zu haben. Was bin ich für ein Mann, der seine Frau nicht schützen kann?« Erschrocken halte ich die Luft an, schaue in sein gequältes Gesicht.

»Crispin ...« Ich suche nach Worten.

»Nein, Alice, du bist stur und hast deinen eigenen Kopf. Das akzeptiere ich. Aber du musst verstehen, dass die Dinge hier bei uns anders laufen, als bei dir in deiner alten Welt. Du, als meine Gefährtin, bist das Wichtigste für mich. Dich zu schützen und zu ehren, hat oberste Priorität. Der Gedanke, dass Grimm dich ... Weißt du, wie vernichtend das gewesen ist? Die Furcht, es allein zu denken? Ich hätte dich nicht weniger geliebt, wenn er Hand an dich gelegt hätte, aber ich hätte mir das nie verziehen. Niemals. Für Grimm wird es keine zweite Chance geben. Das nächste Mal, sobald wir uns treffen, wird einer von uns beiden den Boden mit Blut tränken und nur die Götter wissen, wer von uns es sein wird. Er wird nicht weiter auf dieser Welt wandern, nachdem er es gewagt hat, dich vor meinen Augen zu entführen, dich zu schlagen und vor allem, dich mit seinen Lippen zu beschmutzen.«

»Sag so etwas nicht«, flüstere ich heiser. Ich brauche dich.« Meine Kehle ist plötzlich ganz eng. Die letzten Tage ist Crispin so sanft gewesen, dass ich vergessen habe, wie hart Crispin – der Krieger – wirklich ist und wie gnadenlos kühl er handeln kann, wenn er muss. Ich glaube ihm jedes Wort. Er geht gerade perfekt in dieser Rolle auf.

»Alice, ich bin ebenso dein Mann wie ein Krieger. Du kannst nicht ändern, was ich bin, und ich kann nicht ändern, was du bist. Ich liebe dich aufrichtig, aber ich werde jeden mit dem Tod strafen, der es wagt, dich anzufassen, insbesondere gegen deinen Willen. Ich werde dich schützen, uns schützen. Komme, was wolle.« Er reicht mir die Hand, zieht mich zu sich aufs Pferd. »Du machst mich ohnehin zu einem Weichling kleiner Schmetterling. Ich muss doch meinen Ruf wahren. Er senkt seine Lippen auf meine, erobert meinen Mund mit einem Kuss, der meinen Körper in Flammen versetzt, und erstickt jedes Widerwort somit im Keim.

ACHT

Wir reiten die ganze Nacht und den halben nächsten Tag, lassen das Reich der Albe weit hinter uns, umgehen die Eisebene und erreichen den Treffpunkt mit Kalmia, wenn auch mit einigen Stunden Verspätung, doch das ist es wert gewesen, um nicht abermals durch den Schnee und Eis reiten zu müssen. Nun stehen wir vor einer großen Felswand, außer uns ist niemand zu erspähen. Ranken und Blüten ringeln sich empor und die Pferde schnauben unruhig. »Sie müssen hier irgendwo sein.« Ich steige ab, mustere den Boden und finde etliche Spuren. Unser Heer ist hier entlang, definitiv. Nur wo sind sie hin? Ihre Spuren führen zum Berg. Ich folge den Spuren. Die anderen warten, schauen sich aufmerksam und wachsam um. Sie werden ja wohl kaum durch Stein gegangen sein, oder? Merkwürdig. In diesem Moment treten zwei Wachen hinter einem großen Felsen hervor, der völlig umwachsen zu sein scheint.

»Mein König!« Racella verbeugt sich tief und auch Yuno geht in die Knie. Freude durchströmt mich, zwei meiner besten Krieger wohlauf zu erblicken.

»Steht auf!«, fordere ich sogleich, trete ihnen mit einem Lächeln entgegen. Hinter ihnen erscheint Kalmia. Ihre rosafarbenen Augen richten sich erst auf mich, dann auf Alice. Sie nickt, wirkt äußerst zufrieden. Schmetterlinge steigen in den Himmel hinauf, als sie uns zum Gruß zunickt.

»Ich habe gewusst, dass Ihr es schafft, Crispin. Es freut mich, dass ich recht behalten habe. Es ist an der Zeit, dass Ihr endlich ankommt, sie rinnt uns durch die Finger.«

»Schön, dass Ihr auf uns gewartet habt.« Ich nicke ihr ebenfalls zu.

»Wir haben die anderen bereits vorgeschickt. Meine Schwester hat hier auf uns gewartet, sie führt die Heere durch die Tunnel. Sie sind alle erschöpft und müde von der langen Reise gewesen und haben dringend eine Pause gebraucht. Vor allem die Frauen und Kinder. Wir haben gedacht, dies sei in Eurem Interesse. Wenn es Euer Wunsch ist, werden wir hier Wachen postieren, weiteren Nachzüglern den Weg weisen oder den Tunnel bei Gefahr schützen. Dieser Zugang ist der, den wir zur Not am einfachsten schließen können, ohne dass sie unseren Aufenthaltsort finden. Es gibt zusätzlich versteckte Wege, weit entfernt von diesem. Der Tunnel ist durch Magie mit der Wüstenebene verbunden. Mit einen Zeitzauber kommen wir viel schneller dort an, als wir es über den normalen Weg täten. Deswegen sind wir sicher und bisher hat uns keiner gefunden.«

»Es werden welche dazukommen. Ich habe ihnen die Karte gegeben. Die Tore sollen jenen offen stehen, die bereit sind, uns zu folgen. Niemand wird abgewiesen! Wie schützt Ihr den Eingang?«, hinterfrage ich neugierig und Racella lächelt.

»Das werdet Ihr kaum glauben, wenn Ihr es nicht selbst seht, Majestät.« Hinter mir steigen die anderen ab. Alice fällt Racella und Yuno um den Hals.

»Euch geht es gut, dem Himmel sei Dank.« Beiden ist die Begrüßung unangenehm, das sehe ich an den hilflosen Umarmungsversuchen, doch ich gebe es auf, Alice darauf hinzuweisen. Mit einem Lächeln auf den Lippen drehe ich mich um.

»Das ist meine Gefährtin. Alice.« Ich strecke meine Hand nach ihr aus, die sie sofort ergreift, und sie schmiegt sich in meinen Arm.

Kalmia mustert sie aufmerksam, während Alice sie unverhohlen anstarrt. Ich räuspere mich und Alice bemerkt ihren Fauxpas, wird rot bis an die Ohrenspitze. »Verzeiht mein Gestarre, aber Ihr seid wunderschön«, haucht sie. »Eure Gefährtin ist ganz entzückend, Hoheit.« Dann verneigt sich das Rankenwesen, unzählige Schmetterlinge steigen in die Höhe. »Es freut mich, Euch endlich zu treffen. Ich habe schon viel von Euch gehört. Nun folgt mir. Die Zeit drängt. Es gibt einiges zu besprechen.«

»Bitte, sag du. Ich hasse es, wenn man mich siezt«, kommt es prompt aus Alice‘ Mund und ich kann nicht anders, als leise zu lachen. Es gibt Dinge, die ändern sich nie. Meine Gefährtin gehört dazu. Die Göttin hat recht, Alice wird Fegoria verändern, und ich freue mich darauf. Mit ihrer Güte und Liebenswürdigkeit, wird sie vieles besser machen.

Wir folgen den Wachen, Cian und Noam führen unsere Pferde hinter uns her. Vor einer vollständig bewachsenen Wand bleiben wir stehen. Ich kratze mir den Nacken. »Okay, und jetzt?« Kalmia lächelt nur, hebt ihre Arme, murmelt etwas vor sich hin, ehe sich Ranke um Ranke vom Felsen zu schlängeln beginnt. Blätter rollen sich einfach zur Seite, dicke Äste gleiten wie riesige Schlangen über den Waldboden und nach wenigen Sekunden offenbart sich uns ein Tunnel. Vier Rankenwesen stehen links und rechts am Eingang. Sie verneigen sich, als wir an ihnen vorbei treten. Neben ihnen verharren einige Yetis und Elben, die uns gleichermaßen Respekt zollen. Zwerge und Menschen entdecke ich ebenfalls, ebenso Wachen aus all unseren Reihen. Ein Zeichen unserer Zusammenarbeit. Zufrieden trete ich in den Tunnel ein. Genau so wäre es in meinem Sinne gewesen: den Zusammenhalt stärken.

»Wir haben gedacht, einen Wachtrupp zurückzulassen,

der nicht nur aus einer Spezies besteht. Ein Zeichen für alle, die noch dazustoßen werden, dass wir zusammenhalten und jeder willkommen ist«, teilt Noam mir mit. »Wir haben es mit Kalmia abgesprochen, bevor sich unsere Wege getrennt haben. Ich bin davon ausgegangen, es ist in deinem Sinne.«

»Sehr gut«, lobe ich meinen ersten Befehlshaber. Hinter uns schließt sich der Tunnel, kein Licht dringt mehr hinein. Alice tritt dichter zu mir, mein Griff wird fester. Sie fürchtet die Dunkelheit, seit ich sie gerettet habe, das hat sie mir verraten. Tunnel jagen ihr eine Gänsehaut über den gesamten Körper und lassen ihr Herz schneller rasen. Wer kann es ihr verdenken? Sie ist unter der Erde gefangen gewesen, wochenlang.

»Jetzt seid ihr sicher. Kommt, wir haben trotz des Zaubers einen langen Weg vor uns, ehe wir die Wüstenebene erreichen werden. Morgen früh findet der nächste Wachenwechsel statt. Auf normalem Weg wären wir viele Tage unterwegs.«

»Es werden Albe kommen, als Freunde und nicht als Feind. Der, der sie anführt, hört auf den Namen Elil. Er ist ein Freund, kein Feind. Lasst ihn ein und passieren, sollte es dazu kommen«, befehle ich und vernehme aufgeregtes Raunen der anderen. Damit habe ich sie kalt erwischt. Aber jetzt ist keine Zeit für Erklärungen. Sie müssen mir vertrauen. Wenn ich ihn König sein soll, dürfen sie niemals an mir zweifeln.

Wir sitzen wieder auf. Eine Ewigkeit später, ohne jegliches Zeitgefühl, verlassen wir die dunklen Höhlen und treten in beißendes Licht. Wir sind alle müde, erschöpft, und ich freue mich auf ein Bad, um den Dreck der Reise von meinem Körper zu waschen, denn es wird mindestens ein Tagesmarsch unter der Erde gewesen sein. Eine plötzlich aufkommende Hitzewelle lässt mich in Schweiß ausbrechen. Vor mir flimmert der Sand in der Sonne und ich halte verwundert inne. Ich habe schon viel gesehen, doch dies ist mir neu. Es ist kein Vergleich zu der kühlen frischen Luft des Nebenwaldes. Alles hier riecht anders. Ich lasse den Blick schweifen. Überall ist geschäftiges Treiben zu sehen. Noch hat uns niemand bemerkt, sodass alles auf mich wirken kann. Alice tritt neben mich, verhakt ihre Hand mit meiner. Das wird unser neues Zuhause sein. Wird es sich eines Tages tatsächlich danach anfühlen? Jetzt fühlt es sich jedenfalls nur fremd und ungewiss an, aber Hoffnung wallt in mir. Ausladende Palmen spenden Schatten vor der warmen Sonne, die unnachgiebig auf den Sand scheint. Mehrere Gebäude, aus weißem Stein gehauen, bedecken den Boden oder sind in den Felsen geschlagen. Große Wasserflächen funkeln im Sonnenlicht. Ich entdecke Brunnen, Stände mit bunten Früchten und Kochstellen, aus denen es dampft. Es wird heimelig und freundlich, ja, gar einladend. Es gibt türkisblaue Seen, Oasen mit Früchten – fremde Flora und Fauna umsäumen kristallklares Gewässer.

Zwei Krieger drehen sich zu uns um. Ich mustere sie fasziniert. Reptanier – Mythos und Legenden, doch stehen sie vor mir. Überwältigend. Sie tragen krumme Schwerter, mit Lederbändern am Körper befestigt. Ihre Oberkörper sind mit harten Schuppen übersät, ihre Beine stecken in Lederhosen. Ihre lippenlosen Münder sind aufeinandergepresst, ohne zu lächeln. Lange krokodilartige Schwänze wachsen ihnen aus den Rücken. Ihre geschlitzten Augen sind aufmerksam, folgen jedem unserer Schritte, ohne dass sie ihren Kopf bewegen. Ich zolle ihnen Respekt, verneige mich. Sie erwidern diese Respektbekundung. Jetzt bemerken uns auch andere. Es ist wie ein Lauffeuer. Eine Fanfare wird geläutet und alles hält inne. Sämtliche Köpfe drehen sich zu uns um und wie eine Welle verbeugen sich sogleich alle.

»Sie wissen, dass der König zurückgekehrt ist. Das, Crispin, sind Eure Untertanen. Sie sind aus freien Stücken hier und warten auf Euch, haben während der Reise unseren Geschichten gelauscht. Sie sind dankbar, für ihre neue sichere Heimat. Dankbar für das, wofür Ihr kämpft.«

Mein Blick schweift umher, begegnet den hoffnungsvollen Gesichtern dieser bunt gemischten Wesen. Wie soll ich dem gerecht werden? Wo fange ich an? Yetis, deren Fell wegen der Sonne geschoren worden sind. Rankenwesen, die die Gärten pflegen. Zwerge, die ihre Becher zum Gruß erheben, Menschen, Reptanier und Elben beim Trainieren. Es ist ein verrückter Anblick und doch erfüllt er mich mit Zuversicht und Freude. Dies ist ein Anfang.

Ein Mann eilt auf uns zu. Ich erkenne meinen alten Freund: Seth. Sein sonst hünenhaftes Haar ist ebenfalls raspelkurz wie das vieler Menschen. Sein langer Bart ist gestutzt. Ich ahne, dass ihnen die Hitze mehr zu schaffen macht als uns. »Crispin!« Er schließt mich in eine feste Umarmung, die ich aus vollem Herzen erwidere.

»Seth«, begrüße ich ihn.

»Erhebt Euch«, ruft ein Reptanierer zu meiner Linken. »Wieder an die Arbeit.« Er reicht mir seine Hand, die ich ohne zu zögern ergreife. »Man nennt mich Peia. Ich bin der amtierende Anführer der Reptanierer. Seit Jahrhunderten haben wir keinen König, aber wir vertrauen auf Osis, dass sie die richtige Wahl getroffen hat. Unser Glaube ist so stark wie unser Wille, zu überleben. Wenn die Götter sprechen, hören wir zu. Wenn sie uns befehlen, folgen wir.« Er neigt den Kopf.

»Ich bin geehrt, Peia. Meinen Namen kennt Ihr bereits, dies ist meine Gefährtin – Alice. Mein Bruder Cian und Noam, mein erster Hauptmann.«

NEUN

Die nächsten Wochen sind erstaunlich, lehrreich und erholend. Sie vergehen wie im Flug. Mein Körper und mein Geist regenerieren sich von den Strapazen der Reise und der Entführung. Crispin wächst in seine Rolle als König dieses Heeres hinein, während ich versuche, mich unter das Volk zu mischen. So hat jeder von uns seine neue Rolle, in die er sich hineinfinden muss. Ich mache das, was ich am besten kann: Kontakte knüpfen, die Wesen um uns herum kennenlernen und von ihnen lernen. Es bereitet mir unglaublich viel Freude und ich fühle mich akzeptiert. Vielleicht, weil wir alle ein bunter Haufen sind. Bei den Elben im Schloss habe ich dieses Gefühl nie verspürt. Abends berichte ich Crispin und Noam, was ich erfahren habe, wie die Völker zusammenleben, wo es Reibungen gibt und was gut funktioniert. Ich tausche mit ihnen Ideen aus, was wir besser machen oder wo wir helfen können und sie lauschen meinen Vorschlägen mit einer Ernsthaftigkeit, die ich sehr zu schätzen weiß. So haben wir den Kindern einen Badebereich eingeräumt und mit Baumstämmen gesichert, was alle erst skeptisch beäugt haben, jedoch mit Freude angenommen wird. Das Wasser wird schnell zu tief für diejenigen, die nicht schwimmen können. Jetzt wissen sie, wo es für sie gefährlich wird. Crispin hat der Gedanke, dass ich mich unter das Volk mische, anfangs weniger gefallen, aber Kalmia hat mir den Rücken gestärkt und ihm bewusst gemacht, dass jeder von uns andere Aufgaben hat und meine ist es, meine Stärke zu nutzen, die genau darin liegt – meine Aufgeschlossenheit und Neugierde. Wie Racella so lieb sagt, mein sonniges Wesen. Crispin meint schließlich selbst, dass er nach außen der harte Krieger ist und auch sein muss ... Nun, ich bin das Gegenteil.

Von hinten legen sich schlanke Arme um meinen Hals. »Alice.« Vertrauter Geruch nach Lavendel und Kräutern begleitet die Umarmung. Ich kenne diesen Duft zu gut. Alliaria und Elil sind vor zehn Tagen mit zweihundert Alben im Lager eingetroffen. Sie haben einen weiten Umweg genommen, um Castiell nicht auf unsere Spuren zu locken. Sie haben nicht weniger mitgenommen und zerzaust ausgesehen als wir bei unserer Ankunft. Obwohl sie sich nicht dazu geäußert haben, wird ihr Weg ebenso kein leichter gewesen sein. Vor allem, da man ihnen hier mit Misstrauen begegnet. Dennoch spiegelt sich vor allem eins auf ihren Gesichtern wider – Hoffnung. Sie werden es schwerer haben als andere Völker, aber sie bemühen sich wirklich, das muss ich ihnen zugestehen. Sie sind an den Höhlenhäusern am Rand der Berge untergebracht, etwas abseits der anderen. So kommt es weniger zu Reibereien.

Mit den Alben sind noch mehr Wesen eingetrudelt. Einige Luftgeister spielen den Geschöpfen hier Streiche, sorgen dabei allerdings für gute Laune. Kentauren haben den Weg zu uns gefunden, angeführt von König Algrim persönlich, dem König der Zwerge. Auch sie haben Kalmias Ruf vernommen, dass der König auferstanden ist. Ich fühle mich wahrhaftig wie in ein Märchenbuch hineinversetzt. Ihre Körper, halb Mensch – halb Pferd, faszinierend und einschüchternd. Sie strotzen nur so vor Muskeln und Kraft. Und sie sind riesig groß. Elil ist gleich mit einem von ihnen aneinandergeraten, weil er einen dummen Spruch hat klopfen müssen, weshalb er einen saftigen Huftritt kassiert hat. Ich weiß, wie diebisch Cian dies gefreut hat, denn er stellt mein Volk infrage. Dieses Verhalten hätte ich eher von meinem Gefährten erwartet, aber er und Elil scheinen es geschafft zu haben, etwas wie Freunde zu sein, auch wenn Cian ausgerechnet diesem am meisten misstraut. Nun ja, ich bin voller Optimismus, dass es sich geben wird. Es muss einfach. Elil hat keinen Grund aufgezeigt, uns betrügen zu wollen, im Gegenteil. Er ist ebenso bemüht wie wir, unser Volk zu lenken und ein friedliches Zusammenleben zu ermöglichen. Auf seine Art. Die Albe sind eben anders: ruhiger, kühler. Sie bleiben eher für sich, aber das ist okay, jedenfalls für mich.

Die Kentauren geben zusammen mit den Reptanier Unterricht im Schwertkampf, für die von uns, die im Kampf unerfahren sind. Die Albe und Elben sind für Bogenunterricht eingeteilt worden und so findet jeder seine Aufgabe. Die Zwerge bauen zusätzliche Häuser, weil keiner so geschickte Hände hat wie sie. Es ist ein Wunder, wie spielend sich hier der Alltag etabliert hat und alle an einem Strang ziehen, ohne zu murren.

»Wo willst du hin?«, verlangt meine Cousine, zu erfahren, reißt mich damit aus meinen Gedanken. Sie trägt ein lockeres Gewand. Einige männliche Wesen schauen ihr hinterher. An Verehrern mangelt es ihr, mit ihrer dunklen Schönheit, nicht. Auf ihren Wangen liegt eine zarte Röte, als wäre sie zu mir gerannt. Ihre sonst so blasse Haut hat etwas Farbe angenommen, sie lächelt viel. Wenn der Vergleich des Aufblühens je gepasst hat, dann definitiv zu ihr.

»Zu Crispin. Kalmia möchte uns sprechen. Elil müsste auch dabei sein.« Jeden Tag finden sich die Hauptleute jeder Spezies zusammen, um die Pläne zu besprechen. Ich habe eine Anwesenheitspflicht als Crispins Gefährtin. Ich hake mich bei meiner Cousine ein. »Begleite mich doch.«

»Du weißt, dass ich kein Hauptmann bin«, tadelt sie mich und lächelt nachsichtig. »Du kannst wirklich schlecht Regeln befolgen, Alice. Auch wenn du es stets gut meinst, muss ich mich an meinen Platz halten. Ginge jeder dem nach, was ihm beliebt, würde hier bald Chaos herrschen.« Ich werde feuerrot, weiß allerdings, dass sie mich keinesfalls aus Bosheit tadelt. Sie hat recht. Ich habe mich in meine Rolle nur noch nicht eingefunden. Vermutlich werde ich das nie. Hauptmänner, Könige, Berater. So viele Titel, so viel zu lernen.

»Ich bin eine einfache Kriegerin. Das ist weit mehr, als Castiell mir zugestanden hat. Du ahnst nicht, wie glücklich ich gerade bin. Nichts gegen die Aufgabe, deine Haare zu flechten, aber dies liegt mir eher. Es ist wundervoll, ein Schwert zu schwingen, und mit dem Bogen zu schießen.« Aus einem Impuls heraus drücke ich sie an mich. »Ich bin froh, dass du hier bist, Alli.«

»Alli?« Sie hebt eine Augenbraue, begleitet mich zum Sitzungszelt.

»Das ist ein Spitzname.«

»Was sagt er aus?«

»Nichts. Einzig, dass du Alli bist.«

»Aber ich bin Alliaria. Das ist ein guter, starker Name. Ich trage ihn mit Stolz. Ist es eine Tarnung, um andere zu verwirren?«

Ich zähle innerlich bis zehn. »Nein, es ist ein Kosewort. Ich habe deinen Namen abgekürzt.«

»Wieso? Ich verstehe das nicht. Gefällt dir mein Name nicht?«

»Egal, du bist Alliaria und gut.«

»Ich mag Alli.« Himmel Herrgott. Diese Welt ist kompliziert. Elil und Noam stehen vor dem Zelt, schenken uns ein Lächeln, als wir ankommen. Selbstbewusst strafft meine Cousine ihre Schultern, wirft ihr Haar nach hinten und lächelt die beiden kokett an. »Ich bin jetzt Alli. Elil, ab heute habe ich einen Kosenamen.«

»Was macht ein Kosename aus? Ist er mächtig? Verleiht er uns mehr Kraft und Stärke?« Elil ist ganz Ohr. »Wer hat dir dieses Geschenk gegeben? Wieso habe ich keinen Kosenamen?« Noam lacht sich still ins Fäustchen und ich frage mich, was ich damit losgetreten habe, als die beiden anfangen, zu diskutieren.

Sehnsüchtig denke ich an mein Handy und würde jetzt zu gerne eine Runde *Candy Crush Saga* spielen oder eine Pizza mit doppelt Käse bestellen. Seit Ewigkeiten debattieren sie nun schon über Pläne und Strategien ... Ich verstehe nur Bahnhof. Dennoch muss ich dabei sein. Ich kann gerade so ein Gähnen unterdrücken und singe in meinem Kopf leise Summer of 69. Die Hälfte der Orte, von denen sie reden, habe ich noch nie gehört.

»Alice sollte dies selbst entscheiden.« Wie, was, mein Name? Mein Kopf fährt hoch. Crispin schaut ziemlich verdrossen drein, während die anderen mich erwartend anschauen. Ihre Mienen sind völlig unterschiedlich. Ich schaue einen nach dem anderen an: Crispin, mit vor Wut blitzenden Augen. Cian und Noam, die beide nachdenklich wirken, als wären sie noch unentschlossen, was sie davon halten sollen. Elil, fest überzeugt. Peia, dem man gar nichts ansieht. Schlafende Reptilien mit offenen Augen? Obwohl, unter Bardawulfs Pelz sieht man auch nicht mehr. Seth und der Zwergenkönig scheinen Elil beizustehen. Oh weh, ich habe keine Ahnung, worum es geht. Ich bin so in meinen Gedanken versunken gewesen und habe über Schokolade philosophiert, die mir am meisten fehlt. Das kann ich doch jetzt nicht zugeben, oder? Okay, analysieren wir nochmal, vielleicht finde ich es doch heraus: Crispin sieht sauer aus. Das bedeutet, es gibt etwas, was ihm gegen den Strich geht. Da gibt es leider zu viele Möglichkeiten. Noam und Cian wirken besorgt, Elil hingegen entschlossen – er hat die Arme verschränkt und ist es gewesen, der mich angesprochen hat, demnach kommt der Vorschlag von ihm. Er traut mir ohnehin einiges mehr zu als den anderen. Amon, der Hauptmann der Kentauren, und Bardawulf, der Führer der Yeti, fühlt vermeintlich nichts, jedenfalls wirken sie ziemlich ausdruckslos. Ach, was weiß ich denn? Ich versuche, Seth und Kalmia zu lesen, doch wem mache ich etwas vor? Ich habe keinen Plan. Genauso gut könnte ich raten, welche Lieblingsfarbe sie haben.

»Also, könntest du deine Idee noch mal wiederholen? Nur damit ich sie richtig verstanden habe?«, winde ich mich heraus und Cian flüstert Noam leise zu:« Sie hat nicht aufgepasst. Es ist so typisch.«

Ich verdränge den Impuls, ihm die Zunge auszustrecken. »Halt die Klappe«, forme ich lautlos mit den Lippen, während Elil mich genervt mustert und dann aufklärt.

»Das Rankenwesen hat uns darauf hingewiesen, dass wir deutlich mehr Verbündete benötigen. Viele folgen ihrem Ruf, aber es könnten weitaus mehr sein. Allerdings halten wir es für unklug, wenn Crispin im Augenblick das Tal verlässt. Er ist der zukünftige König und sollte vor Ort bleiben, sein Volk besser kennenlernen und führen. Es ist wichtig, dass hier alles einen Rhythmus findet, damit die Neuzugänge vertrauen und Zuversicht erlangen. Er muss präsent sein! Wir brauchen einen zuverlässigen Regenten, einen, den das Volk sieht. Die Bündnisse sind neu geschmiedet worden, sie müssen sich erst festigen. Die Oberhäupter der Clans müssen Zusammenhalt signalisieren und hier gemeinsam für Frieden sorgen. Du bist stark, doch dein Gefährte ist ... Nun ja, wenn es um dich geht, sind wir nicht immer einer Meinung. Wer wäre besser geeignet, Verbündete zu sammeln als du, seine Gefährtin? Du könntest für uns sprechen, du und ein Vertreter jeder Art, als Zeichen.«

»Ich ...«, krächze ich heiser. Kein Wunder, dass Crispin mittlerweile ziemlich sauer ist. Er wird niemals zustimmen. Vorsichtig schaue ich wieder zu meinem Gefährten, dessen Augen Blitze zu schießen scheinen.

»Du bist des Wahnsinns, wenn du denkst, ich lasse Alice alleine zu fremden Völkern reisen«, knurrt er. »Würdest du deine Gefährtin einer solchen Gefahr aussetzen?«

»Sie ist meine Cousine und zukünftige Königin. Meinst du, mir gefällt es? Es würde nur am meisten Sinn machen. Sie ist eine Albin und starke Kämpferin geworden. Du unterschätzt sie. Sie ist kein sanftes Prinzesschen. Albe handeln, sie verstecken sich nicht. Niemals.«

»Verstecken? Sie erholt sich gerade erst davon, was dein Volk ihr angetan hat, und ich soll sie alleine losziehen lassen?«

»Auf ein Neues«, murmelt Seth und drückt sich mit

Daumen und Zeigefinger die Nasenwurzel, als hat er Kopfschmerzen.

»Sie wäre nicht alleine, du Narr. Wir schicken Krieger mit, denen wir blind vertrauen. Du willst diesen Krieg gewinnen? Dann muss jeder von uns seinen Beitrag leisten. Auch sie.«

»Sie hat schon genug getan. Wo bist du gewesen, als sie in meinen Armen gestorben ist? Mehr als ihr Leben sollte sie nicht geben müssen. Ohne sie wären nicht nur wir in Escher gefallen. Nein, ganz Escher wäre dem Erdboden gleichgemacht worden. Nur durch ihre Warnung haben wir handeln können und stehen heute hier.«

Ich hebe die Hände, weil ich es einfach unterbinden muss, ehe sie sich an die Gurgel gehen. An Crispins Hals klopft eine Ader verdächtig. Es fehlt nicht viel, dann fliegt er vollends wie eine Rakete in die Luft. »Stopp! Alle Mann! Stopp! Ich bin hier und kann für mich selbst sprechen. Klar? Schraubt euer Testosteron runter. Wohin soll ich reisen und mit wem? Wie riskant ist es?«

»Die Wolfsmenschen wären wertvolle Verbündete für uns.« Kalmia schaut mich eindringlich an, bevor sie sich Crispin zuwendet. »Sie wäre nicht allein, mein König. Ich würde sie persönlich begleiten. Wir würden auch nicht zur Insel der Wölfe reisen, sondern zu ihrem Außenposten. Sie könnten unsere Botschaft dann weitergeben.«

»Auch ich würde Alice begleiten, wenn du es erlaubst«, wirft Noam ein und erntet einen Todesblick von meinem Gefährten.

»Ist das dein Ernst, Noam? Du stellst dich gegen mich?«

»Ich stelle mich nicht gegen dich und das weißt du. Du willst dir nur nicht eingestehen, dass Elil recht hat. Du musst hierbleiben. Ich bin dein erster Kommandant. Schicke mich. So wie früher. Wie oft bin ich statt deiner gereist?«

»Warum habt Ihr so wenig Vertrauen zu Eurer Gefährtin? Bei uns sind unsere Stuten gleichberechtigt. Wir kämpfen und sterben, Seite an Seite«, brummt Amon und Bardawulf nickt energisch. Ganz ehrlich, ich kann bei den Yetis und ihren zotteligen Fellen nicht herausfinden, wer Männlein und Weiblein ist.

»Crispin, vielleicht haben sie recht. Lass mich helfen. Schau, ich kann hier nichts ausrichten. Wir passen auf und ich werde mich nicht in Gefahr begeben. Wir können einen kleinen Trupp zusammenstellen und ...« Sein Blick bringt mich zum Verstummen. Wütend ballt er die Hände zu Fäusten. Ich begreife sogleich, wo das Problem liegt. Er hat Angst. Die Angst um mich frisst ihn auf und das ist nicht gut. Nicht nur mich hat all das traumatisiert, auch ihn. Er muss ebenso an sich arbeiten wie ich.

»Die Unterhaltung ist beendet«, knurrt er und rauscht aus dem Zelt. Das ist untypisch für ihn. Er ist sonst immer beherrscht. Das zeigt jedoch nur, wie sehr ihn diese Diskussion mitnimmt. Er gibt nicht gerne nach, und doch wird er es ihn diesem Fall machen, weil sie recht haben, was er weiß, und dieses Wissen macht ihn fertig. Wir alle wissen es, auch wenn es mir ebenso wenig gefällt wie ihm. Wir wollen uns nicht mehr trennen und doch planen wir genau dies? Es ist nicht fair, aber was kann an solchen Situationen fair sein? Nichts.

»Lasst mich kurz mit ihm reden«, bitte ich die anderen und eile meinem Gefährten nach. Mit wütenden Schritten stampft er durch das Lager, tritt sogar einen Eimer beiseite, der seinen Weg kreuzt. Scheppernd rollte er über den Boden und wirbelt Sand auf. Blicke folgen uns, doch das ist mir egal. Ich muss fast rennen, um ihn einzuholen. Er tritt in den kleinen Dschungel aus Palmen ein, setzt sich mit dem Rücken an einen der Bäume und vergräbt sein Gesicht in seinen Händen. Kurz stocke ich, sauge das Bild, welches sich mir bietet, tief auf. So verwundbar habe ich ihn noch nie gesehen. Langsam gehe ich auf ihn zu. Sein Leid, ist mein Leid. Es tut mir so unsagbar weh, dass er dermaßen leidet. Mein Herz bricht bei diesem Anblick schier entzwei. Ich weiß, wie nahe es ihm geht, welche Verantwortung auf seinen Schultern lastet. Er will alles richtig machen, auf mich achtgeben, und muss all das hier stemmen. Ich würde ja sagen, er ist auch nur ein Mensch, aber nein, das ist er nicht. Er ist der stärkste Mann, der mir je begegnet ist. Sein Willen ist unermüdlich und doch hat er Grenzen, die ihm anscheinend gerade bewusst werden. Langsam lasse ich mich neben ihn fallen, strecke meine Hand nach seiner aus und ziehe sie von seinem Gesicht fort. Gequält blickt er mich an. In seinen blauen Augen tobt ein Sturm. »Hey«, flüstere ich sanft. Wir schauen uns an. Tiefe Verzweiflung spricht aus seinem Blick. Er sucht einen anderen Ausweg.

»Alice, ich möchte nicht weiter diskutieren. Diese Idee steht nicht zur Debatte. Verflucht, ich weiß, dass du helfen willst, doch es nützt mir nichts, wenn ich mir Sorgen um dich machen muss, weil du durch Fegoria streifst. Ich habe gedacht, wir sind uns einig? Wir bleiben zusammen. Hast du nichts aus unseren Fehlern gelernt? Ich durchaus. Bei den Göttern, ich wäre verrückt, das Schicksal noch einmal herauszufordern und dich ziehen zu lassen. Wie soll ich das noch mal überleben?«

ZEHN

Verzweifelt mustere ich Alice. Ich liebe sie so sehr, dass es mir Angst macht und dies schwächt mich, das weiß ich selbst. Was ist nun richtig? Sie gehen zu lassen, zerreißt mir das Herz. Die Furcht, sie abermals zu verlieren, ist unsagbar schmerzhaft. Aber ich weiß, dass ich sie nicht für immer bei mir halten kann. Sie will mir ebenbürtig sein. Ich erinnere mich an Calis Worte: Es müssen Opfer gebracht werden, um zu siegen. Du wirst Entscheidungen treffen, dich an den heutigen Tag und das, was ich dir gezeigt habe, erinnern. Du wirst Furcht verspüren, Verluste erleiden und daran wachsen. Du musst auf Alice vertrauen, darauf, dass ihr nach all dem ein Leben habt.

Das ist leichter gesagt, als getan. Wie soll ich weitermachen, wenn ich nicht weiß, wie es Alice geht? Sie hat hier schon so viel Schlechtes erlebt. Wann ist der Punkt erreicht, an dem sie daran zerbrechen wird? Das ist es, was mich am meisten fürchtet. Wie viel Leid und Qual verträgt eine Seele, die so rein ist wie ihre? Wie viel Dunkelheit braucht man, um ihr Licht zu trüben? Wann kann ich sie nicht mehr retten? Dabei weiß ich, dass Elil und die anderen recht behalten, und das wurmt mich. Verflucht, ich wäre in einer anderen Situation derjenige gewesen, der solche Vorschläge macht. Ich muss hierbleiben und andere Aufgaben übernehmen. Was wäre ich für ein Anführer, wenn ich gleich weiterziehen würde? Ich mustere unsere ineinander verschränkten Finger und führe sie an meine Lippen.

»Du bedeutest mir alles, das weißt du, oder? Die letzten Wochen, sind mit die schönste Zeit gewesen, die wir je gehabt haben. Es ist trotz allem so friedlich wie in einer Traumblase. Ich habe geahnt, dass sie eines Tages platzen würde, doch ich hätte mir gewünscht, sie würde ein wenig länger anhalten.« Sie lehnt ihren Kopf an meine Brust. Ihr Duft umfängt mich. Ich schließe einen Augenblick die Augen. Sie bringt mir Ruhe. Allein ihre Nähe sorgt dafür, dass meine Gedanken sich ordnen und mein Körper zur Ruhe kommen kann. Sie ist mein Gegenstück.

»Aber wie soll es weitergehen, Crispin? Ich trainiere jeden Tag hart, genau für solche Missionen. Eines Tages möchte ich eine Königin sein, die voller Stolz neben dir steht. Du weißt, dass Elil recht hat und das gefällt dir nicht, weil du ein sturer Bock bist. Ja, du hast recht, wir wollen uns nicht mehr trennen, aber ehrlich, ich habe nicht mal geglaubt, dass wir lebend von diesem Felsen wegkommen, und doch schaffen wir es immer wieder –

das sind deine Worte gewesen, oder? Lass uns zusammen kämpfen, Crispin. Eines Tages können wir vielleicht so leben, wie wir es uns wünschen. Nur du und ich. Möglicherweise nicht heute, doch wir haben doch die Ewigkeit, oder? Auch wenn es hunderte Jahre oder länger dauert.«

»Du lügst, du hast nie eine Königin sein wollen«, necke ich sie, woraufhin sie leise lacht.

»Ertappt! Jetzt, wo mein Gefährte ein blöder König ist, muss ich da wohl durch. Ich habe keine andere Wahl, oder?« Ich lege mein Kinn auf ihrem Kopf ab, schaue auf das blaue Wasser der Oase, die sich hier in den Tiefen des Dschungels versteckt. Der Sand und die heiße Wüste schließen dieses kleine Fleckchen ein. Es wirkt so friedlich. Diesen Frieden versuche ich, tief in mir aufzunehmen. Es ist mir unangenehm, wie ich gerade aus dem Zelt gestürmt bin. Es ist so untypisch für mich.

»Ich werde für uns kämpfen, Alice. Immer! Bis zu meinem letzten Atemzug. Was, wenn du verletzt wirst?«, flüstere ich. Schwäche, ich hasse diese Schwäche, die ich an den Tag lege. Ich dürfte keine Angst verspüren und doch steckt sie mir in den Knochen. Nach außen bin ich der, der ich immer gewesen bin – kühl, unnahbar und arrogant -, doch ich habe dem Tod ins Auge geblickt, Alice verloren und gelernt, dass selbst ich verwundbar bin. Ich habe jetzt mehr zu verlieren als nur mein Leben, sondern auch ihres.

»Ich habe Asta zweimal überlebt. Egal, was passiert, ich werde immer zu dir zurückkommen, Crispin. Du wirst mich nicht los. Noam wird auf mich achtgeben und ich auf ihn. Was soll schon passieren? Okay, streiche diese Frage. Das ist in Fegoria überfällig.«

Du musst auf Alice vertrauen. Diese Worte spuken in meinem Kopf herum. Begehe ich fatale Fehler oder stelle ich mich dem Schicksal in den Weg? Das Ende wird unser sein. Ich arbeite auf das Bild der Vision hin, wo unser Kind unter ihrem Herzen heranwächst. Ein Kind der Liebe, welches ohne Krieg aufwachsen wird. Ich habe uns gesehen – uns beide. Daran muss ich glauben, auch wenn es mich innerlich zerreißt. »Kalmia will dich zu den Wolfsmenschen aussenden und ich würde zwei Tagesmärsche zu den Feuerputzern machen. Sie leben tief unter dem Berg, wo die Erde zu Lava wird. Wir wollen sie überzeugen, uns zur Seite zu stehen. Mir ist bewusst, dass du im Zelt nicht wirklich zugehört hast.«

»Bist du verrückt?« Alice drückt sich von mir weg.

Jetzt lache ich. »Also du darfst dich in Gefahr bringen und ich soll hier versauern? Ich bin der König, Alice, wie du selbst festgestellt hast. Die Feuerputzer werden nur mit mir verhandeln. Sie haben sich noch nie jemanden angeschlossen, aber sie wären wertvoll. Alleine einer von ihnen könnte hilfreich sein.«

»Du denkst, sie werden es ausgerechnet bei dir machen?« Sie hebt fragend eine Augenbraue.

»Ich bitte dich! Wir reden hier von mir. Du weißt, wie gut ich bin.«

»Und wie bescheiden ... Ja, ich weiß.« Sie verdreht die Augen, ich lache leise. »Wie lange dauert die Reise zu den Wolfsmenschen?«, hinterfragt sie, streicht dabei mit den Fingern über meine Brust. Mein Körper vibriert unter ihren Berührungen.

»Mindestens eine verdammte Woche.«

»Ich schaffe das, Crispin. Für uns, für unsere Zukunft. Lass mich gehen und zeige mir, dass wir stark sind. Beweise den anderen, dass du mir vertraust und mache mich in ihren Augen nicht zu deiner Schwäche. Dadurch machst du mich zu einem leichten Ziel.« Sie hat recht. Aus der Perspektive habe ich es nicht betrachtet.

»Dann ist die Entscheidung wohl gefallen.« Meine Stimme klingt rau. Es gefällt mir nicht, diese Worte auszusprechen. Sie brennen wie Gift in meiner Kehle und doch habe ich es getan.

»Wie bitte?« Ihre Augen weiten sich überrascht. »Du stimmst zu?«

»Ich habe dir versprochen, dich nicht einzusperren.

Ich vertraue dir, Alice, auch wenn ich nicht glücklich damit bin. Sogar alles andere als das, doch ich halte meine Versprechen. Wie ich dich kenne, schleichst du dich sonst nachts ohnehin heimlich davon. Da lasse ich dich lieber mit Noam und den anderen diesen Auftrag erfüllen. Aber du musst mir dein Wort geben, kein Risiko einzugehen.« Sie wird rot. Ich streiche eine wilde Strähne aus ihrer Stirn ... Wie flüssiges Feuer, so wunderschön. Immer noch sprachlos mustert sie mich, sucht nach einem Haken. »So kann ich wenigstens bestimmen, wer dich begleiten wird. Du gehst jeglichem Ärger aus dem Weg, versprochen? Und eine Bedingung habe ich noch.«

»Ich bin ganz Ohr.«

»Du wirst vorher die Zeremonie unserer Verbindung mit mir eingehen. Du wirst offiziell zu meiner Königin werden. Wenn wir ihnen zeigen, wie stark wir gemeinsam sind, dann richtig. Werde meine Königin und führe mit mir dieses Volk an. Seite an Seite.«

Alice lächelt mich sanft an. »Sobald ich zurück bin. Dadurch habe ich etwas, worauf ich mich freuen kann und werde umso schneller heimkehren. Ich breche morgen auf, wir haben keine Zeit zu verlieren. Und danach, du verrückter Elb, gehöre ich mit Haut und Haar dir, auch wenn ich die schlechteste Regentin der Welt sein werde.«

»Das gefällt mir nicht«, brumme ich, wohl wissend, dass sie abermals recht hat. Ich habe Zeit schinden wollen. Ertappt! Alice setzt sich auf meinen Schoß, legt ihre Stirn an meine, ihre weichen Hände umschließen meine Wange.

»Wie habe ich nur je denken können, dass du ein Egoist bist? Du bist wundervoll, Crispin, und ich liebe dich mit jedem Teil meiner Seele.«

Am nächsten Morgen betrachte ich den Nebel, wie er über den Boden wabert. Die Sonne wird erst in einer Stunde aufgehen und doch stehen wir schon vor dem Eingang zum Tunnel.

Mit schwerem Herzen mustere ich meine Gefährtin. Ich bin nicht bereit, nochmals Abschied zu nehmen. Sie steckt in einer tiefschwarzen Kampfmontur der Albe – eindrucksvoll und kriegerisch. Sie wirkt ganz anders als bei unserer ersten Begegnung, damals im Wald. Entschlossen steht sie aufrecht vor mir, strahlt eine Zuversicht aus, um die ich sie beneide. Ich atme tief ein und aus. Alles in mir schreit danach, sie an mich zu reißen und in mein Zelt zu sperren, aber es wäre falsch von mir, unglaublich falsch, also mache ich gute Miene und lächle sie an.

»Du tust das Richtige, Hoheit. Osis würde uns nicht schicken, wenn uns der Tod bevorstünde. Vertraue auf das Schicksal.« Kalmias Worte dringen kaum zu mir durch.

Neben Alice steht ihre Cousine, in der gleichen Montur wie sie. Noam, Yuno und Racella werden sie, neben zwei Zwergen, einem Yeti und einem Reptanier, begleiten. Was für eine Truppe. Elil, Amon, Seth, Algrim, Bardawulf und Peia werden an meiner Seite sein. Wir setzen ein Zeichen. Die Feuerputzer wären starke Verbündete So gehen wir gemeinsam. Wir, die Herrscher dieser Völker, vereint. Eines Tages, so weiß ich, werden die Wesen des Bündnisses die Stühle neben mir füllen, die ich in meiner Vision gesehen habe. Das ist mein Ziel, denn ich will gewiss nicht alleine herrschen. Es werden große Tage für uns werden. Alice wird zu mir zurückkehren. Cian wird hier als mein Bruder meinen Platz einnehmen, bis ich zurückkehre. So trennen sich unsere Wege abermals. Jeder von uns geht in eine andere Richtung. Nichts hat sich je falscher angefühlt als dies.

Topas gähnt, stellt sich neben Alice. Ich streiche dem Drachen, der fast die Rückenhöhe von Pix erreicht hat, über den Kopf, woraufhin er schnaubt. Funken sprühen aus seiner Nase hervor. »Pass gut auf unser Mädchen auf, mein Freund« Seine Augen verengen sich, seine Zunge schnellt hervor, benetzt meine Wange, und ich verziehe das Gesicht. Widerlich. Ich mag Bekundungen dieser Art nicht sonderlich und vermute sogar manchmal, dieser Drache macht es genau deshalb. Er provoziert auch Silver unheimlich gerne. Drachen sind wahnsinnig intelligente Geschöpfe, was ich jeden Tag spüre. Silver knurrt ihn an. Topas Antwort ist einzig ein Ascheregen, direkt in sein Gesicht. Mein Wolf niest laut. Ich wünsche Alice‘ Truppe innerlich viel Spaß mit diesen beiden aufmüpfigen Wesen. »Ich möchte, dass du mit Alice gehst.« Ich hocke mich in die Knie, flüstere Silver meine Anweisung ins Ohr. »Ihr Überleben zählt über allen anderen! Ich vertraue auf dich, alter Freund. Lass jeden deine Zähne spüren, der ihr Böses will.« Ich erhebe mich. Mein Wolf legt den Kopf schief, seine Augen mustern mich aufmerksam. Er hat verstanden und wird meinem Befehl folgen.

Nach und nach verabschieden wir uns und die Truppe bricht auf. Noam ist der Vorletzte. Ich reiche ihm meine Hand, blicke meinem besten Freund in die Augen und präge mir seine vertrauten Züge ein. So viele Schlachten haben wir Seite an Seite bestanden ... »Gib auf sie acht, Noam, und auf dich auch. Mögen wir uns bald wiedersehen.«

»Ich werde sie mit meinem Leben beschützen«, verspricht er und wendet sich ab, wartet dann einige Schritte weiter auf meine Gefährtin. Gibt uns noch einen Moment für uns. Mein Blick senkt sich, Mein Blick senkt sich, trifft auf Alice' grünen Augen. Tränen spiegeln sich in ihnen. Alice und ich stehen uns gegenüber, ehe sie ihre Arme um mich schlingt. Sie schnieft leise und ich vergrabe ein letztes Mal mein Gesicht in ihrem duftenden Haar. Ich atme tief ein und versuche, mir den Geruch genau einzuprägen. Mein Herz ist schwer. Mit einem Anflug von Verzweiflung ziehe ich sie fester an mich. »Komm zurück zu mir, kleiner Schmetterling. Denk an dein Versprechen.«

»Immer!« Sie drückt ihre Lippen sanft auf meine. »Du bist meine perfekte Welt, Crispin. Du und ich sind eins – für immer. Ich bin so schnell zurück, wie ich kann, versprochen. Pass du lieber auf, dass sie dir nicht den Allerwertesten verkohlen. Er gefällt mir, wie er ist.«

ELF

Mein Herz wiegt schwer unter meiner Brust. Mit jeder Meile, die es mich von Crispin fortträgt, wird es schlimmer, aber ich habe es so gewollt. Es ist meine Entscheidung gewesen, demnach muss ich da jetzt durch. Ich spüre, wie sich unser Band spannt, halte mich an dem sicheren Gefühl und dem Wissen fest, dass er da ist, obwohl ich ihn nicht sehen kann. Wir sind verbunden – immer. Noam reitet still neben mir her. Er ist in seinen eigenen Gedanken versunken. Zwei Tage haben wir nun schon hinter uns gebracht und bis auf einige vorwitzige Waldkobolde hat es nichts gegeben, was uns im Weg gestanden hat. Wir halten uns bedeckt, reiten immer im Schutz der Bäume. Es ist überraschend friedlich und zeigt mir, dass nicht alles in Fegoria schrecklich ist. Nein, es gibt auch schöne Orte.

»Wir rasten hier für einen Moment.« Noam gibt ein Zeichen, bindet seine langen Haare zusammen und sitzt ab. Die anderen Reiter ahmen ihn nach, ich strecke mich ausgiebig. Mein Körper schreit vor Wonne auf, dass ich endlich den Pferderücken verlassen kann. Müde strecke ich mein Kreuz abermals durch, fange Noams Blick auf. Er wirkt besorgt. »Alles okay?« Er mustert mich und ich antworte ihm mit einem Lächeln, was er sofort als aufgesetzt enttarnt. Er kennt mich mittlerweile ziemlich gut, der alte Halunke.

»Meinst du, es ist die richtige Entscheidung gewesen, sich zu trennen?«, frage ich Noam leise. »Es fühlt sich falsch an, wenn wir nicht bei Crispin und Cian sind. Wir vier gehören einfach zusammen.«

»Du willst also nicht durchbrennen und all das hinter dir lassen? Dann wird Crispin ja erleichtert sein. Jenes würde sein Ego, wie du es gerne nennst, nicht aushalten. Obwohl man es dir nach allem kaum verdenken kann.« Noam versucht, mich aus meinen trüben Gedanken zu reißen, daher schenke ich ihm diesmal ein halbherziges Lächeln, welches ich sogar ein wenig ernst meine.

»Das würde ich nie tun. Das weißt du doch.« Ich meine jedes Wort ernst. Egal, wie schlecht es steht, ich würde nie einfach gehen. Bis zum Ende werde ich mit ihnen Seite an Seite sein. Komme, was wolle.

»Das hat früher ganz anders ausgesehen. Weißt du noch, wie ihr beide euch gestritten habt? Was hast du über ihn geschimpft ... Das sind herrlich amüsante Zeiten für mich gewesen, aber ich hoffe darauf, dass ihr euch bald wieder in die Haare bekommt.« Er zwinkert mir zu. »Jetzt mal ehrlich, was ist damals in den Lagunen passiert, als ich euch erwischt habe? Erinnerst du dich?

Noch bevor Kelalan dich mitgenommen hat. Ihr seid beide nackt, wie die Götter euch geschaffen haben, gewesen. Habt ihr ...?«

»Noam, Schluss jetzt! Da ist nichts passiert. Und wenn, würde es dich nichts angehen. Schäme dich! Wie kommst du da überhaupt drauf?« Ich muss lachen. Oh ja, das weiß ich noch. Selten ist mir etwas so peinlich gewesen wie dieser Moment. Und er hat alles zwischen uns verändert – danach habe ich Crispin mit anderen Augen gesehen. »Er hat sich damals wie ein Arsch benommen«, stelle ich klar. Über den Rest werde ich wirklich kein Wort verlieren. Es ist mir noch gut im Gedächtnis, wie wir uns nach dem großen Streit in den Lagunen getroffen haben. Es ist der Moment gewesen, wo ich das erste Mal hinter seine Maske geblickt habe und auch, wo ich ihn das erste Mal nackt gesehen habe. Oh ja, das prägt sich ein. Sein Körper ist ein Kunstwerk. Ich habe ihn sehen können, den wahren Mann, und nicht nur das, was er mir sonst zu zeigen bereit gewesen ist ... Den Kampf, den er mit sich austrägt, tagtäglich. Noam reicht mir die Trinkflasche, und ich nehme einige gierige Schlucke. Das Wasser schmeckt eklig und abgestanden, doch es hilft gegen meinen trocknen Hals. Also trinke ich es aus. Was bleibt mir anderes übrig?

»Ja, jenes kann er, aber ich bin froh, dass du hinter seine Fassade hast sehen dürfen. Dass ihr euch gefunden habt und ich Teil davon sein darf, bedeutet mir sehr viel. Cian und Crispin sind wie meine Brüder. Sie, ach was, ihr seid meine Familie. Wie bei vielen anderen Elben auch sind meine Eltern bei einer der großen Schlachten gefallen. Mein einziger Trost ist, dass sie zu diesem Zeitpunkt zusammen gewesen sind. Es ist nun schon zweihundert Jahre her, doch schmerzt es immer noch. Ich hoffe für uns alle, dass wir Erfolg haben werden. Deswegen, ja denke ich, wir haben die richtige Entscheidung getroffen. Die die Zeit rinnt uns nämlich durch die Finger. Ansonsten hätte ich niemals zugestimmt, denn ich empfinde ebenso wie du. Ich bin lieber dort, wo wir alle beieinander sind. So weiß ich, dass es euch gut geht.«

Silver schmiegt sich an mich. Ich kraule unbewusst sein dickes Fell, was Topas mit einem entrüsteten Schnauben aus den Bäumen kommentiert. »Oh, Noam, das bedeutet mir viel!« Ich lege meine Hand auf seine Schulter, überlege es mir schlagartig anders und umarme ihn ganz fest. »Du bist mein bester Freund, Noam. Das weißt du, oder? Ich würde dir mein Leben anvertrauen. Wenn ich ehrlich bin, traue ich hier keinem außer dir, meinem zukünftigen Mann und Cian. Wir sind die vier Musketiere, eine Familie. Obwohl in uns nicht das gleiche Blut fließt, ist unser Band viel stärker.«

Er nickt, wird ernst. »Ich weiß nicht genau, was die Muskeltiere sind, aber du solltest sonst auch niemanden trauen. Wir drei sind stets eine feste Gemeinschaft gewesen und jetzt gehörst du zu uns. So langsam spielt sich die neue Konstellation ein. Lonas Verrat zeigt, wie sehr Fegoria im Wandel steht. Etwas, das wir so nie für möglich gehalten haben. Verrat und Tücke lauern an jeder Ecke, bis der Kampf um die Herrschaft beendet ist. Es wird noch blutig enden, ganz bestimmt, und wenn ich kann, werde ich verhindern, dass es euer Blut sein wird. Ich werde mein Leben für euch geben, sollte es so sein. Gerne würde ich euch jedes weitere Leid ersparen, wenn ich könnte. Ihr habt so viel erlitten – du hast schon so viele Qualen erfahren. Als du fortgewesen bist ... Crispin ist nur noch ein Schatten seiner selbst gewesen. Ich mag nur ungern daran zurückdenken. Wenn du nicht zu ihm zurückgekehrt wärst ... Es hätte böse geendet. Ich bin mir nicht sicher gewesen, ob wir dich je lebend wiedersehen, Alice, aber davon hat er nichts hören wollen. »

Seine Worte und die Wahrheit dahinter lassen mich schlucken. »Wird es besser werden, Noam? Wird es auch schöne, friedliche Zeiten geben, auf die ich mich freuen kann? Hat Fegoria auch angenehme Phasen? Ich fühle mich hier oft so ... fehl am Platz. Alles ist so grausam und brutal.«

»Oh ja, dafür werden wir sorgen. Es wird Zeiten geben, in denen wir über all das lachen und unsere Kinder gemeinsam spielen werden, warte ab.«

Kinder? Himmel, das übersteigt meine Vorstellungskraft nun doch ein wenig. So weit bin ich noch nicht. Schon gar nicht jetzt, nachdem ich Castiell nur mühsam und haarscharf entkommen bin. Kinder in diese Welt zu setzen, dafür brauche ich viel Zeit. »Kinder? Hab ich was verpasst?« Noam streicht sich seinen Umhang glatt, wirkt kurz verlegen.

»Auch ich habe die Hoffnung, meine für mich bestimme Gefährtin zu finden, wenn dies alles vorbei ist. Und ich weiß jetzt schon, dass du sie mögen wirst.«

Oh, mir wird bewusst, dass Noam mir gerade etwas preisgibt, was er sonst nie erzählt ... Eine Sehnsucht, die ich verstehe. Ich habe nicht erwartet, dass er sich tatsächlich nach einer Partnerin sehnt, so wild, wie er stets flirtet. Ob es auch nur eine Maske ist? Das ist eine ganz neue Seite an Noam. Crispin und ich führen ihm jeden Tag vor Augen, was möglich sein könnte, wenn wir siegen. Ob er sich einsam fühlt? Plötzlich habe ich Mitleid mit ihm. »Das wirst du und ich helfe dir dabei. Wir finden sie! Sie wird bildschön und atemberaubend nett sein.« Einem Impuls heraus nehme ich ihn noch mal in den Arm. Er stockt kurz, erwidert die Umarmung dann fest. »Gewöhne dich daran, ich werde dich noch sehr oft umarmen«, teile ich ihm fröhlich mit.

»Du hast komische Bräuche, aber gut. Wir sollten weiter. Es wird bald dunkel. Ich möchte lieber früher als später bei den Wolfsmenschen ankommen.«

»Ivhar? Hakon? Soll euch jemand auf das Pferd helfen?«, neckt Noam die beiden Zwerge, deren Bärte vor Entrüstung zucken.

Ich lache leise auf. »Noam, lass das! Du bist unhöflich. Crispin wäre stolz auf dich.«

»Was denn? Er hat doch recht ... Mit ihren kurzen Beinchen ...« Alli lenkt ihr Pferd zu uns, während ich wieder aufsitze und mein Hinterteil vermutlich schon grün und blau ist. Alli wirft Noam einen verstohlenen Blick zu.

»Schweig, du blutrünstige Albenfrau!« Ivhar hebt seine Axt. Unter dem buschigen Bart meine ich, Zähne aufblitzen zu sehen, und werte es als ein Lächeln. So hoffe ich zumindest.

»Wusstest du, dass wir unseren Feinden nachts mit unseren Zähnen die Kehlen aufreißen?« Meine Cousine leckt sich über die Lippen.

Krak, der Yeti unserer Gruppe, der Einzige ohne Pferd, schnaub laut. Ich glaube sogar, er versucht, zu lachen, doch sicher bin ich mir nicht. Sala, der Reptanier, mustert uns still. Er ist kein Wesen großer Worte. Eigentlich habe ich ihn erst zwei Sätze sprechen hören. *Durst* und *Ich halte Wache* – mehr nicht.

Yuno und Racella helfen den Zwergen schließlich doch aufs Pferd und wir setzen scherzend unsere Reise fort, lassen uns von Kalmia den Weg weisen.

ZWÖLF

»Wir sind am Ziel.« Aronia stoppt vor einer großen schwarzen Tür. Sie ist gewaltig, überragt mich um ein Vielfaches. Links und rechts von uns fließt feurige Lava, erinnert mich daran, wie tief wir im Herzen der Erde wandern. Schweiß rinnt in Bächen meinen Körper hinab. Ich fühle mich träge und alles in mir schreit danach, umzudrehen. Nur mein Wille hält mich davon ab, wieder an die Oberfläche zu flüchten.

Bardawulf wirkt mehr als angeschlagen, um sein dichtes Fell beneide ich ihn in diesem Moment nicht wirklich. Es macht den Anschein, als würde er jeden Augenblick wegen dieser brühenden Hitze zusammenbrechen. Das Angebot, es ihm abzurasieren, hat er mit einem Knurren mehr als deutlich abgelehnt. Wogegen Peia als Einziger richtig glücklich aussieht. Er bemerkt meinen Blick. Sein lippenloser Mund verzieht sich leicht. Es könnte fast als ein Lächeln durchgehen. Ganz sicher bin ich mir allerdings nicht. »Wir fühlen unzzz am wohlzzzten, wenn ezzz warm izzzt«, zischt er. »Umzzzo wärmer, dezzzto bezzzer. Kälte lähmt unzzz, macht unzzz langzzzam. Wärme izzzt gut.« Genau deswegen brauchen wir die Feuerputzer. Auf den Eisebenen können sie uns eine

Schneise brennen, denn sonst würden unsere Freunde einfach erfrieren und mit ihnen vermutlich einige Menschen und Tiere – wie letztes Mal. Wir benötigen ihre Wärme.

Elil wischt sich den Schweiß von der Stirn. Immerhin geht es dem verdammten Alben auch nicht besser als mir. Ein tröstlicher Gedanke. »Ich habe gedacht, Albe haben Blut aus Eis? Du wirkst doch sehr erhitzt.«

»Ich habe gedacht ...«, setzt er an, seufzt sogleich. »Es ist zu warm, um schlagfertig zu sein. Wer ist auf diese beschissene Idee gekommen? Ich möchte ihn köpfen und den Trollen zum Spielen vor die Füße werfen.«

Seth und Algrim sitzen ein Stück von uns entfernt. Beide mit hochroten Köpfen. Wenn das Ganze nicht so wichtig wäre, würde keiner von uns einen weiteren Schritt gehen, da bin ich mir sicher. Jeder von uns leidet auf seine Art.

»Klopf doch endlich an, großer König!« Elil zieht sein Hemd über den Kopf und bleibt mit nacktem Oberkörper stehen. »Wir werden schmelzen oder unser pelziger Freund wird einen Hitzschlag erleiden, wenn du nicht zusiehst, dass wir endlich fertig werden.« Er zeigt auf Bardawulf, der mittlerweile hechelt.

»Macht euch um mich keine Sorgen«, brummt dieser. Ihm ist es offensichtlich ziemlich unangenehm.

»Gut, dann lasst uns gehen! »Ich stoße die schwarze Tür auf und zische flüsternd. Mit den Händen wedelnd, werfe ich einen Blick auf eben diese. Rot. Es ist kochend heiß gewesen und hat meine Haut versengt. »Verflucht!« Ich schüttle meine Hände weiter aus, was Elil mit einem Feixen quittiert.

»Fingerchen verbrannt, Herr Elb? Das tut mir ja fast leid«, lässt er mich schadenfroh wissen und ich möchte sein Gesicht kurz gegen die verdammte Tür drücken, kann mich aber gerade so beherrschen. Blödes Spitzohr.

In diesem Moment platzt neben ihm eine Lavablase und trifft seine nackte Schulter mit einigen Spritzern. Alice würde es Karma nennen. Jetzt zuckt er zusammen und verzieht das Gesicht zu einer schmerzvollen Grimasse. Ich lache leise. »Du solltest deine Muskeln wieder einpacken. Hier wirst du keinen finden, der sie bewundert.«

Wir treten in die *Große Halle* ein und zwei Feuersäulen erheben sich neben uns. Wenn es draußen vor der Tür nur unerträglich gewesen ist, sind wir jetzt im Höllenfeuer angekommen. Meine Haare knistern von der Hitze. Mein Körper scheint zu zerfließen, so sehr schwitze ich. »Bardawulf, du solltest auf uns warten. Ich habe die Befürchtung, dass du sonst in Flammen aufgehst«, teile ich dem Yeti trocken mit.

»Hör auf den Jungen. Mein Bart fängt schon an, zu rauchen.« Algrim haut sich einige Male auf seinen buschigen Bart, der tatsächlich qualmt.

»Das wäre ein Zeichen von Schwäche«, knurrt der Yeti und ich lege ihm meine Hand auf die Schulter.

»Wäre es nicht, mein Freund ... Es ist ein Zeichen von Klugheit und du sicherst uns den Rückweg. Beschütze die Tür! Wir bringen diesen Weg ohne dich zu Ende. Ich weiß, du würdest mit mir bis zum Ende gehen.«

Er mustert mich, ehe er nickt. »Wie du wünschst.«

»Geschickt ausgedrückt, Junge«, lobt der alte Zwerg mich. »Ich habe gewusst, dass aus dir etwas Großes wird, Bürschlein. Ach, was würde ich jetzt für einen Humpen Met geben? Kalt und klar, wie ich es mag. »

»Hör auf, ihn zu loben! Das ist ja widerlich«, wirft Elil ein.

»Ihr werdet noch richtige Freunde. Warte ab!«, lacht Seth, doch Elil bringt mit Würggeräuschen zur Aussprache, was er davon hält. Ja, verdammt, ich mag diesen Alb. Auch wenn ich ihn manchmal in den Boden stapfen möchte, sind wir gar nicht so verschieden. Das würde ich allerdings nie laut aussprechen.

Eine Feuerwelle lässt uns verstummen. Ich schütze meine Augen vor der Hitze, die flimmernd auf uns zu rollt. Meine Haut brennt und zieht. »Wer wagt es, in die

Tiefen unserer Heimat vorzudringen? Nicht ohne Grund suchen wir die Einsamkeit. Tragt ihr keine Furcht im Herzen, dass wir euch bei lebendigem Leib verbrennen könnten? Drei Flammenwesen manifestieren sich vor uns, nehmen menschliche Gestalt an. Ihre glühenden Augen sind auf uns gerichtet.

»Freundlich wirken sie nicht gerade«, flüstert Elil und ich stimme ihm innerlich zu. Nein, erfreut sind sie nicht.

»Was hast du erwartet? Kalten Met wie unser Zwerg?«, zische ich, er lacht leise.

»Peia, warum führst du Fremde hinab zu uns? Leben wir nicht seit Jahren in Frieden mit euch? Wir bleiben im Berg und ihr an der Oberfläche. Unsere Hitze sorgt dafür, dass eure Oasen wachsen und gedeihen. Dafür verteidigt und verschließt ihr unser Zuhause. So ist einst unsere Abmachung gewesen. Wollt ihr diese brechen?«

Peia verneigt sich, legt sein Schwert nieder. »Azzzita. Diezzz izzzt er, der, von dem dazzz Orakel unzzz einzzzt berichtet hat. Der neue König Fegoriazzz. Ezzz wird Zeit, unzzzere Zzzchuld zzzu begleichen und an zzzeiner Zzzeite für die Freiheit zu kämpfen. Willzzzt du nicht endlich hinauzzz auzzz deinem Berg und wieder auf Vulkanen leben? Mehr Wezzzen deiner Razzze finden?« Das Flammenwesen mustert mich. In seinen Zügen liegt nun Neugierde. Seine flammenden Haare wallen auf.

»Das soll er sein? Ich habe ihn mir stärker vorgestellt. Eindrucksvoller. Mächtiger. Er ist ... winzig im Vergleich zu uns. Beinahe schmächtig.« Ich gebe ihm gleich schmächtig. »Ja, ich weiß, was er meint«, murmelt Eliz und ich verdrehe innerlich die Augen.

»Die Größe sagt nichts über meine Stärke aus, Azita. Mein Wille ist groß, mein Mut unbestritten.«

Funken versenken meine Haut, doch ich bleibe stehen, ohne mit der Wimper zu zucken, auch wenn es mir schwerfällt. Er spielt mit mir, testet mich, sucht nach Zeichen von Schwäche. »Was willst du von uns? Grundlos wirst du diesen weiten Weg nicht gegangen sein, kleiner Elb. Forderst du die Lehnstreue?«

»Nein, ich stelle keine Forderungen an euch. Ich biete euch den Platz an meiner Seite an. Wie ihr seht, haben wir unsere Völker verbündet, gegen Castiell. Das Morden muss enden. Wir wollen ebenfalls an der Oberfläche in Frieden leben. Jeder von uns hat das Recht dazu. Sollten wir siegen, steht euch frei, zu gehen, wohin ihr wollt. Ihr müsst euch nicht verstecken.«

»Verstecken? Wir leben im selbst gewählten Exil. Die Oberwelt hat für uns keinen Reiz. Wo sind die lodernden Flammen? Diese finden wir nur am Erdkern. Wir ordnen uns niemanden unter, der uns nicht ebenbürtig ist, junger Elb. Kämpfe gegen einen von uns, beweise dich. Wenn du es schaffst, uns zu verletzen, so willigen wir ein, am Tag der Schlacht an eurer Seite zu stehen und den Boden mit Feuer zu bedecken. Verlierst du, könnte dies dein Tod sein. Du hast die Wahl. Wähle weise und rasch. Ich möchte mich wieder zur Ruhe begeben.«

Mein Kiefer mahlt. Eine hervorragende neue Entwicklung. Ich mustere das Wesen aus Flammen vor mir. Wie und wo soll ich es verletzen? Womit? Schwer wiegt das Schwert an meiner Seite. Damit werde ich keine Chance haben, es würde mir die Haut versenken. Das Metall glüht jetzt schon vor Hitze in meiner Hand. Nicht mehr lange, und ich werde es kaum weiter halten können. Wenn es erst mit diesen Flammenwesen in Berührung kommt, ist es nutzlos. Dennoch suche ich einen Ausweg. Meine Wunden werden heilen. Was ist eine Verbrennung gegen die unschätzbare Kraft der Zerstörung, die diese Wesen an unsere Seite aufseiten der Feinde anrichten könnten?

»Bist du verrückt geworden?« Seth ergreift meinen Arm. »Lass uns gehen, wir brauchen sie nicht.«

»Unterzzzchätzzz zzzie nicht. Auch wenn zzzieh nur wenige zzzind ... Allein einer von ihnen kann ganzzzee Wälder in Zzzchutt und Azzzzche legen. Zzzie könnten den Weg durch Eizzz für unzzz ebnen.« Peia stellt sich zu mir.

»Wir haben keinen Tropfen Wasser. Wie willst du ihn besiegen?« Seth hält mich für geisteskrank, das sehe ich ihm an. Doch in meinem Kopf bildet sich ein Plan. Im Pläne schmieden bin ich überaus geschickt. Nicht umsonst bin ich ein gefürchteter Gegner. Feuer kann man mit Feuer bekämpfen oder mit Erde, nicht nur mit Wasser. Ich hebe den Blick, nicke dem Feuerwesen zu.

»So sei es. Aber ich wähle die Waffe selbst, ihr müsst mir ein Flammenschwert stellen.«

Der Feuerputzer lacht, mein Herz trommelt wild. Mein Plan ist riskant. »Es wird dich verbrennen. Du wirst Qualen erleiden und deine Haut durch die Brandblasen aufplatzen. Ein Feuerschwert ist nicht für euch gedacht. Kein Wesen, wie ihr es seid, kann es führen.«

»Dem Schmerz halte ich stand. Wenn ich schnell bin, kann ich es schaffen. Gebt mir ein Schwert und wir beginnen.«

»Deine Überheblichkeit wird dein Tod sein, und ich darf es Alice erklären. Hör auf, so lange du noch kannst« fleht Seth. »Nun sag doch auch was, Algrim«, fordert er den Zwergenkönig auf.

Ich lege den Kopf schief, lasse mein Genick knacken, lockere meine Muskeln. Egal, was sie sagen, meine Entscheidung steht fest. Schmerz wird vergehen und Narben verblassen. Kein Schmerz wird so schlimm sein wie der, als Alice in meinen Armen gestorben ist. Jede Wunde wird heilen – früher oder später. Was bedeutet schon eine Narbe mehr? Nichts.

Elil klopft auf meine Schulter. »Du bist im Wahn, aber meinen Respekt hast du. Zeig es diesem Flämmchen. Mein erster Elbenfreund wird ein wenig mehr aushalten als das.«

»Ach, wird er das?« Ich hebe eine Augenbraue und mustere den Alben. Sein Gesicht ist schwarz vor Ruß, seine Haut ebenso rot wie meine.

»Ich werde Seite an Seite mit dir stehen, Crispin. Bis zum Ende. Albe fürchten nichts, nicht einmal den Tod. Du wirst hier nicht alleine bestehen müssen. Du hast mein Wort. Entweder werden wir gemeinsam siegreich heraus schreiten oder zusammen als Freunde in Flammen aufgehen. Das wäre immer noch besser, als Alice zu sagen, dass du geröstet worden bist.«

»Elben fürchten den Tod ebenfalls nicht«, knurre ich und straffe die Schultern. Ich werde allerdings heute nicht sterben.

»Alle anderen verlassen den Raum«, befehle ich. Flammen schließen uns ein. Ich will sie nicht in Gefahr bringen. Sie sind zu wichtig, sie alle. Das Inferno ist so laut, dass ich Seth und Algrim nicht mehr verstehe. Die Flammen zwingen sie zum Rückzug, der Feuerputzer folgt meinem Wunsch. Nur Elil hält neben mir stand. Entschlossen reiche ich ihm meine Waffen, ziehe meine Kleider aus. Sie würden zu schnell Feuer fangen. Ich wappne mich für den Schmerz, der gleich unweigerlich kommen wird. Nackt, wie die Götter mich geschaffen haben, trete ich ihnen entgegen. Um uns herum erscheinen weitere Feuerwesen. Ich zähle an die Zehn. Meine Konzentration nimmt zu. Ich gehe in mich, suche die kalte Dunkelheit, die ich während des Kampfes brauche, lege Mitgefühl und Reue ab und kreise mit den Schultern – sie knacken leise.

»Crispin?« Elils Stimme klingt besorgniserregend.

»Ja?«

»Versuche, nicht zu sterben, okay? Wenn ich ohne dich hier raus gehen würde, glaubt mir doch kein Oger, dass ich unschuldig bin. Ich hänge an meinem Kopf. Also bleibt mir nur, notfalls mit dir zu sterben.«

»Bist du bereit, Elb?« Azitas Augen sprühen Funken. Ich nicke langsam, mustere jedes Flammenwesen genau. »Dann wähle deinen Gegner.« Ein kaltes Lächeln stiehlt sich auf mein Gesicht. »Wählt Ihr, ich werde gegen den Besten von Euch antreten.«

»So sei es, es wird dein Untergang sein, Elb.«

»Wir werden sehen«, knurre ich, stemme die Beine in den Boden und fange das Schwert aus puren Flammen. Sie fressen sich sofort in meine Haut, doch ich verziehe keine Miene, nein, mein Gesichtsausdruck bleibt emotionslos. Ich beiße die Zähne zusammen und drehe das Schwert aus Flammen in meiner Hand. Elil tritt zur Seite, seine Mimik ist nicht weniger ernst als meine und doch sehe ich eine Wildheit in seinem Blick. Er liebt die Herausforderung und ich weiß, seine Worte sind wahr gewesen. Wir siegen oder sterben gemeinsam. Die Flammen lecken an seiner Haut, kosten seinen Schweiß, doch er verzieht keinen einzigen Gesichtsmuskel. Flammenwände verdichten sich und kein anderer als Azita selbst greift mit einem Schrei an. Mein Blut pulsiert. Ich springe der lebenden Flamme todesmutig entgegen. Damit hat er nicht gerechnet. Unsere Schwerter treffen hart aufeinander, funken versenken mir die Haut. Es riecht noch angekokeltem Haar und Fleisch. Ich stoße einen Wutschrei aus, der von den Wänden schallend widerhallt. Zornig starre ich das Feuerwesen an. Sein feuriger Atem trifft mich heiß im Gesicht. Meine Haut wirft längst Blasen, daher beiße ich mir auf die Innenseiten der Wangen, um nicht vor Schmerz zu schreien. Diese Blöße gebe ich mir nicht, niemals. Oh, du glaubst, ich halte nicht mehr aus? Du wirst überrascht sein, Wesen der alten Zeit. Ich presche zurück, weiche einem Funkenregen aus und wir umkreisen uns. Meine Hand ist taub vor Schmerzen und ich ahne nicht mal ansatzweise, wie lange sie zum Heilen brauchen wird. Der Schmerz ist allumfassend, doch wir stürzen uns wieder aufeinander. Der Aufprall der Schwerter wirft mich fast zurück. Lange werde ich dies nicht durchstehen.

Ein Schleier legt sich über mich, ich blinzle, nicht bereit, mich den Flammen zu beugen oder dem Schwindel nachzugeben. Ich lasse mich scheinbar geschlagen fallen, rolle über den Boden. Azita ist nicht weniger arrogant als ich, er fühlt sich zu sicher. Mir entweicht ein Stöhnen. Elil schreit mir etwas zu, doch das Blut in meinen Ohren rauscht zu laut. Ich kann kaum atmen vor Schmerzen. Dennoch schleicht sich ein kleines Lächeln auf meine Lippen, als das Feuerwesen sich kurz abwendet, um sich bejubeln zu lassen.

Mit einer letzten Kraftreserve federe ich meinen, vor Schmerzen schreienden, Körper in die Höhe, werfe mich auf den Feuerputzer und mein Schwert schrammt an seinem Körper vorbei. Funken fliegen auf, dort, wo ich ihn streife. Lava tropft auf den Boden. Wie ein Sack komme ich auf dem Boden auf, blicke mit rasendem Herzen zu ihm auf. Das Schwert fällt mir aus der Hand. Ich habe gesiegt. Die Augen weit geöffnet, starrt er mich fassungslos an.

»Ich erwarte Euch am Tag der Schlacht«, sind meine letzten Worte, ehe mich die Finsternis verschlingt.

Dankbar lasse ich es geschehen. Ich spüre nur noch leicht, wie Elil mich hochzieht, bevor auch dies verblasst.

DREIZEHN

Yuno greift meinen Arm. Überrascht halte ich inne, schaue zu ihm. Das Laub unter meinen Füßen raschelt leise. Er legt einen Finger an die Lippe, zeigt nach oben. Ich folge seinem Blick aufmerksam und verenge die Augen – ein ungutes Gefühl kribbelt meinen Nacken empor. Rauchschwaden. Im Osten scheint es zu brennen. Sie steigen dunkel und Unglück bringend in den Himmel. Sie sind ein schlechtes Omen. Kommen wir zu spät? Ist Castiell schneller gewesen als wir? Doch nicht nur das beunruhigt mich. Am Horizont bahnt sich ein Sturm an. Der Rauch verbindet sich mit den dunklen Wolken, die sich kreisend zusammenschließen. Wir müssen auf der Hut sein, die Stürme hier sind todbringend Ich bete, dass er vorüberziehen wird.

»Dort liegt das Lager der Wolfsmenschen.« Kalmia wirkt besorgt. Sie nickt in Richtung Rauch und mein ungutes Gefühl verstärkt sich. Alles in mir schreit danach, nicht weiterzugehen, und doch bleibt mir keine Wahl. Etwas in mir ahnt, was wir finden werden, sollte Castiell vor uns dort gewesen sein.

»Seid still. Bleibt beisammen.« Noam setzt sich an die Spitze. Wir folgen seinen Anweisungen augenblicklich.

Er führt diese Gruppe an, keiner von uns wagt es, sich ihm zu widersetzen. Verschwunden ist der lustige Elb, den ich sonst kenne. Als hätte er einen Schalter umgelegt, strahlt alles an ihm kalte Präzession aus. Er ist im Kriegermodus, wie ich es bei Crispin nenne. Dies zu beobachten, ist faszinierend. Geduckt schleichen wir weiter, lassen die Pferde zurück und folgen ihm. Jedes Knacken unter meinen Füßen kommt mir übermäßig laut vor und ich zucke immer wieder zusammen. Ich versuche, noch leichtfüßiger zu gehen, komme mir aber eher wie ein Elefant im Porzellanladen vor.

»Wo sind die Tiere?«, flüstere ich, als mir die Stille bewusst wird, die plötzlich herrscht.

Krak knurrt verhalten: »Wenn die Tiere gehen, ist das kein gutes Zeichen. Wir sollten uns einen Platz zum Schutz vor dem Sturm suchen. Er wird kommen. Ich kann es riechen.«

Meine Nase wittert den Rauch, aber es liegt noch etwas anderes in der Luft. Er hat recht, doch ich bezweifle, dass es der Sturm ist, den ich rieche. Es erinnert mich an Escher. Mein Magen spielt prompt verrückt. Es stinkt unverkennbar nach Eisen, Blut und Tod. Der schwere Geruch liegt wie Nebel über dem Boden. Würgend versuche ich, nur durch den Mund zu atmen.

»Wir haben keine Zeit zum Rasten.« Ivhar schüttelt

entschlossen den Kopf. Noam schaut uns eindringlich an, ehe er nickt. Er hat die Entscheidung getroffen, und wir folgen.

Die dunklen Wolken bäumen sich über uns am Himmel auf. In der Ferne vernehme ich ein tiefes Donnergrollen und der Wind frischt auf, zupft an meinen Haaren. Mit dem ersten Blitz erreichen wir unser Ziel. Wir bleiben am Rand der Siedlung stehen und starren fassungslos auf das schreckliche Bild, welches sich uns bietet. Ich wimmere, halte mir mein Herz. Die Hütten sind bis auf ihre Grundmauern abgebrannt. Leichen, zahllos, abgeschlachtet. Große und kleine Leiber, ohne Sinn und Zweck hingerichtet.

»Wir sind zu spät.« Racella zieht ihr Schwert. »Es hat ein verdammtes Massaker gegeben. Sie sind überrannt worden.«

»Vielleicht gibt es Überlebende«, bemerke ich, während Alli zurücktritt.

»Wir sollten verschwinden. Jetzt! Der Angriff kann noch nicht lange her sein. Wir wollen Castiell nicht treffen, er würde uns vernichten.«

Stumm laufen mir die Tränen über die Wangen, doch ich merke es kaum. Wie kann jemand ein ganzes Dorf niedermetzeln? Castiell ist ein Monster. Ein seelenloses, grausames Arschloch. Wie sehr ich ihn hasse. Der Tod ist noch zu gütig für ihn. Hinter mit röchelt Hakon plötzlich nach Luft. Ich drehe mich langsam um, als Yuno mich schon zur Seite zieht. Wir prallen hart gegen einen Baumstamm, während er mich mit seinem Körper vor den Pfeilen, die unvorhergesehen aus allen Richtungen zu kommen scheinen, schützt. Die anderen suchen ebenfalls Schutz, als dicke Regentropfen beginnen, auf uns herabzufallen und uns innerhalb von Sekunden durchtränken. Wind reißt an meinen Haaren, Donner grollt über uns. Der Sturm ist da ... Mit ihm der Feind.

»Hinterhalt!«, ertönt es von Sala und voller Entsetzen geht Hakon vor mir zu Boden. In seinem Hals steckt ein Pfeil, seine Augen blicken leblos zum Himmel, als sein Körper still liegen bleibt. Mein Kopf kann das Gesehene nicht wirklich verarbeiten. Ich schlage die Hände vor dem Mund zusammen und drücke Yuno von mir. Ich starre auf den mürrischen Zwerg, der nie wieder über unser Essen meckern wird oder mir die Edelsteine erklärt, wie er es die ganze Reise getan hat. Nein, Hakon wird nie wieder zu uns sprechen. Er ist tot. Ich versuche, zu verstehen, was hier gerade passiert ist, doch ich kann es nicht. Alles geht zu schnell.

Ivhar stößt ein Klagelaut aus, fällt neben seinem Freund zu Boden, und wird knapp von einem Pfeil verfehlt, ehe Ali ihn zur Seite reißt. »Es ist jetzt nicht die Zeit zum

Trauern, Zwerg. Steh auf!«, zischt sie ihn an und zieht ihn mit sich zu einem Baum. Wie der Blitz zückt sie ihren Bogen und schießt Pfeile blind in die Bäume.

»Orks«, knurrt Krak. »Ich rieche ihren Gestank.« Er geht in Stellung, reckt seine Schultern.

»Castiells Fußvolk«, flüstert meine Cousine. Sala tritt dicht an sie heran. Ich habe die Orks noch gut in Erinnerung und eine Gänsehaut breitet sich auf meinen Körper aus, als ich an die spitzen Zähne und die fledermausartigen Ohren sowie an die Brutalität, mit der sie in Escher vorgegangen sind, denke. Alli lässt noch einen Pfeil los und schon hören wir es kreischen. Er hat getroffen. Einer weniger. Wie viele sind sie?

»Ich ... Es ist okay, Yuno.« Ich löse mich von ihm, bin bereit zu kämpfen. Er mustert mich eindringlich, ehe er mich loslässt. Ich verdränge den Schock und das Bild meines toten Freundes. Alli hat recht. Momentan ist keine Zeit zum Trauern. Jetzt muss ich alles geben, um ihm keine Gesellschaft zu leisten, also schließe ich meine Trauer tief in mir ein.

Wir ziehen unsere Schwerter, bilden einen Kreis, Rücken an Rücken. Erst jetzt bemerke ich den dunklen Fleck, der sich an Yunos Schulter ausbreitet. Es ist nicht der Regen, sondern Blut. Ein Pfeil steckt in seiner Schulter, der auch hätte mich treffen können, wenn er mich nicht geschützt hätte. Die anderen scheinen unverletzt zu sein, was verdammtes Glück ist. Der Regen nimmt uns die Sicht, er wird jede Sekunde mehr. Meine Kleider kleben mir bereits am Leib. Trommeln schlagen mit dem Donner im Einklang, Furcht durchrieselt mich.

»Rennt zum Fluss! Dort haben die Wolfsmenschen immer ihre Schiffe vor Anker gelegt, vielleicht haben sie eins zurückgelassen. Es ist unsere einzige Chance.« Kalmia hebt ihre Arme und vor uns erzittert die Erde. Wurzeln erheben sich in die Luft, bieten uns einen kleinen Vorsprung, versperren unseren Gegnern die Sicht. Sie bahnt uns eine Schneise durch den Wald. Ich höre das Kreischen und Schreien der Orks, ihre Wut, die Blutlust, uns zu töten. »Lauft endlich!«, ruft sie abermals, und ich reiße sie mit mir.

»Du bleibst nicht zurück«, zische ich.

»Sei vernünftig! Ich kann sie länger aufhalten, wenn ich bleibe. Das Laufen lenkt mich ab.«

»Nein, wir lassen niemanden zurück. Das ist ein Befehl.« Alles in mir wehrt sich gegen den Gedanken, jemanden zu opfern. Das ... Nein. Wir werden es zusammen schaffen.

»Wie unvernünftig du sein kannst.«

»Gewöhne dich daran, und jetzt bewege dich«, knurre ich.

Unsere Füße fliegen nur so über den Waldboden. Hinter uns hören wir ihr Getrampel. Pfeile pfeifen uns um die Ohren. Wie durch ein Wunder verfehlen sie uns, was mit am Regen um das dichte Blätterwerk liegt. Sie kesseln uns ein. Ich sehe sie stets aus den Augenwinkeln, wenn ein Blitz den Wald erhellt. Zusehend wird der Wind stärker, er schiebt uns von hinten an. Sind hier die Götter am Werk und wollen uns helfen?

Alli tritt in ein Bodenloch, kommt ins Stolpern, doch Sala ist neben ihr. Ehe sie fallen kann, reißt er sie sofort wieder auf die Beine und verliert dabei fast sein Schwert. Er ahnt nicht, wie hoch ich ihm dies anrechne »Wo sind Silver und Topas?«, brülle ich panisch. Wie habe ich sie vergessen können? Wir haben uns vorhin von ihnen getrennt, sie zum Erkunden vorausgeschickt. Sie hätten beim Dorf sein müssen. Hätten? Mir wird bitterkalt.

»Sie werden alleine zurechtkommen«, weist Racella mich zurück. »Renn, so schnell du kannst ...«

Mein Atem geht stoßweise. Ich habe fürchterliche Seitenstiche, aber in der Ferne höre ich schon den tosenden Fluss. Das Gewitter hat sein ruhiges Wasser in Stromschnellen verwandelt. Verfluchte Scheiße! Crispin wird so wütend sein. Hätte nicht einfach mal etwas klappen können?

Immer wieder zieht Kalmia hinter uns Rankenwände

in die Höhe. Sie schützt uns vor Pfeilen, zwingt die Orks dazu, auszuweichen. Plötzlich bekomme ich einen festen Stoß in den Rücken verpasst. Mit einem erschrockenem Uff stolpere ich und rolle mich über den Boden. Ivar stolpert ebenfalls, fängt sich dann aber, allerdings mit schmerzverzerrtem Gesicht. In seiner Schulter steckt ein Pfeil. Voller Grauen wird mir klar, dass wir es nicht länger schaffen werden. Wenn dort kein Boot ist, sind wir verloren. Sie werden uns niedermetzeln.

»Alice, beweg dich!«, zischt Noam. Er reißt mich unsanft weiter, kugelt dabei fast meinen Arm aus, doch endlich kommt der Fluss in Sichtweite. Schwarz peitscht das Wasser über den Rand. Das Glück ist uns hold. Es gibt genau ein Boot, den Göttern sei Dank. Kalmia reißt hinter uns die Erde auf, verursacht einen tiefen Schlund, während wir nacheinander das Boot besteigen. Ob ich will oder nicht, merke ich, wie die anderen dafür sorgen, dass ich zuerst auf dem verfluchten Karren bin. Sie stellen mein Leben über ihres, das gefällt mir gar nicht. Ich bin nicht mehr wert als sie. Krak hilft gerade Kalmia, als ihn ein Pfeil in den Rücken trifft. Ein Zweiter folgt, dann sackt er nach vorne. Ein Schrei entfährt mir. Er bäumt sich wieder auf, ist offensichtlich nicht bereit, aufzugeben. Zähnefletschend brüllt er gen Himmel seine Wut hinaus. Die Blitze über ihm sorgen dafür, dass ich das

Bild, wie er vor Schmerzen die Augen aufreißt, ihn der zweite Pfeil durchbohrt und er dennoch mit einem Schrei weiterkämpft, nie vergessen werde ... wie mir das dunkle Blut entgegen spritzt, die Schreie und das Grunzen der Orks im Hintergrund. Es ist wie eine Fotografie in meinem Kopf gespeichert, ein Bild des Grauen. »Schieb sie aufs Wasser«, ruft Noam verzweifelt, aber zielstrebig, während die Orks die Wurzelwand durchbrechen und es schaffen, den Krater zu überbrücken. Er ist der letzte von uns. Mir wird klar, was das bedeutet und was er vorhat.

»Nein, warte!«, rufe ich, doch Krak nutzt seine allerletzte Kraft und schiebt uns hinaus auf den Fluss, wo uns die Strömung empfängt. Nur noch das Seil hält uns, wir schaukeln wild. Ein Schwertstoß und Noam wird zurückbleiben. Dies wird sein Todesurteil sein.

Ivhar und Racella ziehen Krak ins Boot, er atmet flach Ich starre ans Land, wo Noam alleine vor der Ork-Armee steht. Er schaut zu uns. Ein trauriges Lächeln legt sich auf seine Lippen. Ehe er das Tau kappt, nickt er mir entschlossen zu. Alles läuft wie in Zeitlupe vor meinen Augen ab. Die Orks rücken näher. Mein bester Freund dreht sich um, wappnet sich, um für uns in den Tod zu gehen, während unser Boot ablegt. Nein, nein, nein! Nicht Noam! Ich schreie und weine, handle dann, ohne weiter nachzudenken. »Noam?«, rufe ich verzweifelt, als er die ersten Schwerter abwehrt. Ein Pfeil trifft ihn ins Bein. Es knickt ein, geht mit dem Knie zu Boden. Ein ohrenbetäubender Schrei verlässt seine Lippen. Sein nasses Haar wird vom Wind umhergewirbelt, doch mit zitternden Beinen steht er wieder auf und schlägt einem Ork sogleich den Kopf ab. Er wird nicht zu uns kommen. Nein, er opfert sich für uns. Die Strömung reißt uns endgültig mit.

Racella greift nach mir. Sie ahnt, was ich vorhabe, doch ich handle aus einem Reflex heraus. Ich habe nur wenige Sekunden, um mich zu entscheiden. Meinen Freund lasse ich definitiv nicht zurück, das steht fest. Niemals! Das kann ich nicht. Ich renne los, mit einem Sprung bin ich auf der Reling und springe ans Land. Durch meinen Schwung wird das Boot inmitten der starken Strömung getrieben – in Sicherheit. Alli schreit nach mir, doch ihre Stimme wird schnell leiser. Sie sind fort, werden jedoch, so die Götter wollen, überleben. Verzeih mir, Crispin, aber du hättest ebenso gehandelt wie ich, denke ich still. Jetzt können sie uns nicht mehr helfen, niemand kann das. Wir sind auf uns gestellt. Was nicht bedeutet, dass ich aufgebe. Nein, ich verdopple Noams Chancen, zu überleben. Crispin wird mich verstehen. Er muss. Er würde Noam nicht opfern, niemals.

Noam ist wie sein Bruder. Mir kommt ein Zitat in den Sinn: Alleine ist man stark – zusammen unschlagbar! Also werden wir unschlagbar sein, wie auch immer wir das schaffen.

Meine Füße versinken im Uferschlamm. Ich kann mich nicht halten, daher rolle ich mich ab. Morast spritzt mir ins Gesicht. Mit einem Schrei stürze ich mich auf einen Ork, der Noam das Schwert in die Seite rammen will. Sein Kopf rollt vor meinen Füßen zu Boden. Blut vermischt sich mit Matsch und Wasser. Ich stemme meine Füße in den Boden und brülle die Orks voller Zorn an. Das Überraschungsmoment ist mir geglückt. »Keinen Schritt näher!«, zische ich und umklammere mein Schwert mit wilder Entschlossenheit. Wir werden hier nicht sterben.

»Wie kannst du so dumm sein, Alice?«, faucht Noam fassungslos. Hat er wirklich gedacht, ich wäre fähig, ihn zurückzulassen? Dann kennt er mich schlecht.

»Familie! Niemand bleibt zurück«, knurre ich ebenfalls. »Du wirst hier nicht als Held sterben, verstanden? Deine Zeit ist noch nicht gekommen.«

»Dies zu entscheiden, liegt nicht bei dir. Ich drehe dir den Hals um, wenn wir das überleben«, schimpft er, doch ich zucke mit den Schultern, ohne die Orks aus den Augen zu lassen, die sich uns nähern.

»Stell dich hinten an. Crispin wird wohl gleichermaßen empfinden.«

»Zurecht, du törichte Närrin. Du hättest in Sicherheit sein können. Ich bin für dieses Opfer bereit gewesen.«

»Ich aber nicht, du Esel.« Seine Worte verletzen mich nicht, in keiner Weise. Ja, er ist sauer, doch er kann mir später danken, wenn wir beide überlebt haben.

»Tötet nur den Elben. Castiell will das Weib lebend.« Ein großer Ork löst sich aus der Truppe und stampft auf uns zu. Ich stütze Noam, der durch den Pfeil in seinem Bein stark humpelt. Sie haben mir gerade alles verraten, was ich wissen muss. Sie wollen mich lebend. Das ist gut, ein Vorteil, denke ich jedenfalls. Mein Verstand arbeitet auf Hochtouren.

»Wir müssen über den Fluss. Ich glaube nicht, dass sie schwimmen können«, flüstert Noam und ich nicke. Auch wenn die reißende Strömung alles andere als verlockend wirkt. Lieber sterbe ich im Versuch zu schwimmen, als hierzubleiben. Ich ziehe meinen Dolch aus dem Stiefel und halte ihn mir an die Kehle. Dabei lasse ich die Orks nicht aus den Augen.

»Keinen Schritt weiter!« Zu meiner persönlichen Freude scheint es zu funktionieren. Sie stoppen. Hass blickt mir entgegen, während der Regen in Bächen über ihre Gesichter rinnt. Ein Blitz schlägt nicht weit von uns im

Boden ein, spaltet einen großen Baum. Was für ein Szenario. Als würden die Götter uns mit tosen und Trompeten anfeuern.

»Was machst du?« Noam schaut mich an, als hätte ich den Verstand verloren. Vielleicht habe ich das auch, oder zu viele Bücher gelesen, wo so etwas durchaus möglich ist. Sie wollen mich lebend, gut. Wenn ich mich selbst töte, werden sie mächtig Ärger bekommen, vermute ich. Nicht, dass ich dies in Erwägung ziehe, aber das wissen sie ja nicht. Also blicke ich sie so entschlossen, wie ich nur kann, an.

»Sie wollen mich lebend, hast du doch gehört.« Einige Orks treten vor. Ich stoße Noam hinter mich und ritze mir leicht in die weiche Haut meines Halses. Ich spüre den Schmerz, das warme Blut, welches sich seinen Weg bahnt. Du bist unsterblich, nur ein Kratzer, beruhige ich mich selbst. Unsterblich! So etwas kann dich nicht töten, versuche ich, die aufwallende Panik zurückzudrängen. »Ich meine es ernst. Keinen Schritt oder ich schneide tiefer in mein Fleisch. Eher sterbe ich, als mit euch zu gehen.«

Todbringend und verdammt wütend rauscht in diesem Moment Topas, begleitet mit einem dramatischen Donnergrollen, aus den Bäumen auf die Orks zu, sorgt für die Ablenkung, die wir dringend benötigen. Noam zögert nicht. Er hat verstanden, dass dies unsere einzige verrückte Chance ist, für die Crispin uns, sollten wir es hinbekommen, fertigmachen wird. Also umgreift er meine Hüfte mit seinem Arm, ehe er uns rückwärts in den Fluss fallen lässt. Sie versuchen, uns zu erwischen, doch das Wasser schlägt über uns zusammen und zieht uns fort. Mein Kopf stößt an einen Stein an, mein Schwert rutscht aus meiner Hand, aber Noam sein Griff ist unnachgiebig. Eisern hält er mich fest, während wir umher gewirbelt werden. Ich presse die Lippen aufeinander, Panik lähmt mich, erinnert mich an den Sprung von den Klippen. Nur, dass Crispin diesmal nicht bei mir ist. Als ich davon überzeugt bin, dass meine Lunge gleich platzen wird, schaffen wir es endlich, aufzusteigen. Immer wieder prallen wir gegen Steine, die Strömung ist unerbittlich. Hustend komme ich an die Oberfläche und versuche, entgegen dem Strom zu paddeln. Der Fluss hat uns weit davongetragen. Noam gelingt es, sich an der Uferböschung an einem Ast festzuhalten, weshalb er mich unter lautstarkem Stöhnen zu sich heranzieht.

In der Ferne sehen wir einen Drachen. Er ist viel zu groß, um Topas zu sein. »Castiell wird kommen. Wir müssen hier weg, Noam.« Ich höre selbst, wie angsterfüllt meine Stimme klingt. Wenn mir jemand Angst einjagt, dann der König der Albe.

»Er wird dich nicht bekommen, nur über meine Leiche«, murmelt Noam und zieht sich mühsam aus dem Wasser, ehe er es vollbringt, mich ebenfalls heraus zu ziehen. Die Böschung ist glitschig und schlammig. Der Regen weicht alles auf und erschwert es uns ungemein.

»Das Thema haben wir eben schon mal gehabt. Ich bin so sauer auf dich«, zische ich ihn an und er brüllt zurück: »Du hättest gehen sollen, Alice. Ich bin bereit gewesen, dieses Opfer für euch zu bringen. Du bist wichtiger als ich.«

»Nein, bin ich nicht. Ohne dich schaffen wir es nicht.«

»Du bist so ... Ah ... Ich weiß jetzt, wieso Crispin sich immer über dich ärgert. Du bist eine verdammte Königin. Ich nur ein Soldat. Alice, so funktioniert diese Welt.« Oh, ich hasse ihn für diese Worte. Wie sollen Crispin und ich ohne ihn weitermachen? Sieht er den Wert nicht, den er für uns hat? Dieser ... Vollidiot!

»Ich bin gar nichts. Also halt die Klappe, du Idiot, oder ich raste gleich aus.«

»Danke.«

»Ich sag... Was?« Ich meine, mich verhört zu haben. Wir kriechen mühevoll an der Uferböschung entlang, bis wir ganz oben sind. Vom Boot der anderen ist nichts mehr zu sehen. Ich hoffe, dass Krak überlebt. Ja, das hoffe ich wirklich, doch ich habe eine Entscheidung treffen müssen. Noam wäre dort gestorben. Qualvoll. Orks kennen keine Gnade.

»Danke, dass du zurückgekommen bist. Ich wäre bereit gewesen, zu gehen, aber ich lebe auch recht gern.« Mein Schniefen ist mir beinahe peinlich.

»Ich hab dich lieb, Noam. Nimm es einfach so hin, okay?« Ich ziehe ihn an mich. »Und nun? Crispin wird sauer sein. Ach was, fuchsteufelswild.«

»Er wird mich vermutlich töten. Jetzt, wo die Orks es nicht getan haben«, brummt Noam, reicht mir die Hand und zieht mich hoch. Schwankend kommt er zum Stehen, als plötzlich etwas über den Fluss fliegt und mit einem lauten Platschen im Schlamm vor uns landet. Silvers Zähne blitzen auf und fast meine ich, ihn lächeln zu sehen.

Ich gehe in die Knie und umarme unser wildes Ungetüm. »Silver«, murmle ich an sein nasses, leicht miefendes Fell. Es ist hart und verklebt, trotz des Regens. Blut, wird mir klar, es ist Blut. Nur anscheinend nicht seins. Der Wolf hechelt wild, aber wirkt sonst unverletzt. Er hat uns gefunden, das ist alles, was zählt.

»Alice, weiter!«, erinnert Noam mich und ich suche den Himmel nach Topas ab, doch er bleibt verschwunden. Sorge frisst sich in mein Herz. Wo bist du nur? Ich wage es nicht, nach ihm zu rufen. Zu groß ist die Gefahr, dass man uns findet. Ich stützte Noam und wir humpeln in den Schutz der Bäume. »Wir müssen den Pfeil entfernen und dann gehen wir in den Nebelwald, zu Elon. Das ist für uns am schnellsten zu erreichen.« Ich lache auf. Das kann nicht sein Ernst sein. Da könnte ich genauso gut direkt zurück zu den Orks gehen. Elon wird mich wahrscheinlich auf dem Scheiterhaufen verbrennen und wie Rumpelstilzchen drumherum tanzen.

»Er wird mich sofort ausliefern.«

»Nein, ich glaube nicht. Der Nebelwald ist viel näher dran als Escher oder eine andere Zuflucht. Wir können Crispin von dort eine Nachricht senden. Elon wird ein Einsehen haben. Er würde dich Castiell nicht ausliefern.« Glaubt er selbst, was er da erzählt?

Es raschelt neben uns im Wald. Ich ziehe das Schwert, während Noam sich stöhnend aufrichtet. Ein schwarzer Schatten tritt hervor. Wachsame Augen blitzen mich an. Topas! Den Göttern sei Dank. Ich werfe mich auf ihn und erkenne, dass er ebenfalls mit Blut besudelt ist. »Oh Gott, euch geht es gut«, flüstere ich – halb weinend, halb lachend. Unsere Chancen verbessern sich gerade ungemein. Auch wenn Noam verletzt ist, haben wir nun Topas und Silver an unserer Seite.

VIERZEHN

Kurz verzieht sich mein Mund, als ich die dicke Salbe auf meine vernarbten Hände auftrage. Es wird dauern, bis sie wieder vollständig geheilt sind. Mühsam schlüpfe ich in meine Lederhandschuhe. Sie schützen nicht nur die Haut, damit verdecke ich zudem diese Schwäche vor meinem Volk. Aber ich habe gesiegt, das ist alles, was zählt. Ich habe mir den Respekt der Feuerputzer verdient. Wenn sie mit uns kämpfen, dann aus Überzeugung.

»Du siehst, wie würde Alice es ausdrücken, beschissen aus«, begrüßt mein Bruder mich, als er das Zelt betritt.

Kurz überschwemmt mich eine Welle aus Verlustängsten, als er ihren Namen sagt und ich schließe die Augen, taste blind nach unserem Band. Vergewissere mich so, dass es da ist. Warm liegt es tief in meinem Inneren, beruhigt mich. Ihr geht es gut. Sie ist irgendwo da draußen, auf der Jagd nach Verbündeten – wie ich. Allerdings hoffe ich, dass sie es leichter haben wird als wir.

»Ich habe keine andere Wahl gehabt, wie dir bewusst sein sollte.«

»Man hat immer eine Wahl. Du hättest sterben können. Wofür? Zehn verdammte Feuerdämonen? Deine Hände haben nur noch aus rohem verbranntem Fleisch bestanden. Sei froh, dass Alice nicht hier ist. Auch du bist nicht unverwundbar, Bruder. Wenn du deine Hand im Kampf verlierst, wächst sie nicht nach. Ich hoffe, das ist dir bewusst. Ich möchte dir für diese Aktion immer noch den Kopf waschen.«

»Versuche es doch, kleiner Bruder«, brumme ich, wohl wissend, dass ein wahrer Kern in seiner Sorge liegt. Meine Hände sind wahrhaftig bis aufs Fleisch verbrannt gewesen, aber ich glaube immer noch, dass uns die Feuerputzer einen guten Dienst erweisen werden. Wie sollen sonst die Menschen und Reptanier über die Eisebene gelangen? Die Echsenwesen würden einfach vor Kälte erstarren. Und wir haben letztes Mal schon Pferde im Schnee verloren.

»Provoziere mich nicht!«

»Ich bin nicht gestorben«, halte ich besänftigend dagegen. »Es braucht mehr, mich zu töten, kleine Bruder.«

»Es gibt Tage, da könnte ich deinen Kopf nehmen und ...«, faucht er, als mein Zelt aufgerissen wird und wir rüge unterbrochen werden. Cian ist deutlich ernster geworden. Mein immerzu scherzender Bruder hat sich ebenso verändert wie wir. Unsere Köpfe fahren herum. Vergessen ist unsere Diskussion.

»Sie sind da!«, ruft ein Soldat ins Zelt und ich weiß genau, von wem er redet. Adrenalin der Aufregung rauscht durch meine Adern. Schneller, als angenommen, sind sie zurück. Nicht, dass ich mich beschweren würde. Mein Herz schlägt vor Freude heftig gegen meine Rippen. Mit einem Lächeln auf den Lippen verlasse ich mein Zelt, laufe mit schnellen Schritten auf Alice zu. Ich kann es kaum erwarten, sie an mich zu ziehen, und hoffe, sie bringt gute Neuigkeiten mit.

In der Ferne sehe ich ein Getümmel von Wesen, dort ist mein Ziel. Was werden sie berichten? Ehe ich die Gruppe begrüßen kann, landet Topas völlig verdreckt vor mir, stoppt mich so unmittelbar in meinem Weg. Fast wäre ich über ihn gefallen. Seine gelben Augen funkeln, als er mir Asche entgegen schnaubt. Er sieht furchtbar mitgenommen aus – voller Schlamm und getrocknetem Blut. Die eben verspürte Freude wandelt sich in Sorge um. Das wirkt nicht so, als wäre ihre Aufgabe leicht gewesen. Er legt mir etwas vor die Füße. Ein Stück zerfleddertes Pergament. Es ist vollständig von seinem Speichel durchtränkt, weshalb ich es angewidert und mit spitzen Fingern aufhebe. Ich mustere das Tier vor mir, verstehe nicht, wieso Topas mir eine Nachricht sendet, wenn Alice doch wieder da ist. Dann bemerke ich, wie klein die Gruppe geworden ist, um die sich die Wesen scharren. Viel zu klein. Von dreizehn, die aufgebrochen sind, zähle ich nur sieben, die hier angekommen sind.

Und ich entdecke kein rotes Haar! Topas lasse ich stehen, eile zur Ansammlung. Der Zettel in meiner Hand ist vergessen. Sofort richten sich alle Blicke auf mich. Alliaria senkt den Kopf, ebenso alle anderen, und geht vor mir in die Knie. Die Wesen um uns herum verstummen, gehen auseinander. Stille breitet sich auf dem Platz aus.

»Ihr seid dreizehn gewesen. Jetzt nur noch sieben. Was ist geschehen? Wo ist meine Gefährtin und der Rest der Gruppe? Wo ist Noam?« Meine Stimme klingt schneidend. Oh, bei den Göttern! Ich habe es gewusst und hätte nicht kleinbeigeben dürfen. Innerlich wappne ich mich für die Nachricht, die mir nicht behagen wird. Alice und Noam – beide fehlen. Es sticht in meiner Brust, dort, wo mein Herz sitzt. Cian legt die Hand auf meine Schulter, drückt sie sachte. Sein Gesicht ist aschfahl.

»Wir sind angegriffen worden, Hoheit.« Kalmia tritt vor. Auch sie sieht deutlich mitgenommen aus. Sie alle sind mit Dreck und Blut besudelt. Zorn brodelt in mir hoch. Ich atme tief ein, wappne mich, die bevorstehende Hiobsbotschaft wie ein König aufzunehmen. Doch ich spüre unser Band, was mir Zuversicht schenkt. Alice lebt. Egal, was nun berichtet wird – sie lebt. Das ist alles, was zählt und was ich wissen muss.

»Hakon hat der Pfeil zuerst erwischt, gezielt in den Hals. Es ist ein schneller, gnädiger Tod gewesen. Er hat nicht gelitten. Wir haben seine Überreste jedoch der Natur überlassen müssen. Es ist ein Hinterhalt gewesen. Der Clan der Wolfsmenschen ist abgeschlachtet worden. Überlebende haben wir keine gefunden. Wenn es welche gegeben hat, so sind sie schon fort gewesen, als wir angekommen sind. Topas und Silver haben wir auf der Flucht aus den Augen verloren. Man hat sie vorausgeschickt, aber das ist das letzte Mal gewesen, dass wir sie gesehen haben. Ich weiß nicht, wo sie sind oder ob sie leben, doch ich hoffe es.« In diesem Moment bemerkt sie den Drachen, der hinter mir auftaucht und sie still mustert. Sie stockt kurz. Ihr Blick richtet sich hoffnungsvoll auf mich. »Ist Alice hier?« Die Hoffnung, die sich in ihren Augen abzeichnet, muss ich ihr nehmen. Sogleich weiß ich auch, dass Alice nicht bei ihnen ist. Doch, wo ist sie und wo ist Noam?

»Nein! Ich verlange sofort, zu erfahren, wo zum Oger sie ist. Was ist geschehen, dass ihr euch trennen oder sie zurücklassen habt müssen? Sie wird eure Königin werden. Erklärt Euch!«

Wut rast durch meine Adern. Nur mit Mühe halte ich meine Maske aufrecht. Ich darf keine Schwäche zeigen, nicht jetzt, wo gerade so viele Augen auf mich gerichtet sind. Nein, ich muss bedacht handeln wie ein König. Auch wenn ich lieber schreien und toben möchte.

Racella zuckt zusammen. »Noam ist zurückgeblieben, um uns zu retten. Es wäre sein sicherer Tod gewesen, hätte Alice nicht gehandelt. Er hat sich für uns aufopfern wollen. Wir sind überrannt worden. Unsere einzige Chance ist der Fluss, der vom Gewitter völlig wild geworden ist, gewesen. Es hat nur noch ein Boot gegeben.« Ich weiß genau, was jetzt kommt und könnte Alice den Hals umdrehen. Sobald sie wieder bei mir ist, werde ich sie erst küssen und ihr dann den Hintern versohlen. Was denkt diese Frau sich nur? Sie bringt mich mit ihren Handlungen noch ins Grab. »Krak ist schwer verwundet worden. Er hat uns auf den Fluss schieben können. Wir haben die Blutungen nicht stoppen ... Er ...« Sie schluckt, schaut kurz zu Bardawulf, ehe sie zu mir blickt. »Er ist als Held gestorben. Wir haben ihn ehrenvoll bestattet. Darauf gebe ich mein Wort.«

»Alice ist zurückgegangen, habe ich recht?« Natürlich habe ich recht, weil sie einfach so ist. Sie ist aufopferungsvoll und völlig wahnsinnig. Ich werde wirklich der erste Elb mit grauen Haaren sein. Verflucht, ich werde ihr dermaßen die Spitzohren lang ziehen. Diese törichte Frau!

»Wir haben sie aufhalten wollen, aber die Strömung ist zu stark gewesen, wodurch das Boot zu stürmisch in die Stromschnellen gerissen worden ist. Im letzten Moment, als man Noam erwischt hat, ist sie an Land gesprungen. Wir wissen nicht, ob er überlebt hat oder was mit beiden passiert ist. Es beschämt mich und bekümmert mein Herz. Ihr habt recht. Sie ist meine Königin oder wird es eines Tages sein. Nicht sie hätte Noam zu Hilfe eilen sollen, sondern ich. Es ... Ich nehme jede Bestrafung an, die Ihr für angemessen haltet. Es ist unverzeihlich, dass wir Alice nicht haben schützen können, Hoheit.«

Ich balle das Pergament in meiner Hand, drücke Daumen und Zeigefinger auf meine Nasenwurzel. Mein Herz zieht sich vor Sorge zusammen. Ich muss nachdenken. Heiß pocht es in meiner Brust, wo unser Band vor Wut bebt. Alice lebt. Es scheint ihr gut zu gehen.

Das Pergament, fällt mir siedeheiß ein. Ich falte es auf. Schnell lese ich die hastig gekritzelten Zeilen. Wieso habe ich nicht gleich daran gedacht?

Ich weiß, du bist gerade unsagbar böse auf mich, mein Liebster, aber du an meiner Stelle, hättest nicht anders gehandelt. Noam und ich sind wohlauf. Er ist verletzt. Wir schaffen es nicht zurück zu euch und werden Schutz bei deinem Vater suchen. Ja, ich kann mir deinen Blick vorstellen, doch Noam hält dies für eine gute Idee und ich vertraue ihm. Ich liebe dich und freue mich auf unser Wiedersehen. Mir geht es gut, sei unbesorgt. Ich warte auf dich.

Ich nehme mir einen Moment, das Gelesene zu verarbeiten. Die Zeilen lese ich erneut. Ihr geht es gut, Noam lebt, aber ist verletzt. Sie sind auf dem Weg in den Nebelwald. Ist Noam von allen guten Geistern verlassen? Wie verzweifelt muss er sein, dies vorzuschlagen? Oder verheimlicht Alice mir etwas? Ist Castiell ihnen auf den Fersen? Wenn es mich nicht täuscht, werden sie über den Bergpass müssen. Wie schwer ist Noam verwundet? Wird er klettern können? Wann hat Alice diesen Brief verfasst? Sind sie vielleicht schon dort?

»Elil, mach dich und deine Krieger bereit. Wir reisen in einigen Minuten ab. Auf jeden deiner Krieger kommt ein Elb. Wir werden fliegen, so sind wir schneller. Meine Gefährtin sucht Schutz im Nebelwald bei meinem Vater. Wir werden sie holen. Noam ist verletzt und sie schaffen den Weg nicht ohne unsere Hilfe. Ich weiß nicht, wie man uns empfangen wird. Stell dich vorsichtshalber auf einen Kampf ein. Rüstet euch!« Selbst Elil spürt, wie geladen ich bin und wagt es nicht, mich zu verspotten, auch wenn er mich überrascht anschaut, dass ich freiwillig fliege. Für Alice würde ich weitaus mehr in Kauf nehmen. Ich glaube kaum, dass mein Vater uns angreifen wird, aber wer weiß, wer uns dort an den Grenzen auflauert. Offiziell bin ich noch der Prinz des Nebelwaldes, auch wenn ich verstoßen worden bin, so ehrt mein Volk mich. »Alle anderen zurück an die Arbeit. Trainiert, bis euch die Hände bluten, sofern es sein muss«, brülle ich und schon gehen alle wie Ameisen an ihre Beschäftigungen. Sie lebt, rede ich mir selbst zu und bin nicht zum ersten Mal dankbar über die Calis Vision – sonst würde ich vielleicht kopflos handeln. So halte ich meine Maske aufrecht, reagiere besonnen, auch wenn es in mir brodelt. Dennoch wird Alice nicht drum herumkommen, dass wir ein ernstes Wort miteinander reden werden. Ihr Leichtsinn macht mich furchtbar wütend und lässt mich manchmal verzweifeln. Ich möchte ihr gerne mehr zutrauen, aber wie soll dies funktionieren, wenn sie im nächsten Augenblick wieder so etwas Verrücktes macht? Gut, wiederum hat sie Noam gerettet. Meinen Bruder im Geiste ...

FÜNFZEHN

»Auf der anderen Seite des Berges ist das Schloss«, stöhnt Noam. »Wir müssen klettern, es ist der sicherste Weg und kürzer, als um den Berg herumzulaufen.«

»Bist du verrückt? Du kannst nicht klettern und Silver erst recht nicht. Wir gehen mitten durch. Es gibt Höhlen und Wege, ich weiß es. Kelalan hat sie mir auf den Karten gezeigt.« Noam wird bleich.

»Du weißt, wie gefährlich es sein kann. Wir wissen nicht, wer oder was dort lauert. Hast du nicht gerade erst Bekanntschaft mit einem Monster gemacht? Es gibt weitaus schrecklichere Wesen als diese. Das können wir nicht riskieren. Dämonen und Wesen der alten Zeit hausen in den Höhlen.«

»Die Chance, auf eines zu treffen, ist gering, oder? Kelalan hat nicht mal gewusst, ob dort überhaupt etwas lebt. Besser ist es, etwas zu wagen, als hier von Castiel gefunden zu werden oder gar zu sehen, wie du vom Berg fliegst oder verblutest. Wir haben keine Wahl. Du kannst nicht klettern, Noam. Wir müssen dafür sorgen, dass du Ruhe bekommst und dein Bein heilt.«

»Wir klettern.«

Himmel Herrgott, sind denn plötzlich alle zu sturen

Böcken geworden? Immer diese Diskussionen. Ich verstehe seine Befürchtung, aber mit dieser Wunde kommt er niemals den Berg hinauf und ohne ihn, werde ich nicht gehen. Basta! Ende im Gelände! Es ist schlimm genug gewesen, ihm den Pfeil aus dem Bein ziehen zu müssen. Es hat nicht viel gefehlt und ich hätte mich übergeben. Allein dieses schmatzende Geräusch ... Grausam. »Nein, wir gehen durch die Höhle. Ich befehle es dir.«

Noam feixt mich böse an. »Du kannst mir nichts befehlen. Sind das nicht deine Worte gewesen? Noch bist du keine Königin. Tja, liebste Freundin, und nun? Willst du mich zwingen?«

Wütend trete ich auf dem Boden auf. »Leck mich, Noam, echt. Schau dich doch mal an«, appelliere ich an seine Vernunft, doch das kann ich mir eigentlich sparen.

»Ich bin verletzt, und? Ich habe schon Schlimmeres überstanden und werde auch das überleben. Es ist ein Kratzer. Nicht von Bedeutung.«

Kopfschmerzen bahnen sich an. Nicht von Bedeutung? Da ist ein Pfeil in seinem Bein gewesen! Ich bin es so dermaßen leid. Ich will Ruhe und Frieden, ein Bad, etwas zu Essen ... und Crispin. Ganz viel Crispin. Ich mag mir gar nicht ausmalen, wie sauer er in diesem Augenblick sein muss. »Keine Diskussion. Ich gehe durch die Höhle. Mit dir oder ohne dich, deine Entscheidung. Silver?«, rufe ich und sofort ist der Wolf an meiner Seite. Er reibt seinen großen Kopf an meinem Bein, was ich als Zustimmung werte. »Silver ist wohl meiner Meinung.«

»Ich werde Crispin schamlos erzählen, wie leichtfertig du mit deinem Leben umgehst und dann zusehen, wie er dir die Ohren lang zieht. Oh, ich werde es genießen. Alice, du ... Wie kann man nur so leichtsinnig sein?«

Ich grinse. »Nur zu. Erzähl es ihm und freue dich deines Lebens.« Sehr erwachsen strecke ich ihm die Zunge raus und ich schwöre, sein Mundwinkel zuckt leicht.

Noam gibt nach, weil ich recht habe und wir suchen uns einen Eingang, in den Berg hinein. Mulmig ist mir schon, immerhin bin ich nicht naiv. Das wir hier auf Kreaturen aus Albträumen treffen könnten, ist mir durchaus bewusst. Ich hoffe einfach, dass das Schicksal uns gnädig ist. Mein Körper schreit außerdem vor Müdigkeit. Selbst ich würde es nicht mehr auf den verdammten Berg schaffen. Meine Arme schmerzen, mein Schädel explodiert jeden Moment und ich habe keine Ahnung, wie viel Blut Noam wirklich verloren hat. Jetzt lautet die Devise, laufen und nicht anhalten, einen Fuß vor den anderen setzen. Je weiter wir uns von den Orks entfernen, desto besser.

»Meinst du, Crispin weiß Bescheid?«

»Dein kleiner Drache ist flink. Vermutlich rastet er genau in diesem Augenblick aus und lässt Köpfe rollen. Sei dankbar, dass er Zeit hat, sich zu beruhigen, ehe er auf uns trifft.«

»Ja, ich habe mich in Gefahr gebracht. Aber er wird froh sein, dass ich deinen Hintern gerettet habe. Du hast ja unbedingt einen auf Supermann machen müssen und dich vor diese Viecher gestellt. Memo an dich, du bist nicht unverwundbar. Wieso müsst ihr immer die Helden raushängen lassen? Uncool! Ich will nicht sehen, wie einer von euch stirbt. Ihr sollt nicht sterben.«

»Du redest schon wieder wirres Zeug. Oder es liegt am Blutverlust, dass ich nichts verstehe.«

Ich verdrehe die Augen, taste mich weiter voran. Wir wandern sicherlich Stunden. Der Tunnel nimmt kein Ende. Leuchtende Kristalle erhellen uns den Weg, wofür ich überaus dankbar bin. Mal eine positive Sache an diesem ätzenden Ort. Wenn es nicht so eine verflixte Situation wäre, hätte all das zweifellos etwas Märchenhaftes. Hätte, ein großes Hätte. Aber ich hoffe ja auf ein *Am-Ende-lebten-sie-glücklich* ...« Offenbar hat mein Leben noch die Chance erhalten, ein Märchen zu werden. »Mein Mund ist wie aus Pappe«, lasse ich Noam wissen und vermisse meine Flasche, die der Fluss mit sich gerissen hat.

»Was ist Pappe?«

»Eine zusammengepresste Pergamentrolle.«

»Warum ist dein Mund aus Pergamentrolle? Das ist ja

eklig. Ist es ein Fluch?« Deine Unwissenheit ist ein Fluch, murmle ich still für mich. Noam wird immer langsamer und ich weiß, er schafft es nicht mehr weit. Das bereitet mir deutlich größere Sorgen als alles andere.

»Lass mich deine Wunde sehen.« Ich drehe mich um. Er will mich abwehren, doch dann gibt er nach. »Könnt ihr eine Blutvergiftung bekommen?«

»Ich glaube nicht.« Er zuckt mit den Schultern. »Wir brauchen Feuer und müssen es ausbrennen.«

»Igitt! Das machst du schön selbst.« Er lacht leise. Plötzlich flackern die Kristalle, die Wände verschwimmen nach und nach. Ängstlich schaue ich auf. Noam schenkt mir einen *Ich-habe-es-dir-ja-gesagt-Blick*.«

»Was ist jetzt schon wieder los?« Ich richte mich auf, helfe Noam auf die Beine. Silver drückt sich an meine Kniekehle. Okay, wenn Silver Angst hat, ist es ernst. Ich wappne mich für das, was kommen wird. Wäre es ein Märchen, würde jetzt die gute Fee auftauchen, oder? Ein bisschen *Wibidiwabiboo*, oder wie das heißt, und zack: tolles Kleid, mein Prinz ist zurück und ab ins Bett mit mir .. Tausend Jahre schlafen.

»Wer verlangt Einlass in das Reich der Elben? Hier geht es für euch nicht weiter, ohne einen Tribut zu zollen.« Eine samtige Tatze erscheint vor uns, sie scheint durch den Stein zu gehen. Mein Nacken kribbelt von der Magie, die schlagartig in der Luft liegt. Ich hebe den Blick. Die Stimme klingt rau, kehlig. Der Katzenkörper eines Löwen geht in den einer wunderschönen Frau über. Ihr langes dunkles Haar wellt sich um ihren nackten Oberkörper, der perfekter nur in Stein gemeißelt hätte sein können. Stolz und erhaben steht sie vor uns. Ihre Katzenohren zucken, lange Schnurrbarthaare wachsen aus ihrem menschlichen Gesicht. Sie legt den Kopf schief. »Hier ist mein Reich. Kelalan hat es mir geschenkt, im Dank für ein Geheimnis, welches er begehrt hat. Mir gehören alle, die kein Opfer darbringen, um den Berg zu passieren.« Sie zeigt uns ihre spitzen Zähne, kneift die mandelförmigen Augen zusammen, um uns zu mustern.

»Wer oder was bist du?«, flüstere ich, doch Noam macht den Anschein, es bereits zu wissen.

»Ich habe dich gewarnt, Alice. Es ist die Sphinx, die Wächterin des Berges. Uralt. Ich habe gehofft, wir würden ihr nicht begegnen.«

»Du hast nichts von einer Sphinx gesagt«, zische ich, doch diese lacht nur. Es klingt gruselig.

»Habt ihr etwa gedacht, ihr könntet ohne Gabe an mir vorbei? Niemals. Das kann keiner.«

»Was verlangst du?« Ich mustere das Wesen vor mir und obwohl ich ahne, wie gefährlich es ist, komme ich nicht umher, auch seine wilde Schönheit zu bewundern.

»Gold? Silber? Crispin wird dir alles geben, was du einforderst.«

»Ich möchte nichts vom Prinzen. Jeder, der diese Wege passiert, muss mir etwas Persönliches überreichen. Eine Gabe, die meiner würdig ist. Der letzte Reisende hat mir seinen Arm überlassen, ein ganz besonderer Tribut.« Ich ziehe die Luft ein. Sie bekommt doch nicht meinen Arm, ist sie verrückt? Ebenso wenig ein Bein oder etwas in der Art. Ich sage ja, diese Welt ... Sie schnippt mit den Fingern. Ihr Körper verändert sich, wird vollständig zu dem einer Frau. Anmutig schreitet sie auf uns zu. Ich spüre Silvers Zittern, was mir Unbehagen bereitet, da selbst er sich fürchtet. »Ich bin nicht nur Tier, sondern auch eine Frau. Einst hat man mich in der alten Welt Geheimniswahrerin genannt. Lass mich schauen, was ich von dir gebrauchen kann, Alice. Einst, in der anderen Welt, hat man mich angebetet, sogar mein Abbild in Stein gemeißelt. Ich bin durch die Welten hin und her gewandert. Meine Magie ist stark gewesen, doch dann ist meine Zeit auf deiner Erde zu Ende gewesen und ich habe wie du in meine Welt zurückkehren müssen. Eine gefallene Göttin. Nun zu dir ... Womit kann ich meinen Hunger stillen? Welche Gabe, würde mich erfreuen? Mein Verlangen, etwas von dir zu besitzen, für alle Ewigkeit, ist erheblich. Es wird mir für immer verraten, ob du noch auf Erden wandelst oder nicht. Ein Teil deiner Lebensenergie wird meine Magie nähren. Deinen kleinen Finger? Das Rot deiner vollen Lippen? Oder gar dein Herz?« Sie spielt mit mir. Nervös mustere ich sie, wage es nicht, zu antworten. Wie hat Kelalan solch ein Wesen so nah an seiner Heimat dulden können? Silver drückt sich fester an mich. Ich glaube, dass ihm die riesige Katze nicht geheuer ist. »Er ist nur ein Tier und darf passieren, ohne Tribut.« Sie nickt dem Wolf zu. Mir fällt ein Stein vom Herzen. Immerhin er ist sicher. Dann tritt sie auf mich zu. Noam will sich vor mich stellen, doch sie hebt die Hand. »Stopp, oder ihr sterbt beide. Ich schwöre bei den alten Göttern, ihr werdet unbeschadet weiterreisen können, wenn der Tribut bezahlt worden ist.«

»Ich zahle für uns. Für uns beide.« Noam rafft die Schultern. Wütend schaut er die Zauberin an.

»So viel Wut und Schuld in deinen Augen, Noam. Ja, ich weiß, wer ihr seid. Weiß alles und nichts. Du fühlst dich schuldig, weil sie dich gerettet hat. Aber nur so, kannst du das hohe Alter erreichen und vielleicht finden, was du suchst, Elbenkrieger. Deine Zeit ist noch nicht gekommen. Alice hat weise gehandelt, dich zu retten. Es wird der Tag kommen, wo du dies vergelten wirst.«

Woher weiß sie das? Jetzt bin ich neugierig und gleichermaßen fasziniert.

Er knirscht mit den Zähnen. »Nun rede, wir müssen weiter. Nenne uns deinen Preis.«

»Von dir, Elbenkrieger, möchte ich die Spitze deines linken Ohres. Es ist besonders entzückend.«

Ich ziehe die Luft scharf ein. Sie will ein Stück seines Ohres? Ist sie denn völlig verrückt? »Was willst du damit? Verdammte Scheiße, das ist doch nicht wahr! Es ist sein Ohr, über das wir hier reden. Nimm von mir aus seinen Stiefel, aber doch kein Ohr!«

»Das, mein kleines Albenkind, vermag dich nicht, zu interessieren. Ich fordere dies als Wertschätzung oder eben seinen Tod. Er hat die Wahl, wie jeder vor ihm und jeder nach ihm. Glaube mir, die Spitze seines Ohres ist nicht so schmerzhaft wie sein Arm oder Bein. Oder wäre dir sein Augenlicht lieber? Wohl kaum. Ich bin heute sehr gnädig gestimmt.« In ihrer Hand erscheint ein Dolch.

»Tue es!«, stößt Noam hervor.

»Was? Nein!«, rufe ich und er schaut mir ängstlich in die Augen.

»Wir haben keine Wahl. Sie wird uns sonst nicht den Weg hinausweisen. Dreh dich um, du musst nicht zusehen. Es ist nur ein Ohr, Alice. Sie hat recht. Es gibt weitaus Schlimmeres.« Er beißt die Zähne aufeinander, während sie katzenhaft auf ihn zu schleicht und verzückt lächelt.

»Oh mein Gott!« Ich schlage die Hände vor den Augen zusammen. Das ist meine Schuld. Noam hat nicht durch diesen Berg gewollt. Ich kann nicht hinsehen. Was wird sie von mir einfordern? Würgend drehe ich mich um, kneife die Augen und halte mir die Ohren zu, bis es vorbei ist. Noam entweicht nicht ein Ton. Tränen vernebeln mir die Sicht, als er mir endlich auf die Schulter klopft und mich daraufhin kurz in die Arme nimmt – mir so deutet, dass alles gut ist. An seinem Hals läuft Blut herunter, seine Ohrspitze fehlt tatsächlich. Das ist doch der pure Wahnsinn! Allerdings auch nicht so schlimm, wie angenommen. Es tut mir leid, forme ich wortlos, während die Sphinx die Ohrenspitze in einem Beutel an ihrer Seite verstaut, und Noam drückt mich fester an sich.

»Es ist okay, Alice. Stell dir vor, sie hätte meine Männlichkeit gefordert.« Hicksend haue ich ihm auf die Brust. Das ist nicht lustig, so gar nicht.

»Was verlangst du von mir?« Ich richte meinen Blick trotzig auf die Magierin.

Sie legt den Kopf schief, nimmt sich einen Moment zum Überlegen. »Die Farbe deines Haares.«

SECHZEHN

Ich schließe gerade meinen Schwertgürtel, als Kalmia das Zelt betritt. Ihre rosenblätterartigen Lippen öffnen sich, ein Schmetterling entweicht ihrem Mund. »Huch!« Ich schaue dem roten Schmetterling hinterher, der mich an Alice' Haare erinnert. Ich vermisse sie schmerzlich. Sind sie schon im Nebelwald? Wie hat mein Vater sie empfangen?

»Alle sind bereit zum Aufbruch. Ich bin sehr stolz auf Euch, Hoheit. Ihr handelt nicht so kopflos wie letztes Mal. Ihr werdet ein großer König werden, lernt schnell. Mit oder ohne Königin steht Euch etwas Großes bevor.« Gefährlich langsam hebe ich meinen Kopf. Sie bemerkt ihren Fehler augenblicklich. »So habe ich es nicht gemeint.«

»Das will ich für Euch hoffen, Kalmia. Wenn ich Alice verliere, ist all dies nicht mehr von Bedeutung. Ich arbeite auf ein ganz bestimmtes Ziel hin. Dies ist nicht so selbstlos, wie ihr vielleicht hofft oder denkt. Also betet, dass wir Alice wohlbehalten vorfinden. Für mich seid Ihr austauschbar, sie nicht. Vergesst dies nie.« Meine Worte sind hart, aber entsprechen der Wahrheit. Jeder von ihnen ist mir nicht ansatzweise so wichtig wie Alice.

»Wir alle haben unsere Beweggründe, nicht wahr?«, antwortet sie geheimnisvoll.

»Sagt mir, was erzählt das Orakel Euch noch in stillen Stunden? Gibt es etwas, das ich wissen sollte?« Ich mustere sie genau. Auch wenn sie mein Vertrauen errungen hat, weiß ich nicht viel über das Wesen vor mir, welches die blättrigen Hände vor der Brust verschränkt.

»Das Orakel ruht bis zu ihrer nächsten Prophezeiung. Ihr seid verärgert über mich. Das spüre ich.«

»Wundert es Euch? Ihr habt mir versichert, dass alles gut werden wird. Nun, wo ist meine Gefährtin? Wie geht es ihr? Wer sagt mir, dass Eure Worte wahr sind, dass all dies einen tieferen Sinn hat?« Sie muss nicht wissen, dass die Göttin des Schicksals zu mir gesprochen hat. Niemand weiß es. Dieses Wissen ist meine Bürde.

»Ihr zweifelt noch immer? Schaut Euch um, was Ihr schon erreicht habt. Immer mehr Wesen schließen sich Eurer Sache an. Wir haben Kundschafter da draußen. Es werden weitere kommen. Viel mehr. Sie folgen Euch, Crispin. Ihr habt einen Feuerputzer bezwungen, einen Dämon der alten Zeit. Mit bloßer Hand habt Ihr das Flammenschwert geschwungen wie niemand zuvor. Nie habe ich jemanden wie Euch getroffen. Eure Willensstarke und Entschlossenheit ist beachtlich. Ihr seid dem Thron würdig.« Sie will meine Hand berühren, doch ich trete zurück.

»Ja, und diese Entschlossenheit ruht daher, dass ich eine Heimat für Alice, unsere Freunde und mich schaffen möchte. Vergesst das nie, Kalmia. Eure Priorität sollte darin liegen, meine Gefährtin zu schützen und nicht, sie zurückzulassen. Ohne sie wird es dieses Fegoria, wie Ihr es wünscht, niemals geben.« Sie lacht leise auf, ihre Blätter rascheln.

»Ihr unterschätzt auch ihre Willensstärke. Eure Gefährtin ist eine Kriegerin, mit einem viel zu weichem Herzen. Sie sieht nicht, wie schnell weiche Herzen in dieser Welt Verrat und Tücke erliegen können.«

Langsam wende ich mich ab, ziehe meine Lederhandschuhe an. Kurz verziehe ich den Mund, die Haut an meinen Händen ist noch schmerzempfindlich. »Lasst das meine Sorge sein. Und nein, ich unterschätze sie nicht. Früher habe ich es getan, heute weiß ich um ihre Stärke. Das, und nur das, ist der Grund, wieso ich nicht völlig ausraste und planlos handle. Alice ist stark genug, uns alle zu überleben, sollte ihr gutes Herz ihr keinen Strich durch die Rechnung machen, wie Ihr sagt. Sie neigt dazu, sich für andere zu opfern. Das macht mir am meisten zu schaffen.«

»Und was, wenn sie diese Entscheidung für sich trifft? Es ist ihr gutes Recht, ihr Leben für das eines anderen zu geben.«

Meine Antwort kommt prompt, ohne zu zögern. »Dann werde ich vor die Götter treten und sie zurückfordern. Sie ist die meine. Nicht mal die Götter können sie mir nehmen, geschweige denn der Tod. Ich würde einen Weg finden, sie zurückzuholen.«

SIEBZEHN

Dreckig, zerschlagen und verdammt hungrig schleppen wir uns durch den Wald. Ich streiche eine Strähne meines Haares zurück, die vom Wind aufgewirbelt worden ist, und schlucke mein Entsetzen hinunter. Noam bemerkt, dass ich angehalten habe, und stoppt ebenfalls. Sein Blick ist kummervoll. Er sucht nach den richtigen Worten, doch die gibt es nicht. Schwach lächle ich ihn an, obwohl ich innerlich aufgewühlt bin. Auch Silver schaut zu uns, wartet ab. Wir haben die Magierin lange hinter uns gelassen und doch verfolgt sie mich in meinen Gedanken.

»Wie albern und eitel, sich in dieser Zeit um so etwas Gedanken zu machen, oder? Schönheit ist vergänglich.«

»Alice ...« Noam schüttelt den Kopf. »Du bist unsterblich, deine Schönheit wird nie vergehen. Dies macht dich nicht weniger schön, es macht dich besonders.«

Er mustert mein weißes Haar. Jegliche Farbe ist fort. Ich habe mir nie Gedanken darum gemacht, doch es fühlt sich an, als hätte die Magierin ein Teil von mir entrissen. »Aber ich fühle mich so fremd. Erst mein Leben, dann mein Körper, jetzt mein Haar. Es bleibt kaum noch etwas von mir übrig. Wer bin ich? Bin ich noch Alice?«

»Deine Seele, Alice, die ist weiterhin gleich. Sie macht dich aus.« Noams Worte stärken mich. Ich lasse die weiße Strähne los, der Wind peitscht sie zurück. Die Sphinx hat nicht nur leere Worte ausgesprochen. Sie hat bekommen, was sie gewollt hat – mein einst rotes Haar. Was wird Crispin sagen, wenn er mich sieht? Nun bin ich nicht mal blond, nein, sogar weiß wie ein Blatt Papier. Zumindest hat sie uns danach zum Ausgang geführt ... Und nun sind wir zurück im Nebelwald. Es ist merkwürdig, wieder hier zu sein. Allerdings erwarte ich keine erfreuten Fanfaren, die uns begrüßen. Ich bin schon froh, wenn man mich nicht hinrichtet. Ein Bett, eine warme Mahlzeit, das würde mir reichen. Kurz schließe ich die Augen, flüchte mich in einen Tagtraum ... von mir und Crispin. Nicht weit von hier grasen die Einhörner. Das weiß ich, weil er sie mir gezeigt hat. Eines der schönsten Dinge, die mein Auge bis jetzt erblickt hat. Diese Reinheit, unvergleichlich. In meinen Tagträumen spüre ich seine Küsse, höre seine Liebesschwüre. Er fehlt mir, sehr.

Überrascht zucke ich und öffne die Augen, als Silver seinen Kopf wendet und leise knurrt. Seine Nackenhaare stellen sich auf. Mit müden Armen hebe ich mein Schwert. Zitternd kann ich es kaum in der Luft halten. Meine Kraft ist am Ende. Noam geht ebenfalls in Stellung, keinesfalls weniger erschöpft. Nicht mehr lange und er bricht zusammen.

Zwei Männer treten hinter einem großen Baum hervor. Ich erkenne sie. Sie sind einst Wachen vor meinen Gemächern gewesen, was mir vorkommt, als ist es eine Ewigkeit her. »General!« Sie verbeugen sich vor Noam, zollen ihm trotz allem Respekt, obwohl er verstoßen worden ist wie der Rest von uns. »Der König erwartet Euch bereits.«

Verwundert schaue ich zu Noam. Sein Gesicht wirkt gelöster. »Hast du wirklich erwartet, dass wir durch den Nebelwald marschieren, ohne bemerkt zu werden? Dafür habe ich die Männer ausgebildet. Crispin hat die perfekte Verteidigung, wenn es um unsere Heimat geht. Anscheinend vertraut sein Vater noch auf sein Können. Das ist sehr gut.«

Wir folgen den Wachen mit gemischten Gefühlen. Alles in mir brüllt eher danach, davon zu laufen, als zu Elon ins Schloss zu gehen. Elon und Kelalan – beide verbinde ich nicht gerade mit schönen Erinnerungen. »Versuche, dich zusammenzureißen. Lass dich nicht provozieren und bleib bei mir, verstanden?«, flüstert Noam, als wir durch das Tor schreiten. Ja, ja, also wie immer. Elon ist einfach ... Arggg ... Ich werde mich bemühen.

Langsam lasse ich den Blick schweifen. Alles hier ist so vertraut. Auch wenn ich es kaum zugeben mag, habe ich diesen alten Wald vermisst. Doch etwas ist anders ... Wo sind die ganzen Elben und das sonst so bunte Treiben? Ich sehe nur wenige Wachen, ansonsten ist der Platz verwaist. Hier habe ich viele Erinnerungen gesammelt, nicht alle sind negativ gewesen. Nein, hier habe ich mich in Crispin verliebt, Cian und Noam sind meine Freunde geworden. Es kommt mir vor wie eine Ewigkeit, dass ich hier mit Mogolas und Racella langgelaufen bin und in der Küche einen Kuchen gebacken habe.

»Es sind nur ein paar Wachen auf ihren Posten, oder?«, wispere ich und Noam nickt.

»Ist mir auch schon aufgefallen.«

»Ist das gut oder schlecht?«

»Wir werden sehen.« Tolle Antwort! Danke, du Idiot, denke ich augenrollend.

Wir betreten den Thronsaal. Hier hat sich nichts verändert. Elon sitzt auf dem Thron, sein Blick ist kühl. Er mustert uns, ehe er das Wort erhebt. Unwohlsein breitet sich in meinem Bauch aus. Nein, ihn habe ich nicht vermisst. »Sieh an, sieh an! Was verschafft mir die Ehre? Bringst du mir ein Geschenk, Noam, oder hat es damit zu tun, dass unsere Späher nicht weit von hier Albe auf Drachen gesichtet haben? Auch Orks sollen nicht unweit durch die Berge streifen. Wo sind meine Söhne? Leben sie? Welche Kunde bringst du uns heute nach deinem Verrat? Lieferst du uns die Albin aus?«

»Sie sind wohlauf, jedenfalls als ich sie das letzte Mal gesehen habe, Elon. Ihr wärt stolz auf sie.«

Elon schweigt, seine Finger liegen still auf der Lehne des Throns. Sein Blick ist kalt, abwartend. Kelalan räuspert sich, tritt statt seiner vor. Er mustert mich nun ebenfalls. »Was ist mit deinem Haar geschehen?«

»Wir haben eine alte Freundin von dir getroffen, die Sphinx. Sie ist so überaus zuvorkommend gewesen, uns für ein halbes Ohr und das Rot meiner Haare passieren zu lassen. Wenn man solche Freunde hat, braucht man keine Feinde mehr, oder? Du sollst mal wieder zum Kaffee vorbeikommen, es würde sie sehr freuen.« Und vielleicht frisst sie dich mit Haut und Haar, denke ich verärgert.

»Oh, wie gescheit von ihr. Diesen Einfall hätte ich auch haben sollen. Mir schwant, welchen Zauber sie damit vollbringen möchte ... Interessant.« Ich knurre leise. Hat er mir nicht schon genug Leid zugefügt? Jetzt bereut er, dass er nicht jener gewesen ist, der sich die Farbe meines Haares für einen blöden Zauber gesichert hat? Ehe ich etwas Unüberlegtes sagen kann, legt Noam seine Hand auf meinen Arm. Ich schüttle den Kopf und beiße die Zähne zusammen.

»Crispin wird kommen. Wir haben ihm eine Nachricht geschickt und um Unterschlupf gebeten.«

»Einem Verräter und einem Albenbalg Unterschlupf gewähren?«

Ein Elb betritt das Zimmer, flüstert dem König etwas ins Ohr, dieser nickt ernst und steht auf. »Ihr könnt nicht bleiben.«

»Aber ...«, setze ich an, doch er hindert mich am Weiterreden.

»Wenn ihr bleibt, werdet ihr sterben. Die Albe sind angekommen. Sie werden sich holen, was ihnen beliebt. Meinen Kopf, deinen vermutlich auch, sollten sie dich hier antreffen. Es sind kaum noch Elben vor Ort. Wir haben es kommen gesehen. Keona führt unser Volk an. Sie werden zu euch stoßen, zu Crispin. Wir ... Ich ... Nun, ich habe nicht immer die besten Entscheidungen getroffen. Lange habe ich über die Worte meines Sohnes nachgedacht. Jetzt ist es zu spät, seine Vergebung zu erbitten, aber was ich machen kann, ist ihm einen letzten Dienst erweisen und hoffen, dass er es besser machen wird als ich. Jetzt liegt es an mir, mein Volk zu retten, deswegen habe ich es fortgeschickt. Castiell wird mich töten. Mein Leben ist verwirkt, doch ich habe dies selbst zu verschulden. Durch mein Opfer hat der Rest des Volkes fliehen können. Er weiß, wie geschwächt wir gerade sind. Unser Volk ist gespalten, wegen meinem Sturkopf, also bringe ich ein Opfer – einer für das Leben vieler.«

»Warum flüchtet Ihr nicht?« Ich bin fassungslos über diese Entwicklung. Er wirkt nahbar. Durch und durch wie ein liebender, bedauernder Vater. Etwas, was ich nie für möglich gehalten habe.

»Wie mein Vater vor mir, und dessen Vater und vielen davor, hat niemand je diesen Thron aufgegeben. Auch ich werde es nicht. Bis zu meinem letzten Atemzug werde ich ihn verteidigen. Eines Tages wird einer meiner Söhne ihn besteigen und all dies wiederaufbauen. Crispin hat verlangt, dass ich dich schütze, seine Liebe nur verdiene, wenn ich meinen Hass besiege. Dem will ich nachkommen. Ich bitte dich nur um eines, Alice. Sag ihm, dass ich am Ende weise gewesen bin, dass ich mich für ihn entschieden und seine Gefährtin geschützt habe, denn das werde ich. Ich gebe dir meinen Segen und meinen Schutz. Etwas, das ich schon vorher hätte machen sollen, doch ich bin zu egoistisch und närrisch gewesen. Jetzt ist der Tag der Abrechnung gekommen.«

»Warum liefert Ihr mich nicht aus? Es könnte Euch retten.« Wer ist dieser Mann und wo ist Elon hin? Das Ganze raubt mir schier den Atem. Auch Noam wirkt bestürzt, bringt keinen Ton hervor.

»Das kann ich meinem Sohn nicht antun. Nein, er hat

bewiesen, wie viel ihm an dir liegt. Er hat recht, wenn ich mich gegen euch Stelle, verwehre ich den Göttern ihren Willen. Das würde Unglück über mein Volk bringen. Nein, mein Weg ist vorüber. Ich blicke zurück auf viele Jahrhunderte. Liebe! Mein Sohn sagt, ich kenne sie nicht, womit er recht behält. Ich habe Keona nie geliebt, aber sie respektiert. Meine Söhne bedeuten mir hingegen etwas. Kelalan und ich haben viele Gespräche geführt, seit sie fort sind. Er wird euch bei dem, was ihr vorhabt, unterstützen. Nun geht, nehmt die geheimen Gänge unter dem Schloss und verlasst uns. Die Zeit drängt. Der letzte Kampf um den Nebelwald ist längst eröffnet. Aus der Asche wird Neues geboren.« Er schließt die Augen, lauscht. »Die Bäume schreien. Ich höre es, tief in mir. Sie beginnen, sich ihren Weg zu bahnen, holzen sie nieder, legen Feuer. Sie werden bald hier sein. Sag meinem Sohn, dass er seine Mutter in den Lagunen bei Jade findet. Er muss sie in die Freiheit führen. Sie alle.«

»Ich ...«, stammle ich völlig hilflos. Mit Mühe schlucke ich die Tränen hinunter, die sich in meinen Augen sammeln. Elon hat mich mehr als überrascht.

»Elon, wir können gemeinsam fliehen«, versucht es auch Noam, doch der König schüttelt den Kopf, während Kelalan den Geheimgang öffnet.

»Beschämt mich nicht mit dieser Bitte. Lass mich als

Held gehen wie meine Vorfahren. Die Krieger, die heute noch hier sind, sind es aus freien Stücken. Sie wissen, dass der Tod auf sie wartet, doch sind sie bereit gewesen, diese Scharade mit mir aufrecht zu halten, bis Castiells Armee hier ist, damit der Rest fliehen hat können.«

»Warum habt Ihr nicht nach uns geschickt? Wir wären gekommen, um zu helfen.«

»Nein, ich habe meinen Sohn verstoßen. Mein Stolz hat mir dies verboten. Ich will mir seine Achtung wieder verdienen.«

Ich trete vor, lege meine Hand auf seinen Arm. »Das habt Ihr. Meine auch. Ich vergebe Euch in seinem Namen, Elon, denn ich kenne ihn. Er liebt Euch. Egal, was vorgefallen ist«, flüstere ich und er nickt mir zu.

»Ich danke dir für diese Worte, Alice. Und nun hinfort.«

ACHTZEHN

Egal, was ich erwartet habe, jedoch nicht das Bild, welches sich mir bietet. Zorn, kalt wie Eis, lässt mein Herz gefrieren. Der Wind peitscht in mein Gesicht, vermischt sich mit dunklem Rauch und meinen noch finsteren Gedanken. Das Schloss, mein Zuhause, brennt lichterloh. Unsere Heimstätte geht in Flammen auf. Empörung, Wut, Angst und Verzweiflung fließt kalt durch mich hindurch. Wir sind zu spät. Keiner von uns spricht ein Wort, als wir landen. Der Schock ist den Elben deutlich anzusehen. Der Anblick schmerzt ihnen ebenso wie mir.

Wo ist unser Volk? Meine Füße treffen auf den verbrannten rußigen Boden, während Flammen aus den Fenstern lodern. Es kracht lautstark, Funken springen vor meine Stiefel. Der alte Baum unserer Vorfahren vergeht im Inferno. Es glüht und versengt alles. Tod. Hier ist nur noch der Tod heimisch. Vor den Toren liegen etliche Krieger, abgeschlachtet. Ihr Blut tränkt den Boden. Ihre Leiber, achtlos zurückgelassen. Mein Magen rumort. Ich kenne jedes Augenpaar, welches starr gen Himmel blickt. Jeden! Neben ihnen liegen Albe und Orks. Sie sind nicht kampflos in die andere Welt gezogen. Heldenhaft sind sie für unser Volk gestorben, doch es sind so wenige. Wo sind all unsere Wachen hin?

Mein Herz ist wie versteinert. Ich horche ich mich hinein, spüre Alice. Hat sie es hierhergeschafft? Wo finde ich sie? Topas landet neben mir, schaut mich fragend, fast ratlos an. »Such sie, Topas! Sie muss in der Nähe sein.« Wenn Alice schlau gewesen ist, versteckt sie sich, wovon ich ausgehe.

Der Drache hebt ab, steigt empor, während ich mir vorsichtig einen Weg bahne. »Du kannst da nicht rein.« Elil hält mich auf. Racella laufen stille Tränen die Wange hinab. Auch sie kennt die Gefallenen – es sind ihre Kriegsbrüder und Schwestern.

»Was, wenn noch jemand lebt?«, halte ich dagegen, obwohl ich weiß, dass niemand diesen Flammen entkommen sein kann. Was ist aus meinen Eltern geworden? Egal, wie wir zueinandergestanden haben, der Schmerz trifft mich unvorbereitet. Mein Zuhause brennen zu sehen, ist etwas Persönliches. Castiell will seine Macht demonstrieren, aber meine Zeit wird kommen. Seine Botschaft hat mich erreicht. Er will, dass ich planlos handle, auf ihn losgehe, doch er unterschätzt mich. Nein, ich werde warten und die Rache wird mein Sein. Ja, beizeiten werde ich ihm antworten.

»Drachenreiter«, brüllt es plötzlich von der Seite und

ich ziehe vorsichtshalber mein Schwert. Wütend drehe ich mich um, gehe in Stellung. Meine Geduld wird überstrapaziert. Es kommt mir gerade recht, dass ich jetzt all meinen Frust und meine Wut an den Alben auslassen darf.

»Ein Hinterhalt«, ertönt es von links, während Elil seinen Soldaten Befehle zubrüllt.

»Wir werden hier unten kämpfen, die Drachen werden nicht alleine sein«, teile ich ihm mit. Er nickt, eilt zu Bararod, schwingt sich auf dessen Rücken und steigt empor.

»Mögen wir uns wohlauf wiedersehen, Prinz.«

Weit kommt er nicht, ehe ein roter Drache seinen Weg kreuzt und sich auf Bararod stürzt. Mit einem lauten Kreischen verkeilen sie sich ineinander, doch ich kann dem Spektakel nicht folgen, denn um uns herum tauchen nun auch Albe aus dem Wald auf. Ihre Gesichter sind vor Wut verzerrt. Nein, diese Albe werden nicht mit uns kämpfen. Es sind solche, die fest hinter Castiell stehen. Solche, wie ich sie von den Schlachtfeldern kenne, deren Hass tief verwurzelt ist. Sie sind kampfbereit. Sehr schön, wir ebenfalls. Alles in mir schreit nach Rache. Blutdurst fegt durch meine Adern – und sie werden bluten, für alles. Sie wollen meine Heimat zerstören? Das können sie nicht. Wir werden sie wiederaufbauen, Stein um Stein, neue Bäume pflanzen und sie überdauern. Mein Wille ist ungebrochen.

Meine Krieger versammeln sich um mich. Wir begeben uns in Stellung, Cian dicht hinter mir. Wir sind deutlich in der Unterzahl, das ist mir bewusst, aber ich mache mir keine großen Sorgen, denn so wie mir geht es allen Elben, die gesehen haben, was sie mit unserem einstigen Zuhause angestellt haben. Unser Zorn und die Wut treiben uns an.

Die Albe treten zur Seite, machen Platz für ihrem Anführer. Grimm betritt die Lichtung. Sein weißes Gesicht ist emotionslos, doch seine dunklen Augen finden mich – erst da zeigt sich eine Regung. Er presst die Lippen aufeinander, Hass blitzt in seinem Gesicht auf, er verzieht es zu einer Fratze. Seine Augen verengen sich, er bleckt die Zähne wie ein Tier. »So sehen wir uns also wieder. Ich hoffe, Ihr erinnert Euch an mein Versprechen«, begrüße ich ihn. Meine Stimme ist frostig. Lange habe ich auf diesen Augenblick gewartet.

Er legt den Kopf schief. »Wie könnt Ihr es wagen mich anzusprechen, niederes Fußvolk. Merkt Ihr nicht, dass sich Eure Tage dem Ende entgegenstrecken? Verneigt Euch vor mir und ich gewähre Euch keinen gnädigen, dafür einen schnellen Tod.« Asta tritt neben ihn. Mit Verachtung im Blick, wie er seine Stirn runzelt und zu uns herüber starrt. »Wo ist das kleine Miststück von Albin, die ich als die meine auserkoren habe? Habt Ihr sie einsperren müssen? Hasst sie Euch oder widert Ihr sie an?« Er feixt, ist sich seiner Sache sehr sicher.

Ich beiße die Zähne zusammen. Gut, wenn er sie sucht, ist sie hier irgendwo, aber nicht in Gefangenschaft. Still sende ich ein Gebet aus, dass sie schlau genug ist, versteckt zu bleiben, bis ich sie finde. »Wenn Ihr denkt, ein einfacher Zauber wäre so mächtig, um uns zu trennen, dann täuscht Ihr. Der Scharlatan neben Euch kann mit seinen faulen Zaubern nichts zerstören, was die Götter erschaffen haben. Wir sind stärker denn je. Alice verachtet Euch.«

Grimm tritt weiter vor, während Asta mit sicherem Abstand zurückbleibt. Dieser Feigling. Auch ihn wird früher oder später seine gerechte Strafe ereilen. Dafür werde ich sorgen. All das Leid, welches er Alice zugefügt hat, wird dreifach zu ihm zurückkehren.

Über uns tobt der Kampf der Drachenreiter, doch ich wage keinen Blick nach oben. Elil wird es schaffen. Ich könnte sowieso nichts ausrichten, bin aber dankbar für dessen Unterstützung. So kann ich mich auf das konzentrieren, was auf dem Boden geschieht.

»Die Verräter werden hingerichtet. Jeder Einzelne. Ich frage mich, wie Ihr es fertiggebracht habt, zu fliehen.

Wenn Eure Worte wahr sind, und Euer ach so starkes Band existiert, wo ist sie dann? Wo steckst du, Elbenhure? Komm und hol dir deine gerechte Strafe, Alice ... Für deine Aufsässigkeit.«

Die Albe umzingeln uns langsam. Wir rücken näher zusammen. Auf jeden von uns kommen drei Albe. »Hier bin ich, du elender Bastard«, zischt es unerwartet aus dem Wald und wir fahren alle gleichzeitig herum. Ein Schwert ragt aus Astas Bauch, es ist ihm von hinten durch den Leib gerammt worden. Blut tropft zu Boden, schwarz wie seine Seele. Ungläubig schaut er an sich hinab, ehe er sich in einen Vogelschwarm auflöst, der wie wild auf Alice losgeht, die hinter ihm steht und das blutbesudelte Schwert noch in der Hand hält. Sie reißt die Hände vor ihr Gesicht, um sich zu schützen. Silver springt ihr plötzlich von hinten zur Hilfe, zerreißt die Raben im Flug, während Topas einen Schrei ausstößt, der mir nachhaltig in den Ohren klingelt. Bei den Göttern, sie ist verrückt und lebensmüde, aber – ob ich will oder nicht – ich bin so verflucht stolz auf sie.

»Angriff!«, brülle ich, nutze das Durcheinander und die Verwirrung, und wir stürmen los. Ihr Einschreiten sorgt für eine alles entscheidende Ablenkung. Die ersten Albe fallen, ehe sie reagieren können. Mein Blick huscht zu meiner Gefährtin, während ich einen Schlag pariere. Die

Raben steigen in den Himmel hinauf, Alice taumelt kurz, bevor sie sich ebenfalls auf die Albe stürzt. Wie eine Kriegsgöttin schwingt sie ihr Schwert, nicht weniger zornig, als ich es bin. Hinter ihr erscheint Noam mit einem finstern Gesichtsausdruck. Er humpelt, aber greift mit vollem Elan an, was sein Schwert im Licht der Flammen aufblitzen lässt.

Ich habe ein anderes Ziel. Sie kommen ohne mich zurecht. Ich trete einem Alben in den Bauch, katapultiere ihn von mir weg, um zu Grimm zu gelangen. Niemand wird mich aufhalten. In mir lodert ein Feuer, das nur durch seinen Tod gelöscht werden kann. Auf diesen Moment warte ich schon lange. Er wird nun für all das zahlen, was er Alice und mir angetan hat. »Crispin, nicht!«, ruft Cian. Er erahnt, wohin mein Weg mich führt. Ich habe ein Versprechen einzulösen. Heute wird Blut, welches von Grimm stammt, den Boden tränken. Er wird für all das Leid zahlen, das er über uns gebracht hat. Sein Tod wird der Anfang von ihrem Ende sein. Eine deutlichere Nachricht, als den Kopf seines Sohnes, könnte ich Castiell nicht zurücksenden. Mein Blick fixiert ihn. Sie denken, ich sei weich geworden? Oh, wie sie sich alle täuschen. Der Krieger steckt tief in mir, gerade erreicht er die Oberfläche. Ohne Mitleid metzle ich alles nieder, was sich mir in den Weg stellt. Blut spritzt mir ins

Gesicht, doch ich spüre es kaum, noch weniger kümmert es mich.

Alice schlägt sich gut, sie kämpft nicht weit von mir entfernt. Erhobenen Hauptes muss ich zugeben, dass sie nicht mehr so schwach ist wie früher. Nein, sie ist eine Kriegerin geworden. Wie eine Amazone schwingt sie die Klinge, landet einen Treffer nach dem anderen, flankiert von Topas und Silver, die ihr nicht von der Seite weichen. Ein überaus tödliches Gespann. Liebe für diese Frau füllt mich aus. Sie braucht mich in diesem Moment nicht. Nein. Ich vertraue auf ihr Können, habe mein Ziel vor Augen. »Hat dir für deinen Ungehorsam schon mal jemand den Hintern versohlt«, rufe ich Alice zu und sie verdreht die Augen.

»Werde nicht frech, du Blödmann. Konzentriere dich lieber auf dein Schwert, statt auf mich.«

Ein Schatten rast von oben auf mich zu und ich springe zur Seite, rolle mich über den Boden ab. Staub und Asche wirbeln auf, nehmen mir kurz die Sicht, als der Drachenkörper vor mir am Boden aufschlägt. Sein Reiter wird zermalmt, während der Drache sich windet. Seine Flügel sind zerrissen. Er ist nicht fähig, erneut in die Luft zu steigen. Es ist der rote Drache, dessen Reiter Elil angegriffen hat. Er ist als Sieger hervorgegangen, zumindest scheint es so. Ich komme wieder auf die Knie, erlöse das Tier von seinem Leiden. Sein großer schuppiger Körper erschlafft, während ich mich kurz orientiere.

Still betrachte ich den Tod, der sich auf der Lichtung ausbreitet, und suche Grimm. Blut tränkt den Waldboden. Ich muss in Bewegung bleiben, ermahne ich mich selbst. Geschickt weiche ich Klingen aus, pariere und beende Leben, ohne einen Hauch des Bedauerns. Das Ganze ist für mich wie ein Tanz. Ich handle rein intuitiv. Jeden Griff, jede Schwingung, habe ich hunderte Male zuvor ausgeführt, daher arbeite ich mich weiter vor. Grimm wird von zwei Wachen flankiert und verteidigt, dieser feige Oger! Seine Rüstung ist die Einzige, die wie poliert erstrahlt und nicht mit Blut oder Dreck besudelt ist. Er fängt meinen Blick auf. Kurz flackert es in seinen Augen. Befriedigend sehe ich, dass er sich fürchtet. Im Gegensatz zu ihm habe ich mir unter seinem Volk einen grausamen Ruf erarbeitet. Gnade? Oh nein, er hat recht, die kann keiner von uns beiden erwarten. Ich erkenne, dass er weiß, dass ich nur eines will, und zwar Rache für meine Gefährtin: Rache für jeden Kuss, Rache für jede Berührung, Rache für meine Heimat. Langsam weicht er zurück. In seinem Blick flammt Unsicherheit auf. Seine Pupillen huschen hektisch von mir zum Geschehen. Er gibt seinen Männern ein Zeichen und klettert eilig auf einen Drachen, der daraufhin laut brüllt.

»Nein«, zische ich, als mir klar wird, dass er flüchten wird. Er opfert seine Krieger, steigt bereits in die Höhe, ehe ich ihn erreichen kann. Zähneknirschend folge ich seinem Flug mit den Augen, balle die Fäuste. Dieser Feigling, hält genau auf Alice zu!

NEUNZEHN

»Runter!«, brüllt es hinter mir. Ich wirble herum. In diesem Moment ergreift Crispin meine Handgelenke und reißt mich schmerzhaft mit sich zu Boden, ehe ein Drache über unsere Köpfe hinweg fliegt und in den Himmel emporsteigt. Er schützt mich mit seinem Körper. Mein Schwert wird mir durch den Aufprall aus der Hand geschleudert und bleibt einige Meter von uns entfernt liegen. Das ist knapp gewesen, verdammte Axt.

Grimms grausames Gesicht ist zu einer Fratze verzehrt, als er zu uns hinabblickt. Crispin knurrt wütend und springt schneller auf, als ich es je könnte, zieht seinen Dolch dabei aus dem Stiefel und wirft in zielgenau auf Grimm. Atemlos starre ich dem Geschoss hinterher, puste mir eine verwirrte Strähne aus dem Gesicht und halte dann den Atem an. Ehe Grimm komplett ausweichen kann, bohrt sich das Metall in seinen Waden und er schreit lautstark auf. Kurz verliert er auf der großen Echse sein Gleichgewicht, fängt sich aber leider wieder. Zu gerne hätte ich ihn am Boden zerschellen sehen.

»Siehe es als Warnung für unser nächstes Wiedersehen an«, flüstert Crispin mehr zu sich, als zu jemand anderen. Mir ist jedoch bewusst, dass er Grimm meint. Er tritt den Alben voller Hass entgegen und wäre er nicht geflohen, hätte mein Gefährte den Zweikampf gesucht. Er wendet sich mir zu, reicht mir die Hand und zieht mich zu sich in die Höhe. »Alles okay, mein kleiner Schmetterling?« Seine blauen Augen mustern mich besorgt, ich nicke. Neben uns reißt Silver einen weiteren Alben zu Boden, verbeißt sich in seinem Körper, woraufhin ich mich abwende. Meine Arme sind glitschig vom Blut. Unsere Gegner fliehen – jetzt, wo Grimm fort ist, wissen sie nicht, was sie tun sollen. Ich habe keine Ahnung, wie wir das geschafft haben, aber wir haben sie in die Flucht geschlagen. Obwohl ich mich völlig entkräftet fühle und jeder Muskel schreit, sind wir siegreich gewesen. Crispin reißt mich an sich, seine Lippen treffen hart auf meine und er küsst mich besitzergreifend. Das Geräusch, welches seiner Kehle entfährt, gleicht einem verzweifelten Knurren. Ich fühle die Hitze zwischen uns, verbrenne innerlich vor Wonne. All seine Wut liegt in diesem Kuss, den ich ebenso intensiv erwidere. »Du bist des Wahnsinns! Warum hast du das getan? Du hättest sterben können. Asta anzugreifen, ist waghalsig gewesen. Ich hätte dich geholt, wenn wir gesiegt hätten und dich ... Ich bin stolz auf dich. Du hast selbst wie eine Göttin ausgesehen, mächtig und erhaben.« Er drückt mich noch fester an seinen harten Körper. Seine Nase fährt meinen

Hals hinauf. Vorsichtig schiebt er meine Kapuze nach hinten und erstarrt augenblicklich. Seine Augen weiten sich. Meine Hand wandert automatisch zu meinem erbleichten Haar. Besorgt sucht er meinen Blick, schaut mich fragend an, und fährt zaghaft über meinen Schopf. Ihm fehlen anscheinend zum ersten Mal die Worte. Ich kann es ihm nicht verdenken.

»Ja, also das ist wirklich eine interessante Geschichte«, stammle ich verlegen. Sie wird Crispin nicht gefallen, ganz sicher. Wahrscheinlich wird er seine Drohung, mir den Hintern zu versohlen, diesmal wahr machen. Verdient hätte ich es durchaus. Aber ich habe handeln müssen. Als ich Asta gesehen habe, so dicht in meiner Reichweite, habe ich nur noch einen roten Schleier vor Augen gehabt. Ich habe ihm ebenso sehr Schmerzen zufügen wollen wie er mir. Ich erinnere mich kaum, wie ich zu ihm gelangt bin, oder an Noam, der mich hat aufhalten wollen, nur noch an das befriedigende Gefühl, als mein Schwert durch ihn hindurch geglitten ist. Was sagt das über mich aus? Vermutlich nur, dass ich mein neues Ich nun vollends angenommen habe. Fressen oder gefressen werden – ich habe mich für Ersteres entschieden. Vorsichtig streicht mein Gefährte über mein Haar. Die Berührung ist so sanft, als könnte ich zerbrechen. Mein Herz schlägt viel zu heftig gegen meine Rippen. Er ist voller Dreck und Blut, was offensichtlich nicht seins ist, wie ich erleichtert feststelle. Seine Augen mustern liebevoll. Er hat mir so sehr gefehlt, dass mich sein Anblick fast in die Knie gehen lässt vor Glück. Am liebsten würde ich mich wieder in seine Arme werfen, doch er hält mich von sich weg, mustert mich von Kopf bis Fuß, vergewissert sich, dass ich in Ordnung bin.

»Geht es dir gut, bist du verletzt?«

»Mein Stolz, wenn ich ehrlich bin. Sonst nicht, nein. Wie würde meine Mutter so schön sagen? Wieder einmal mehr Glück als Verstand.«

»Kluge Frau, deine Mutter. In diesem Fall stimmt es.«

»Hey!« Ich kneife ihn fest in die Seite, was ihm ein Lachen entlockt. »Du hast eben noch gesagt, du bist stolz auf mich.«

Kelalan kommt aus dem Wald, lehnt sich schwer auf seinen Stab, schaut unter seinen buschigen Augenbrauen in die Runde. »Wir sollten uns beeilen. Grimm sammelt die Orks nicht weit von hier, um zurückzukehren. Sie werden zum Plündern anrücken.«

Es gibt keine Beute. Das Schloss steht längst in Flammen. Mein Blick huscht zu Crispin. Er weiß noch nichts vom Tod seines Vaters. Wie soll ich ihm diese Botschaft beibringen? Noam schließt zu uns auf. Kurz mustert er Crispin ebenfalls, ehe dieser ihm eine Hand auf die

Schulter legt. »Schön, dich zu sehen, mein Freund.«

»Ich bin mir nicht sicher gewesen, ob du mich noch als solchen betrachtest«, neckt Noam ihn vorsichtig.

»Du wirst dein Dasein im Kerker tristen, statt zu sterben. Ist der Freund genug?«

Neben uns landet Elil auf Bararod. Sein Gesicht ist angespannt, zeigt Spuren des Kampfes. Ein tiefer Kratzer hat seine Hose aufgerissen, Blut sickert hervor. Auch über seiner Augenbraue sehe ich tiefe Furchen, als hätten ihn Krallen getroffen. »Zwei meiner Männer sind gefallen«, teilt er uns mit, ohne eine Miene zu verziehen. »Die Drachen sind wohlauf.« Was ist nur los mit den Kerlen? Das muss ihn doch mitnehmen?

Crispin nickt, schaut sich um. »Sorgt dafür, dass alle auf die Drachen kommen. Wir müssen fort! Die Toten lasst zurück. Die Erde wird sich ihrer annehmen, ihre Seelen sind bereits weitergezogen, in die *Goldenen Hallen.*« Ich weiß, dass er die Toten ungern so zurücklässt. Aufmunternd drücke ich seine Hand. Er schenkt mir ein Lächeln, welches seine Augen nicht erreicht.

»Deine Mutter ist bei Jade. Wir müssen zu ihr. Dein Vater hat den Rest deines Volkes dort in Sicherheit gebracht. Er hat sich am Ende für dich entschieden, Crispin. Er hat mich nicht ausgeliefert, sondern gerettet. Seine Worte sind gewesen, dass er deiner Liebe würdig sein will. Er hat den richtigen Weg gewählt. Er hat dich sehr geliebt, Crispin. Das solltest du wissen.«

Mein Gefährte hebt überrascht eine Augenbraue. Fragend schaut er unsicher zu Noam, der betrübt nickt. Crispin versteht. Sein Vater ist ebenfalls aufgebrochen. Ich kann kaum glauben, dass er es am Ende doch geschafft hat, einen Funken Sympathie in mir zu entfachen. Sein Tod tut mir wahnsinnig leid.

»Ich werde dir später alles genau berichten. Wir sollten zu Keona und anschließend zurück nach Hause«, schlägt Noam vor und mein ganzer Körper möchte vor Zustimmung schreien. Nach Hause. Ein Bett, ein Bad und dann werde ich vierundzwanzigstunden schlafen.

Dank der Drachenreiter, erreichen wir den *Violetten Ozean* schnell. Wir fliegen die Nacht hindurch bis in den Morgen hinein, auch wenn wir alle müde sind. Dicht an Crispin gekuschelt, gönne ich mir ein wenig Schlaf, lausche dem Klang seines Herzens. Allein seine Nähe sorgt dafür, dass ich zur Ruhe komme und mich sicher fühle. Alle sehen fertig und zerschlagen aus, doch beschwert sich keiner der Krieger. Sie sitzen stolz auf den Drachen, obwohl einige von ihnen leicht grün um die Nasenspitze wirken. Ein Alb und ein Elb, jede Echse trägt zwei Reiter. Mich macht diese Verbindung unbeschreiblich glücklich. Sie beweist, dass es möglich ist, was wir vorhaben. Es trägt längst Früchte. Meine Neugierde ist riesengroß. Was wird uns gleich erwarten? Ich werde den Ort sehen, wo meine Mutter einst gelebt hat.

Unter uns erstreckt sich tiefviolettes Wasser. Ein atemberaubender Anblick, der seinesgleichen sucht. Wir fliegen über eine Horde Einhörner, die aufgeschreckt den Strand entlang galoppieren und pinken Sand aufwirbeln, hinweg. Bunte Vogelschwärme steigen im Morgengrauen aus den Bäumen hervor, begleiten uns ein Stück.

Wir landen am frühen Morgen. Es warten bereits zwei Nixen auf uns. Ich erkenne Triel und Ashera wieder, die uns im Meer zurückgelassen haben. Ihre Blicke sind alles andere als freundlich gestimmt, es schaudert mich leicht. Ich steige ab, schüttle meine Beine aus und werde plötzlich hart von hinten angestoßen. Ich falle über meine eigenen Füße und lande im Staub – direkt vor Triels Füßen. »Ein Willkommen hast du nicht zu erwarten, Verräterin«, faucht sie, leckt ihre spitzen Zähne dabei.

Okay, das wird lustig. Sie nimmt es mir anscheinend noch übel, dass ich nicht sie gewählt habe. Allerdings weiß ich auch, dass ich mir dieses Verhalten nicht gefallen lassen darf. Nur womit soll ich großartig prahlen, etwa dass sie Respekt bekommen? Ich muss improvisieren! Es wäre doch gelacht, wenn mir nichts einfällt. »Leg dich nicht mit mir an, du garstige Gräte. Ich habe schon um mehr Schnäppchen im Schlussverkauf gekämpft, als du denkst, und da geht es nicht gerade zimperlich zu. Dort werden Schlachten geschlagen, die legendär sind. Ich würde mich keinesfalls reizen.« Sie schaut mich verständnislos an. Genau das habe ich auch gewollt. Leider kann ich mit keinen anderen Schlachten prahlen, aber es klingt ganz passabel, solange sie nicht weiß, was ein Schlussverkauf ist. Ein Funken Wahrheit ist immer gut. Ich bin eine schlechte Lügnerin, das würde sie mir an der Nasenspitze ansehen, doch dies ist gewiss keine Lüge.

»Dann bist du eine Kriegerin? Ich habe noch nie vom Schlussverkauf gehört. Wo hat diese Schlacht stattgefunden?« Nun habe ich ihre Aufmerksamkeit.

»Oh ja, mein Schwert ist die Kreditkarte, die Klinge messerscharf. Damit habe ich schon gegen Kassen gekämpft, bis sie geglüht haben. Es ist wirklich krass gewesen und manchmal sogar bis ans Limit gegangen. Glaub mir. An deiner Stelle hätte ich etwas mehr Respekt. Noch bin ich gnädig gestimmt, verscherze es dir nicht mit mir.«

»Ich habe nie zuvor von diesen Ungetümen gehört.« Sie legt den Kopf schief.

»Dann bin ich weiter gereist als du. Ich habe schon viel von dieser Welt gesehen. Da würde es dich das Fürchten lehren.«

»Eine wahre Nixe hat vor nichts Furcht, auch nicht vor Kassen, welch Ungetüme es sein mögen«, faucht sie, doch tritt nicht näher an mich heran. Sie wiegt noch ab, ob ich eine Gefahr darstelle. Ich habe sie erfolgreich verunsichert.

In diesem Moment wird sie zur Seite geschubst, taumelt kurz, fletscht dann wieder die Zähne wie ein Raubtier. Crispin funkelt sie wütend an, geht daraufhin neben mir in die Hocke. »Alles okay, kleiner Schmetterling?« Er reicht mir die Hand. Ich könnte ihm sagen, dass sie mich gestoßen hat, aber lasse es lieber. Crispin würde das nicht so locker sehen wie ich. Nein, dies behalte ich für mich, des wackeligen Friedens willen. Ich weiß ja gar nicht, wie wir nach unserer Begegnung auf den Felsen zu den Nixen stehen.

»Schmetterling? Du benennst sie nach einem Wurm mit Flügeln? Das ist ehrenlos. Nixen streben danach, ein Hai zu sein, aber kein Wurm mit Flügeln. Schwester, dafür solltest du ihm die Kehle rausreißen.« Triel spuckt Gift und Galle. Crispin hilft mir hoch, wendet sich anschließend ihr zu.

»Auch der Flügelschlag eines Schmetterlings vermag

einen Sturm auslösen, Triel. Er ist zart und bewundernswert anzusehen, mit einer berauschenden Macht. Die Stärke, sein altes Ich, hinter sich zu lassen und ein neues Leben zu beginnen, Flügel zu entfalten, erneut in den Himmel emporzusteigen, nennst du schwach? Dann überdenke deine Worte nochmal. Schwäche ist nicht das, was ich in einem Schmetterling sehe. Es ist die Kunst, ein völlig neues Wesen zu werden. Dies kann kein anderes Wesen, einzig der Schmetterling. Nicht jeder möchte ein Hai sein, nicht jeder muss es sein. Es vermag geschicktere Krieger zu geben als Haie.«

Sprachlos starre ich meinen Gefährten an. Das ... Ich gestehe, ich habe gedacht, auch er vergleicht mich mit einem schwachen, aber dennoch wunderschönem Wesen. Ich habe es gemocht, weil sie schön sind. Dabei hat er mir den Namen bewusst gegeben. So sieht er mich? Zart und bildhübsch, aus meiner Welt gefallen? Er hat recht und plötzlich beäuge ich Schmetterlinge selbst mit anderen Augen. Ich lege meine Hand in seinen Nacken und ziehe ihn zu mir. Seine Lippen sind weich und einladend. Mein Herz klopft, es quillt vor Liebe über. Genau diese Seiten liebe ich an ihm und sie kommen immer so unerwartet. »Ich liebe dich. So sehr«, hauche ich mit einem Kloß im Hals, küsse ihn abermals fest auf die Lippen, was ihn zufrieden brummen lässt. Trotz allem fühle ich mich müde und ausgelaugt, alles in mir brüllt nach Ruhe und Schlaf, nach Zweisamkeit. Crispin scheint es mir anzusehen, denn er runzelt besorgt sie Stirn, als er mich nach unserem Kuss beäugt. All die letzten Stunden fordern langsam, aber sicher ihren Tribut. Ich weiß gar nicht, wie er sich noch auf den Beinen halten kann.

»Die Drachen werden euch nicht begleiten. Wir verabscheuen Drachen und Albe. Jegliche anderen Wesen im Prinzip auch. Nun kommt! Jade wartet. Sie ist nicht erfreut darüber gewesen, wie eure Rettung verlaufen ist.«

Triel und Ashera schreiten durch einen Gang, wir folgen ihnen Hand in Hand. Crispins Daumen streicht dabei sanft über meinen Handrücken, jagt kleine Schauer über meine Wirbelsäule. In meinem Bauch entzündet sich eine Flamme, die mit jeder Berührung mehr zu einem Buschfeuer wird. Zwei Wachen bleiben neben Silver und Topas zurück, was ein mulmiges Gefühl in mir verursacht. Ich habe sie lieber bei mir. Es hat sich gezeigt, dass es sehr zu meinem Vorteil ist.

»Rettung? Dass ich nicht lache. Sie haben uns erpressen wollen«, raunt er Noam zu, der neben uns läuft und immer noch stark humpelt. Er hat sich geweigert, zurückzufliegen, dieser Sturkopf. Jetzt nickt er ernst.

»Das habe ich angenommen. Seid auf der Hut. Wir

wissen nicht, was uns erwarten wird. Wir sollten Keona holen und schleunigst zurückkehren. Wir sind hier nicht mehr sicher.«

Er wechselt einen Blick mit Elil, der sich unauffällig nach hinten fallen lässt und mit seinen Männern flüstert. Cian tritt einige Schritte zur Seite und flankiert uns mit den Elben auf der anderen Seite. Sie schützen uns, wird mir bewusst, während die Albe zurückbleiben und auf ein Kommando warten. Unsere Versicherung! Wird dies ein Hinterhalt sein, werden sie nicht einfach so an uns herankommen – die Albe würden ebenfalls eingreifen. Sie behandeln uns jetzt schon, als wären wir beide ihre Herrscher.

Ein letztes Mal Blicke ich zurück, fange Elils Blick auf. Er zwinkert mir zu. Wir schreiten durch einen Tunnel, mit einem unterirdischen Becken, glasklares violettes Wasser wirft das Funkeln der leuchtenden Stalagmiten und Stalaktiten, die von der Decke hängen und aus dem Boden sprießen, zurück. Sie strahlen mit den Leuchtwürmchen und Edelsteinen um die Wette. Spektakulär. Kein Hollywoodfilm hätte sich dies besser ausdenken können. Bunte Fische tummeln sich im Wasser, ohne Scheu vor den Nixen zu haben, die unter der Oberfläche zu sehen sind. Es ist wahrlich ein berauschender Anblick. Etwas Schöneres habe ich noch nie erblickt. Ob sie mit Fischen reden können? So wie bei der kleinen Meerjungfrau? Ob ich es kann? Am liebsten möchte ich eine Weile hier sitzen und das Wunder bestaunen, welches sich mir gerade offenbart – die Ruhe, die dieser Raum ausstrahlt, in mich einsaugen und in mich gehen, alles vergessen. Ich glaube, mir steht sogar kurz der Mund offen, als ein prächtiger Vogel, mit einem langen gebogenen Schnabel und ellenlangen Federn in allen Farben des Regenbogens, an mir vorbeizieht. Er zwitschert eine wundervolle Melodie.

»Mischling, komm!«, zischt Triel unfreundlich und ich löse mich widerwillig von diesem Raum. Wir folgen ihr durch einen steinernen Torbogen. Unterwegs werden wir neugierig von weiteren Nixen begafft. Manche sitzen an Land, andere schwimmen in Becken, die tiefer hinabgehen. Anscheinend leben sie sowohl im als auch am Wasser. Diese Wasser-Höhlenlandschaft verändert sich. Die Wände werden höher. Steinerne Treppen führen in Windungen, in düstere Gänge und Felsnischen, vor denen ich Türen erspähe. Die Decke vermag ich nicht erblicken, aber dafür tausende leuchtende Steine, die alles in ein sanftes Licht tauchen. Wir laufen an vielen solcher Hallen vorbei. Hunderte Nixen müssen hier heimisch sein.

»Das sind nicht nur Nixen. In den Höhlen, weit oben,

leben die Elben der Lagunen. Meine Mutter stammt von hier. Es sind Elben des Meeres, nicht des Waldes wie ich. Waldelben fühlen sich dem Wald und der Wildnis näher, Meerelben hingegen dem Meer. Wir alle vergöttern die wilde Natur, doch jeder hat seine Vorliebe. Wenn ich ehrlich bin, mir gefällt beides zu gleichen Teilen. Ich bin gerne an der rauen See, aber liebe das Rauschen der Blätter im Wind der Wälder gleichermaßen. Vielleicht, weil ich von beiden Elbenarten abstamme. Trotzdem ist Elon der König über uns alle gewesen. Auch über die Gruppen, die außerhalb leben.« Kurz verschleiert sich sein Blick, er trauert um seinen Vater. Nicht offen, sondern auf seine Art, nur für sich.

»Jetzt bist du es«, wirft Noam entschieden ein. Crispin wirkt nicht so begeistert, aber nickt immerhin. Nun ist es offiziell. Der König ist tot.

Ich mustere die Wesen um uns herum und sehe jetzt sogar, dass sie spitze Ohren haben, keine spitzen Zähne wie die Nixen, wenn sie Crispin zunicken und lächeln. Auch hier genießt er Respekt und Ansehen. Hier haben viele Frauen das farbenprächtige Haar, ähnlich wie meines, bevor ich auf die Sphinx getroffen bin – das Erbe meiner Mutter, welches ich verloren habe. Womöglich ist es richtig so. Ich habe die Nixenwelt abgelehnt. Mit welchem Recht sollte ich diese Haarpracht tragen? Die Elben kann ich gut von den Nixen an Land unterscheiden, denn ihr Haar ist blond, braun oder schwarz. Während das der Nixen in violett, rot, blau und grün leuchtet. Himmel, habe ich Glück gehabt. Ich mag mir gar nicht ausmalen, wie ein Leben mit von-Natur-aus-grünen-Haaren in meiner Welt gewesen wäre ... als Kind. Crispins Arm schlingt sich um meine Taille, drückt mich fest und beruhigend an sich. Ich glaube, er erahnt meine Gedanken. »Ich mag dein Haar. Jetzt kannst du dich auch leichter tarnen. Das ist von Vorteil.« Ich verdrehe die Augen.

»Schön, dass sich wenigsten einer darüber freut, dass ich ab jetzt weiße Haare habe wie eine neunzigjährige Großmutter.« Seine Mundwinkel zucken verdächtig. Vermutlich hat er keine Ahnung, was eine Großmutter ist. Gott sei Dank hinterfragt er es nicht.

»Ich mache euch gleich Beine«, zischt Triel vor uns, also unterbrechen wir unser Gespräch, auch wenn es Crispin offenbar nicht stört, dass wir die Nixe auf die Palme bringen. Langsam setzen wir den Weg fort, aber nicht, ehe Crispin mir sanft einen Kuss auf den Scheitel gedrückt hat. Ich mag diese Geste besonders. Genau das, was ich brauche. Ich fühle mich geliebt und geborgen. Es ruft mir immer wieder in Erinnerung, wieso wir all das durchstehen.

Endlich erreichen wir unser Ziel, betreten eine große Halle oder gar Kugel, die aus Glas, oder eher durchscheinendem Edelstein, zu bestehen scheint. Nein, es kann kein Glas sein, es gibt hier keines. Also muss es Kristall sein ... Es ist wunderschön. Hinter der Kugel sieht man die Weite des Ozeans: Fische, die vor dem Fenster in Anemonen tanzen; Seepferdchen, die spielend im Kreis wirbeln; und in der Ferne schwimmende Wale. Wie ein kleines Kind möchte ich meine Hand auf die Scheibe drücken, stundenlang nach draußen schauen. Der Raum wird in ein sanftes Blau getaucht, widergespiegelt vom Meer um uns herum. »Wow, das ist ...«, hauche ich ergriffen und fasse mir an die Brust, überwältigt von solch einer Schönheit. Man fühlt sich als Teil des Meeres, ob man will oder nicht. Crispin zieht meine Hand an seine Lippen, küsst meine Fingerknöchel.

»Kein Vergleich mit dir, meine Schönheit.«

»Lächerliche Liebesbekundungen für einen Herrscher. Schwäche. Widerliche Schwäche.«

Wir fahren herum, als eine hochgewachsene, schlanke Frau den Saal betritt. Auf ihren Kopf sitzt eine Krone aus bunten Muscheln und Gold. Ihre Züge sind scharfkantig, mit starken Wangenknochen, leicht schräg stehenden Augen, die uns aufmerksam anschauen. Unter ihrem Kiefer entdecke ich Kiemen, die mir vorher bei

Triel noch nie aufgefallen sind. Sie und Ashera verneigen sich sofort so tief, bis ihre Haarspitzen den Boden berühren. Ich bin tatsächlich etwas beeindruckt über diese Gelenkigkeit. Selbst in meiner aktiven Yoga-Zeit hätte ich dies nicht gekonnt. Respekt. Die Albe und Elben bleiben stehen, beobachten genau, wie Crispin sich verhält. Sie zollen der Nixen-Herrscherin keinen Respekt, ehe er es nicht befiehlt. Es ist verrückt, mitzuerleben, wie viel Macht und Autorität mein Gefährte hat. Es verunsichert mich auch ein wenig. Ich weiß nicht, wie ich handeln soll.

Jade nickt den beiden Nixen zu, woraufhin sie sich augenblicklich erheben und wortlos den Saal verlassen, während Wachen, in Rüstungen aus großen Muscheln, den Eingang bewachen und finster in den Raum starren. Die Türen schließen sich mit einem lauten Klacken, welches mir eine Gänsehaut beschert. Die Dreizacke gekreuzt, so stehen sie breitbeinig da, schauen uns fast feindselig an, doch Crispins Blick ist nicht weniger unfreundlich. Er ist auf der Hut. Ich sehe es an den angespannten Muskeln, die an seinem Hals hervortreten. »Wollt Ihr Euch nicht verneigen, König des neuen Elbenreiches, wenn man dem Gerede Glauben schenken darf?« Ihre Stimme ist leise, lieblich, aber ich lasse mich nicht täuschen. Sie ist gefährlich. Ein Schauer durchfährt mich, die feinen Härchen auf meinen Armen stellen sich auf. Sie wirkt wie ein Wolf im Schafspelz auf mich, wartet nur auf den Moment, an dem sie uns angreifen kann. Sie kommt auf uns zu, betont langsam, als hätte sie alle Zeit der Welt. Einen nach dem anderen mustert sie, bis sie bei mir stehen bleibt. Sie legt den Kopf schief, lächelt eine kurze Sekunde, fängt sich jedoch schnell wieder. »Du siehst aus wie sie, wie Yara. Sie ist fast so etwas wie meine Freundin gewesen, sollte jemand wie ich Freunde haben können. Meine rechte Hand, eine Vertraute, die so dumm gewesen ist, sich zu verlieben. In einen Alben. Tsss, schade. So viel verlorenes Können. So eine Schande, die sie über ihre Blutlinie gebracht hat. Einem Alben hat sie ihren Körper geschenkt, so töricht. Und nicht nur das, hinterlässt sie dich. Ein Mischlingskind. Ein Zeugnis dieses Frevels. Früher, in den alten Zeiten, hätten wir dich dem Meer geopfert, ihm damit Tribut gezollt. Heute, da stehst du vor mir, widerwärtig.«

Ich drücke Crispins Hand, doch meine Sorge ist unbegründet, er lässt sich nicht provozieren. Stattdessen ist sein Gesicht eine ausdruckslose Maske. Er kennt Jade, und weiß, wie er mit ihr umgehen muss. Ich hingegen weiß nicht mal, in welche Richtung unser Zuhause liegt. Allerdings kann sie mich mit ihren Worten nicht treffen. Es ist mir gleich, was sie über mich denkt. Leider auch, was sie über meine Mutter sagt. Ich kenne sie nicht, verbinde keine tiefen Gefühle mit ihr. Nur Kummer darüber, dass ich nie die Chance haben werde, sie kennenzulernen.

»Also, Crispin, sprecht, wenn Eure Begleitung es anscheinend nicht kann und Ihr Euch weigert, mir Respekt zu zollen. Was ist Eure Entschuldigung dafür, dass Ihr keine Boten zu uns geschickt habt. Ihr habt uns als erste Verbündete gewählt, uns jedoch keine Angebote zukommen lassen, dagegen mit Menschen und Zwergen verkehrt. Soll ich dies persönlich nehmen? Gewiss nicht, oder? Dafür halte ich Euch für zu schlau, Elb. Mit uns will man es sich nicht verscherzen. Aber ich sage Euch, ich beuge mich keinem einzigen Mann. Niemals. Keine Nixe wird dies jemals tun. Männer haben sich uns zu unterwerfen. Es hat nie einen männlichen Herrscher über unser Volk gegeben, genug haben dies versucht, doch sie sind alle gescheitert. Nicht wenige davon an mir.«

Zorn funkelt in den Augen der Königin. Sie kneift diese leicht zusammen, taxiert meinen Gefährten voller Argwohn und unverhohlener Wut. Crispin strafft die Schultern und tritt zwei Schritte vor. Er hat etwas Erhabenes an sich, lässt sich nicht einschüchtern, was sie noch zorniger dreinblicken lässt. »Jade, spart Euch die giftigen Worte für jemanden, dem Ihr damit Angst einjagen könnt. Wenn es der Wille der Götter ist, so müsst auch Ihr Euch ihm beugen. Ob Ihr wollt oder nicht. Es obliegt nicht mir, den Willen der Götter infrage zu stellen. Ich habe dies einst getan und daraus gelernt. Wir wollen nichts von Euch, wir sind hier, um mein Volk in eine neue Heimat zu führen. Der Nebelwald ist zerstört worden. Wir sind nicht wegen Euch gekommen.«

Ich weiß, dass er uns und die Zeit meint, in der er gegen unsere Verbindung angekämpft hat. Seine Stimme ist kühl, ebenso kalt wie die ihre. Statt eines Funken Furcht strahlt er Autorität aus. Ich bin beeindruckt von seinem Mut und seinem Auftreten, doch Jade lacht nur glockenhell auf. »Ihr schuldet mir einen Gefallen, wisst Ihr noch? Für meine Dienste damals in Escher, als die Orks über Euch hergefallen sind. Ihr habt mit Blut einen Pakt geschlossen, Prinz. Dies ist bindend, wie Ihr wisst.« Sie lächelt nun überlegen in die Runde. »Was, wenn ich ihn verlange und Euch auffordere, Euch mit mir zu verbinden. Das würde mich auf den Thron setzen, den Ihr ja offensichtlich nicht wollt, wenn ich mich so umhöre. Ihr seid verbannt aus dem Nebelwald, habt keine Heimat und wagt es, so mit mir zu reden? Doch steckt mehr hinter alldem, wie ich höre. Die alten Götter, die in ihren Hallen sitzen, stecken ihre Hände nach uns aus? Nach all den Jahren? Jetzt wollen sie die Fäden wieder ziehen, die wir selbst gesponnen haben. Vergebt mir mein Missfallen, aber ich gebe mein Reich keinem dahergelaufenen Elbenprinzen und seiner Mischlingsgefährtin, serviert auf einem goldenen Tablett. Niemals.«

»Ihr hört so einiges«, zischt Noam hinter mir, deutlich aufgebracht. Er will vortreten, doch Crispin hebt die Hand, gebietet ihm augenblicklich Einhalt. Dieses Verhalten steht ihm nicht zu, auch wenn er Crispin nur schützen will. Er lächelt die Königin an.

»Redet weiter, ich bin ganz Ohr, was Euch zugetragen worden ist. Anscheinend seid Ihr nicht auf dem neuesten Stand.«

»Gerüchte hier und dort.« Sie feixt ebenfalls, allerdings bleibt ihr Mund versteinert. Es spiegeln sich keine richtigen Emotionen, keine Gestik oder Mimik in ihrem Gesicht wider. Es ist nur eine kalte Maske, die auf uns herabschaut.

»Man muss seine Ohren immer offenhalten, Hauptmann. Ihr solltet dies doch am ehesten wissen, oder? Seid Ihr es nicht, der sonst solche Aufgaben am Hofe regelt? Meint Ihr, ich weiß nicht, dass Ihr hier in meinen Hallen Eure kleinen Seepferdchen habt? Unterschätzt mich nicht. Niemand von Euch. Ich müsste nur mit dem Finger schnippen und Euer Blut würde den Boden in leuchtendes Rot tauchen.«

Ihr Blick schweift von Noam zurück zu Crispin, mustert die Krieger hinter uns. Mein Herz klopft aufgeregt, kalter Schweiß bricht mir aus allen Poren. Wieso hat niemand außer mir Angst? Also mir macht sie ganz fürchterliche Angst. Ich glaube ihr jedes Wort. »Nur zu, versucht es«, hält Crispin dagegen.

»Gedenkt Ihr, Euer Wort zu halten? Ich an Eurer Seite? Dann soll es mir gleich sein, was die Götter planen oder wie sie Euch nennen, solange ich Königin sein werde.«

Crispin steht mit dem Rücken zu mir. Ich bemerke seine steife Haltung. Er denkt nach. »Es ist zu spät.« Crispin tritt zwei Schritte zurück, lächelt erst auf mich hinab, ehe er den Blick hebt und das eisige Lächeln der Königin erwidert. »Ich bin bereits gebunden, an meine Seelengefährtin, das heiligste Bann der Welt. Es entbindet mich von Eurem Wunsch und meinem Schwur Euch gegenüber. Diesen Gefallen könnt Ihr nicht einfordern. Nichts, was körperlich mit mir in Verbindung steht, denn Alice hat jedes Recht auf mich. So steht es geschrieben, so wird es sein.« Ich möchte vor Erleichterung zusammensinken, wage es jedoch kaum, tief Luft zu holen. Wie eine Bogensehne bin ich vor Anspannung am Zittern.

»Nun, davon habe ich ebenfalls gehört. Wie ärgerlich

für mich. Ich hoffte, dass dies nur ein Gerücht ist. Aber wenn ich es recht bedenke ... Ihr, der nie eine Partnerin gehabt hat, und es als schwach betitelt habt, sich zu binden, hat nun eine Schwachstelle. Eine Strafe für jemanden wie Euch. Es macht den unbesiegbaren Prinzen angreifbar. Eine interessante Wendung, die ich nicht unbedacht lasse. Sie gefällt mir, sehr.«

»Wagt es nicht, ihr oder mir zu drohen.« Crispins Stimme lässt in diesem Moment Eis gefrieren, seine Hand legt sich auf seinen Schwertknauf, drückt zu. Eine stille Warnung, es nicht zu weit zu treiben. Neben mir sind Cian und Noam nicht weniger in Alarmbereitschaft.

Jade hebt die Hände. »Wir sind doch alle Freunde hier, ruhig Blut, Prinz, König oder was auch immer Ihr seid. Mir steht nicht der Sinn nach einem Gefährten. So ergeht es vielen Nixen, müsst Ihr wissen. Wir sind glücklich, wie es ist, ohne an einen schwächlichen Mann gebunden zu sein. Wir wollen dieses Geschenk der Götter nicht, wie Ihr es nennt. Wir nennen es Fluch und sind dankbar, dass er von uns genommen worden ist. Dafür kämpfen, diese Last wiederzubekommen? Daran hat keine von uns Interesse. Nun aber überlege ich mir etwas Neues, einen anderen Gefallen, den Ihr für mich erledigen müsst. Wir werden nicht auf der Seite der Verlierer stehen. So viel ist sicher.«

Crispin nickt langsam, lässt sein Schwert aber nicht los. »Ich bin nun der König des Nebelwaldes. Ich bin nicht länger verbannt, mein Vater ist ruhmreich in die *Heiligen Hallen* gegangen. Schickt nach meiner Mutter, damit ich ihr die Kunde vom Tod ihres Königs mitteilen kann. Mein Volk muss es erfahren. Jetzt! Dann werden wir aufbrechen, Jade. Uns verbindet nichts.«

ZWANZIG

In diesem Moment wird die Tür aufgerissen und alle drehen sich erschrocken um. Jades zorniger Blick wendet sich von mir ab, ebenfalls daran interessiert, wer der Eindringling ist. Die Wachen zücken die Dreizacke, doch Jade macht ihnen mit einer Handbewegung klar, dass keine Gefahr droht. Also senken sie ihre Waffen, lassen sie, die es wagt, so in den Thronsaal zu stürmen, aber nicht aus den Augen. Zornig betritt meine Mutter die Halle. Ihre Schultern gestrafft, trägt sie ihre Rüstung, in der ich sie seit Ewigkeiten nicht mehr gesehen habe. Ihre Schritte sind energisch und ihre Augen voller Wut. Jade setzt sich aufrecht hin, wirkt für einige Sekunden nicht so selbstsicher wie zuvor. Mit meiner Mutter verbindet sie mehr als ein einfaches Bündnis. Seit Jahrhunderten lebt das Volk der Meerelben hier mit den Nixen. Sie haben zusammen eine Gemeinschaft gebildet, bieten sich gegenseitigen Schutz und Sicherheit. Sollten wir es wahr machen und gehen, wird es auch für die Nixen von großem Nachteil sein.

»Keona, meine Liebe. Was verschafft mir die Ehre? «, säuselt sie. »Wir haben hier etwas zu besprechen. Wachen, geleitet sie hinaus!«

»Spare dir das, Jade! Du wagst es, meine Söhne zu erpressen? Wirklich? Nach all den Jahren? Nachdem du es gewesen bist, die ihnen einst die Muscheln geschenkt hat, sollten sie jemals Hilfe benötigen? Schande über dich, dass du dich Freundin nennst. Es ist euer Geburtsgeschenk an die Kinder des Elbenkönigshauses gewesen und Geschenke sind frei von Verpflichtungen, das weißt du. Du beschmutzt unsere Freundschaft, die Allianz, die wir stets aufrechterhalten haben, und dein eigenes Wort. Dazu in solchen Zeiten. Du lässt nicht einmal nach mir schicken, um mich hinzu zu holen, wenn sie eintreffen? Oh, schäme dich!«

Zufrieden nicke ich Noam unbemerkt zu. Er hat einen seiner Männer ausgesandt, um meine Mutter zu finden. Die Wachen stellen sich ihr in den Weg, als sie vor der Herrscherin der Nixen stoppt, doch ich bin unbesorgt. Meine Mutter ist eine hervorragende Kriegerin. Ihr taktisches Geschick und der Umgang mit dem Schwert können mit meinem definitiv mithalten. Anklagend hebt sie den Finger. »Sprich, was in dir vorgeht! Wenn du schweigst, ist unser Bündnis beendet. Wir leben seit Jahrhunderten hier, gemeinsam, doch ich schwöre bei den Göttern, ich werde nie wieder zurückkehren, und mit mir wird jeder Elb, der hier heimisch ist, die Lagunen verlassen. Sie werden mir folgen, wie sie meiner Mutter vor ihrem Tod gefolgt sind. Auch wenn du immer davon redest, dass ihr keine anderen Völker benötigt, braucht ihr uns. Dieses Leben ist darauf ausgerichtet, dass wir kooperativ agieren.«

»Mutter, schweig!«, herrsche ich sie an. Sie stockt, schaut mich überrascht an. Sie weiß noch nicht, was passiert ist. Es werden keine neuen Bündnisse eingegangen. Es existiert keine Befehlsgewalt ihrerseits. Sie verstummt unter meinem Blick, doch ich wende mich wieder der Nixe zu. »Verzeiht die Unterbrechung, aber wie Ihr hört, besteht wenig Bedarf zwischen einem Bündnis unter uns. Mein Gefallen ist damit hinfällig, wenn es ein Geschenk an das Elbenhaus gewesen ist.« Ich reiße mir mit Nachdruck die Kette vom Hals und werfe sie ihr vor die Füße. Cian ahmt es mir augenblicklich nach, seine Muschel zerbricht dabei in zwei Teile. Wie passend.

»Wir verzichten auf weitere Hilfe Eures Hauses. Ab nun steht Ihr alleine da. Die Elben werden die Lagune heute verlassen. Ich fordere mein Volk auf, mir geschlossen in ihre neue Heimat zu folgen. Auf ein Bündnis aus Verrat und Erpressung lege weder ich wert, noch die Völker, die mit mir gemeinsam agieren. Dafür ist in der Ordnung, wie wir sie schaffen wollen, kein Platz.«

»Crispin ...« Meine Mutter will etwas sagen, doch ein Blick reicht und sie schweigt. Dies ist mein Kampf.

Wenn ich will, dass die Welt mich als Herrscher akzeptiert, muss ich hier beginnen. Jade ist eine machtvolle Gegnerin. Sie zermahlt mit ihrer Hand eine Muschel zu Staub, der zwischen ihren Fingern zu Boden rieselt. Zwei weitere Wachen kreuzen ihre Dreizacke vor mir, als ich vortreten will.

»Sprecht, Jade, oder wir sehen diese Debatte als beendet an. Es ist vielleicht Eure letzte Chance, Euch zu erklären, bevor ich gehe. Ich habe nicht den ganzen Tag Zeit für solche Spielchen. Mich sehnt es danach, nach Hause zu kommen.«

Wir liefern uns ein Blickduell. Jeder scheint die Luft anzuhalten. Habe ich es zu weit getrieben?

»Was glaubt Ihr, wer Ihr seid? Ich habe die Verbindung mit Euch gewollt, das hätte meinem Volk einen sichern Platz gewährt, aber nun seid Ihr bereits gebunden und habt mich um meinen Gefallen betrogen, der mir jetzt sogar, durch diese kleine Sache mit dem Geschenk, ganz versagt wird. Ich begehre nichts, außer Macht. Ich schäme mich nicht, dies offen zuzugeben. Macht! Dieses prickelnde Gefühl, alle Fäden in meinen Händen zu halten ... Es ist berauschend. Das will ich, sonst nichts. Ihr könnt mir nichts bieten.«

»Königin Jade ...« Alice lässt meine Hand los, will vortreten, aber ich ziehe sie zurück in meine sichere Umarmung. Der Blick der Meeresherrscherin richtet sich sofort auf meine Gefährtin, die bislang geschwiegen hat. Sie ist neugierig und hofft, dennoch einen Handel zu erhaschen.

»Rede, Kind des Meeres, und tritt vor. Doch ein Angebot? Ich bin nicht abgeneigt, mit dir zu feilschen. Die Elben haben dir nicht das Wort zu verbieten, nicht in meinen Hallen. Ein Mann schon gar nicht. Willst du dich doch für uns entscheiden?«

»Es wird keinen weiteren Handel geben«, knurrt Noam leise, flankiert Alice von der anderen Seite. Ich nicke ihm dankbar zu. Aus dem Augenwinkel sehe ich, wie Cian mit unseren Männern agiert. Sie sind bereit, jederzeit einzugreifen.

»Alice bleibt, wo sie ist«, stelle ich klar, aber das ist wahrscheinlich jeden im Raum bewusst, der bei klarem Verstand ist. Cian bezieht neben mir Position. Alles wartet auf mein Kommando.

»Crispin, ich kann für mich alleine sprechen, also lass mich durch.« Alice will sich an mir vorbeidrücken, doch mein Griff bleibt eisern. Ich weiß nicht, was sie plant. Vermutlich wird es mir ohnehin nicht gefallen. Sie hat immer so verrückte Ideen, unterschätzt zudem unsere Gegnerin.

»Nein!«, zische ich.

Sie legt ihre Hand auf meine Wange, zwingt mich dadurch, sie anzusehen. Ihr Blick ist eindringlich. Stumm verhandeln wir miteinander. Ich muss ihr mehr Spielraum lassen, ihr vertrauen, dass sie vorsichtig ist, obwohl es mir zutiefst widerstrebt. Ich will sie doch nur schützen, verdammt! Vor Jade kann ich jedoch nicht offen mit ihr diskutieren. Wir müssen eine Einheit sein, keine Angriffsfläche bieten. Übelgelaunt gebe ich nach, lasse sie los und lege einen gleichgültigen Gesichtsausdruck an den Tag, auch wenn es in mir tobt, versuche ich, eine Maske der Gelassenheit vorzutäuschen. »Crispin, vertrau mir. Bitte! Ich habe eine Idee«, flüstert sie. »Wir brauchen jeden Krieger und jede Kriegerin, die wir bekommen können. Auch sie, oder nicht? Vielleicht gibt es eine Möglichkeit, dieses Bündnis aufrechtzuerhalten.«

»Was tuschelt ihr da? Trete vor, Alice!«

Alice und ich führen noch einen letzten stummen Kampf mit den Augen aus, ehe ich die Augen verdrehe. Sie wird mir wahrlich graue Haare bescheren, das ist sicher. »Ich weiß, du traust ihr nicht, ich ebenso wenig, aber gib mir die Chance, bitte. Ich will stolz neben dir stehen, nicht in deinem Schatten. Du willst doch gar keine Frau an deiner Seite, die so wäre und genau deshalb liebst du mich, weil ich bin, wie ich bin.«

Ich ringe mit mir, wiege ab, und blicke die anderen an,

woraufhin Noam kaum merklich nickt. Alice wird die Herrscherin an meiner Seite sein, also schön. Ich soll es sie versuchen lassen, doch alles in mir wehrt sich dagegen. Ich will sie nicht einsperren, das habe ich nie. Mir wird in diesem Moment bewusst, dass sie recht behält. Aus Furcht versuche ich zu sehr, sie zu schützen, und immer wieder führe ich den gleichen Kampf mit mir aus. Dabei hat sie sich mehrfach bewiesen. Sie kann sich mittlerweile verteidigen, ist listig und trickreich. Sie drückt meine Hand. Ich lasse sie zaghaft los, nicke leicht und bereite mich innerlich auf das Schlimmste vor. Okay, kleiner Schmetterling, du glaubst ja immer an Wunder, dann zeig mir, dass es sie gibt. Zeig, was du für Ideen hast, auf die ich nicht gekommen bin. Beweis dein strategisches Geschick.

Alice tritt vor. Mit einer Handbewegung lässt Jade sie passieren. Hinter ihr versperren uns die Wachen wieder den Weg. In mir rumort es. Meine Hand liegt achtsam auf meinem Schwert, bereit, es jederzeit zu ziehen. »Jade …« Alice geht voller Respekt in die Knie, was Jade sehr gefällt. Schlau von ihr, deren Ego zu streicheln. »Ihr habt, wenn ich es richtig verstehe, ein festes Bündnis zwischen euch und den Elben angestrebt, vorzugsweise mit einer Nixe an der Spitze.«

Jade nickt, wartet ab. »Dies hätte ich bevorzugt, da

stimme ich dir zu, Mischling. Mit mir an der Spitze, wohlgemerkt.«

»Ich bin eine von euch. Jedenfalls zum Teil. Zur Hälfte bin ich Albin, was euch, wenn wir siegen sollten, nur zugunsten kommt. Mein Herz gehört einem Elben, dem König. Mit Geburt unserer Nachkommen werden wir diese drei mächtigen Völker verbinden und nichts wird daran etwas ändern können. Damit hättet ihr das Bündnis, welches ihr euch wünscht. Unsere Völker wären für alle Zeiten verbunden, durch unsere Kinder. Ein festeres Bündnis wird es nie geben als dieses durch Blut – unser eigenes Fleisch und Blut würden wir nie vergessen.«

»Wer bist du schon? Du bist seine Geliebte, eine Gespielin. Mehr nicht. Dein Blut ist verwässert, unrein. Wenn er deiner müde wird, wird er dich gegen eine Elbin austauschen. Wartet ab! So ist er, der Prinz. Oh verzeih, der König. Er hat sich noch nie gebunden. Habt ihr den Bund vollzogen, euch gepaart? Erwartest du Nachwuchs? Hat er sich offen zu dir bekannt? Wie lange soll ich auf die Verbindung warten? Dieses Bündnis, wie du es nennt, ist hier nichts wert.«

Alice stockt kurz. »Bei euch nicht, aber bei anderen Völkern«, wirft Keona ein.

»Ich habe mich bereits vor meinem Volk zu Alice bekannt. Sie wird die Königin an meiner Seite sein und herrschen.« Ich dränge mich dicht vor die Dreizacke, die sich an meinen Hals drücken.

»Wir haben uns gepaart, und so die Götter wollen, werden sie uns Nachwuchs schenken. Eine andere Wahl habt ihr nicht, Jade. Euer Trumpf ist fort. Wenn wir jetzt gehen, ist dieses Bündnis beendet und wir werden euch nicht zur Hilfe eilen, sollte Castiell hier einfallen. Unser Angebot ist großzügig, mehr als ich bereit gewesen wäre, euch zuzugestehen. Alice ist sanftmütiger als ich. Sie sieht Gutes, wo keines vorhanden ist. Euer Herz ist schwarz wie eure Seele. Aber, solltet ihr zustimmen, und an unserem Bündnis festhalten, kann auch ich großzügig sein. Also werde ich euch hier weiter den Platz der Herrscherin überlassen, doch ihr untersteht mir, solange die Götter dies bestimmen.«

»Interessant.« Jade reibt sich das Kinn. »Eine ganze neue Wendung in diesem Disput.« Jade überlegt, mustert uns, was ein gutes Zeichen ist. Sie hat keine andere Wahl. Ich meine es ernst. Jade kann ihr Gesicht wahren, falls sie auf diesen Vorschlag eingeht.

»Wenn wir dieses Bündnis verlängern, erwarte ich völlige Loyalität und eure Kampfbereitschaft am Tag der Schlacht«, setze ich noch hinterher. Jade verzieht darauf kurz das Gesicht. Ich sehe förmlich, wie es in ihr arbeitet, wie sie nach einem besseren Ausweg sucht.

»Es werden keine Forderungen gestellt. Ihr werdet bereit sein, mir und jedem anderen Volk, welches an unserer Seite steht, zu helfen – vollkommen frei von Gefälligkeiten. Wir begegnen einander auf Augenhöhe.« Ich pokere hoch und versuche, sie einzuschüchtern. Noam brummt hinter mir unfreundliche Worte, doch ich muss jetzt alles riskieren. Ich muss mir Respekt verschaffen. Ich bin nicht hier, um Freundschaften zu schließen.

»Ihr leistet Euch die Frechheit, auch noch Forderungen zu stellen?« Jade lacht auf. »Ich gestehe, das imponiert mir. Ihr seid ein Gegner, den ich vielleicht unterschätzt haben mag. Das passiert mir kein zweites Mal, listiger Prinz der Elben. Aber sagt mir, was ist, wenn ihr verliert? Wo ist dann mein Vorteil?«

»Seht es als Risiko, welches ihr eingehen müsst. Die Alternative wäre, ganz und gar alleine dazu stehen, denn Castiell weiß, dass ihr uns in der Schlacht in Escher beigestanden habt. Er wird Rache nehmen, früher oder später. Vor allem wenn er erfährt, dass ihr uns Obdach geboten habt. Seine Späher sind überall. Mein Volk wird mit mir kommen. Es liegt bei euch, ob ihr uns begleitet und zu uns steht, oder alleine ausharren wollt.«

»Wir werden uns vorerst vom Festland zurückziehen und die Lagunen verlassen. Ihr bekommt mein Wort. Am Tag des letzten Kampfes werden wir neben euch stehen.

Aber nur unter einer Bedingung ... Nun gut, zwei Bedingungen. Sollte einer von euch fallen und der andere überleben, wird der Überlebende sich auch unter meiner Herrschaft begeben, sich nicht das Leben nehmen, um seinem Seelenpartner zu folgen. Er wird mein sein. Auf ewig.«

»Niemals!« Das kann sie ja wohl nicht ernst meinen. Ihr bereitet es Vergnügen, andere Wesen zu quälen. Sollte Alice fallen, würde es für mich ein endloses Leben in Finsternis bedeuten, wenn ich ihr nicht folgen kann. Falls sie sterben sollte, werde ich freudig in den Hallen unserer Ahnen mit ihr zusammentreffen.

Ihre Augen verengen sich zu Schlitzen. Sie hat meine Antwort gekannt, ehe ich sie ausgesprochen habe. »Gebt mir Sicherheit! Gebt mir euren Bruder als Pfand! Er wird uns begleiten. Er ist nur der Zweitgeborene, demnach wertlos für euch. Überlasst ihn mir. So ist er euch keinerlei Konkurrenz und kann euch keinen Dolch in den Rücken stoßen, um den Thron an sich zu reißen.«

Ungläubig lache ich lautstark. Cian will etwas sagen, doch ich halte ihn auf. »Jade, Ihr begreift noch immer nicht, dass Ihr keine Wahl habt, oder? Ich werde jetzt gehen. Versucht, mich aufzuhalten, und Ihr werdet es bereuen. Ihr wisst jetzt, wie ich zu allem stehe und auch, dass ich nie vergessen werde, dass Eure Hilfe nicht so selbstlos ist, wie sie sein sollte.«

Ich nicke Noam und Cian zu. All unsere Krieger heben die Waffen. »Mutter, geh und versammle unser Volk! Du wirst es in unsere neue Heimat führen. Wir lassen all dies hinter uns.«

Ich spüre Jades Blick im Nacken und weiß, dass ich ihr nicht trauen kann. Ihr Wort ist nichts wert. Wenn sie könnte, würde sie uns auf der Stelle töten lassen, doch ihr ist bewusst, dass mein Volk dies nicht hinnehmen würde. Nein, Jade hat Zeit, sie wird abwarten, bis sich ihr eine Chance bietet, aber ich werde vorbereitet sein. »Lang lebe der König«, murmelt sie, mit einem listigen Lächeln auf den Lippen.

EINUNDZWANZIG

Wind wirbelt den Sand zu meinen Füßen auf und ich schaue hinaus in die Weite der Wüste, doch in der Ferne ist meilenweit nichts zu sehen. Der Anblick löst eine tiefe Ruhe in mir aus, die ich genieße. Einen Moment der Stille. Keine Sorgen, keine Ängste. Nein, großflächige Unendlichkeit.

Die Elben aus den Lagunen sind heute angekommen. Cian hat sie hergeführt. Zwölf lange Tagesmärsche haben sie hinter sich und bekommen jetzt ihre neuen Lebensräume zugewiesen. Am schwerfälligsten wird es für die Elben des Meeres werden. Mit Hochdruck bauen wir neue Behausungen in der Nähe des Wassers. Es ist kein Vergleich zum Meer, aber mehr können wir ihnen gerade nicht bieten. Ich habe die Angst und Unsicherheit in ihren Augen gesehen, als sie all die Wesen erblickt haben, mit denen sie ab jetzt zusammenleben werden. Immerhin hat niemand das Wort gegen seinen König erhoben. Im Gegenteil, sie folgen Crispin, verlassen sich auf ihn – ein tiefes Urvertrauen in ihren König. Es ist für jemanden wie mich faszinierend.

Sand rieselt durch meine Finger, während ich weiterhin in Gedanken versunken in die Ferne starre. Weit hinten entdecke ich einen unserer Drachenreiter auf Patrouille, als würde uns hier mitten im Nichts jemand finden. Sie fliegen meilenweite Strecken unter der prallen Sonne. Dennoch ist es beruhigend, dass sie auf uns achtgeben.

Barfuß sitze ich oben auf einer der warmen Dünen und beobachte, wie die Sonne langsam den Himmel in Pastelltöne färbt und die beiden Monde aufgehen. Werde ich mich je an diesen Anblick gewöhnen? Verstörend ist es immer noch. Zwei Monde. Na ja, ich habe ja auch zwei spitze Ohren. Nicht weit von mir tollen Wüstenhasen umher. Mit einem Lächeln verfolge ich ihr Spiel und erkenne, wie sorglos sie sind. Ein wenig beneide ich sie. Sie sind winzig, nicht größer als Mäuse in meiner Welt, mit langen Schlappohren, die sie hinter sich herziehen und dabei Spuren im Sand hinterlassen. Wie kleine Delfine versinken sie mühelos mit einem Sprung im Sand, um im nächsten Augenblick wieder einige Meter weiter aufzutauchen. Sie sehen so knuddelig aus. Ihr Fell ist feurigrot und dank Peia weiß ich, dass sie nicht so harmlos sind, wie sie wirken. Sie sind Fleischfresser. Verläuft man sich draußen in der Wüste, sind sie neben Treibsand eines der größten Probleme, auf die man dort stoßen kann. Sie nagen einem das Fleisch bis auf die Knochen ab – seine Worte, nicht meine. Erleben möchte ich das keinesfalls.

Ein Schatten fällt über mich und Elil lässt sich neben mir nieder. Er wirkt müde, doch ich spreche ihn nicht darauf an. Er würde mir den Grund ohnehin nicht verraten, auch wenn wir uns sehr nahegekommen sind. Wir haben viele Gespräche geführt, über das Leben der Albe, unsere Familie und die Zukunft. Er und Crispin verstehen sich überraschend gut, was wohl alle hier verwundert, nicht nur mich. Aber ich glaube, sie sind sich ähnlicher, als sie zugeben wollen. Harte Schale, weicher Kern. Während Crispin für mich durchs Feuer geht, hat Elil für seine Schwester alles aufgeben. Diese sucht auffallend oft die Nähe zu Noam. Sie glaubt, ich bemerke es nicht, womit sie sich täuscht, denn sie würden ein schönes Paar abgeben. Ob sie Seelengefährten sind? Ich würde es ihnen wünschen. Sie sind beide herzensgut und wunderbar. Die Zeit wird es zeigen. Noam, mit seinen hellen und sie mit dem tiefschwarzen Haaren, wirken zusammen wie Tag und Nacht. Ich würde ihnen dieses Glück gönnen, aus tiefstem Herzen.

»Bist du bereit für deinen großen Tag? Noch kann ich mit dir flüchten und du kannst die Ehre unserer Familie retten«, neckt Elil mich und ich beiße mir auf die Lippe, um ernst zu bleiben. »Gewöhne dich an den Gedanken, dass bald elbisches Blut mit unserem vermischt wird.« Er verzieht das Gesicht, als hätte er in eine Zitrone gebissen. Ich weiß, dass es ihn gar nicht mehr so arg stört, wie er vorgibt. Morgen ist es so weit. Crispin und ich gehen offiziell den Bund ein. Die Idee stammt, man mag es kaum glauben, von seiner Mutter. Jades Worte, ob er sich zu mir bekannt hat, haben nachgewirkt. Morgen wird er mich zu seiner Königin machen, auch wenn wir in Wahrheit so viel mehr sind. Es ist nur ein Titel. Kein Ring der Welt könnte uns mehr verbinden als das, was wir schon haben. Und doch ist es wichtig, dass ich die Königin an seiner Seite werde und unser Volk mit ihm anführe. Ich freue mich und bin wahnsinnig nervös. »Nach der Zeremonie werde ich nicht mehr da sein.« Elil senkt seine Stimme. Ich schaue mich um, doch wir sind alleine. Fragend hebe ich eine Augenbraue. Das ist mir neu. Was will er damit sagen? »Crispin hat mich um einen Gefallen gebeten. Ich werde einige Tage fort sein. Pass gut auf dich auf und hab ein Auge auf Alliaria. Mir gefällt es nicht, wie sie um diesen blonden Elben herum schwirrt. Es kann nicht sein, dass ihr beide so fehlgeleitet seid.«

»Du weißt, dass er Noam heißt und sie könnte es weitaus schlechter treffen. Sei nicht so.«

Er verdreht die Augen. »Sind denn jetzt alle verrückt geworden? Du einen Elben, sie auch noch? Nein, das letzte Wort ist da nicht gesprochen.«

»Wer weiß, wer deine Gefährtin sein wird?«, halte ich dagegen. »Vermutlich eine Ziege, sofern du weiter so daherredest und meckerst.« Er zuckt mit den Schultern, wirkt ernster als vor einem Moment. »Was, wenn sie gar nicht mehr auf dieser Erde wandelt? Es gibt so viel Tote und Verluste, all die Jahre. Was, wenn wir alle unseren Gefährten spüren können, aber bei mir nur Leere herrscht? Was mache ich dann? Ich habe mir keine Hoffnung machen wollen und nun schau an, was du angerichtet hast. Sie gedeiht in mir wie eine Blume. Hoffnung. Ob ich will oder nicht.« Ich nehme seine Hand in meine, drücke sie fest.

»Auch dann wirst du nie alleine sein, Elil. Du gehörst zu uns. Egal, was kommt. Wir sind eine Familie.«

Langsam dreht er seinen Kopf wieder zu mir, schenkt mir ein Lächeln. »Du bist wirklich die weichste Albin, die ich kenne. Du hättest unter Castiell keinen Tag in den *Schwarzen Lagunen* überlebt. Aufmüpfig, sanft und viel zu sensibel. Und ja, bevor du fragst, ich bin mir nicht sicher, ob ich dich gerade beleidige oder bewundere.«

»Ihr seid mir gar nicht unähnlich, dennoch so anders als ich ...«, murmle ich. »Ich bin nur anders aufgewachsen. Mein Leben ist so völlig anders als das Leben hier gewesen.« Elil und Alli wissen, dass ich nicht von hier stamme. Es fasziniert sie. Obwohl ich glaube, dass Alli da ein wenig mehr Interesse zeigt als Cian. Selbst da sind Elil und Crispin sich ähnlich. Während Alli mich mit Fragen löchert, schweigt Elil sich aus. Dieses Gerede von einer anderen Welt behagt ihm nicht. Auch, dass es da keine Albe gibt, verwirrt ihn sehr.

»Wirst du mich morgen an Crispin übergeben? Du bist der einzige Mann in meiner Familie.«

»Nichts würde mich stolzer machen, Alice.«

Am Abend nehme ich ein Bad. Alliaria wäscht mein Haar, während Kalmia irgendein komisches Reinigungsritual durchführt und murmelnd mit einer Kerze durch mein Zelt rennt. Nur Racella thront gelangweilt in der Ecke und poliert ihr Schwert. Sie hasst all das, die Kleider und den Schnickschnack. Ich kenne keine Elbin, die weniger Spaß an weiblichen Dingen hegt als meine Freundin. Sie ist durch und durch eine Kämpferin. »Wirst du morgen ein Kleid tragen?«, frage ich sie, obwohl ich die Antwort kenne.

»Wirst du es mir befehlen? Dann ja. Sonst nicht. Ich werde in glänzender Rüstung für deine Sicherheit sorgen, muss sie nur noch polieren.«

»Racella, hier droht keine Gefahr. Castiell weiß nicht, wo wir sind. Osis hätte uns gewarnt, oder Kalmia.«

Das Rankenwesen hebt den Kopf. »Die Wege der Götter sind unergründlich. Ich weiß die Antwort darauf nicht, hoffe es aber.«

»Immerhin ist sie ehrlich«, murmle ich und Alli lacht leise auf, summt daraufhin eine fröhliche Melodie. Sie trägt ein weich fallendes Gewand, spart wiederum nie mit weiblichen Reizen.

»Also ich werde mich besonders schön zurechtmachen«, teilt sie uns mit.

»Und einem blonden Elben auflauern?«

»Moment, wie bitte?« Jetzt ich Racella ganz Ohr. »Wen hat sie ins Auge gefasst?«

Alli wird rot. »Niemanden. Alice sieht Gespenster. Ich möchte nur mit euch feiern und tanzen. Mehr nicht.«

»Natürlich, mehr nicht!« Man hört deutlich die Ironie aus meiner Stimme.

Wir flachsen weiter hin und her, während ich mich für die Nacht fertigmache. Ganz wie ich es kenne, nächtige ich heute, sehr zu Crispins Missfallen, ohne ihn. Vielleicht ist es ein Aberglaube, aber mir im Grunde egal. Ich werde das Schicksal nicht auf die Probe stellen und ehre diese Tradition der Erde. Punkt. Dafür verbringen die Mädels die Nacht bei mir. Topas hat sich auf meinem

Bett zusammengerollt, sodass ich mit ihnen auf dem Boden schlafen werde – selbstverständlich auf urgemütlichen Mantikorfellen. Seine Beine hängen eigentlich noch auf der Erde. Man kann fast dabei zusehen, wie er wächst. Das ist verrückt. Er ist nun halb so groß wie Bararod, doch Elil teilt die Meinung der anderen, dass ich ihn nicht länger bei mir schlafen lassen sollte. Aber ich kann nicht. Er schaut mich immer mit solch großen Augen an und trollt sich dann so tief verletzt, dass ich ihn jedes Mal zurückrufen muss. Es bricht mir sonst das Herz. Wenn Crispin hier ist, wagt er es nicht, uns aus dem Bett zu vertreiben. Nicht, nachdem er eine Nacht draußen verbracht hat, weil mein Gefährte der Meinung gewesen ist, ihn vor die Tür zerren zu müssen, als er ihn aus dem Bett geworfen hat. Still lache ich innerlich für mich alleine, als Crispin splitternackt und verdutzt auf dem Boden gesessen und Topas sich zufrieden im Bett zusammengerollt hat. Ja, mein Drache ich schon speziell.

Es klopft und wir verstummen. Es ist bereits spät, wir erwarten keine weiteren Gäste zu unserer kleinen Pyjamaparty. Die Tür öffnet sich. Topas brummt drohend, damit wer auch immer es wagt, zu stören, weiß, dass er hier ist. Noch ein Grund, wieso ich ihn gerne bei mir habe. Niemand erdreistet sich, mir zu nahe zu kommen, wenn er bei mir ist. Keona tritt ein. Sie ist mit einem weich fallenden Gewand gekleidet, nicht mehr in die silberne Rüstung. Ihr helles Haar trägt sie zu einem Kranz geflochten. Sie wirkt wahrlich königlich. Viel mehr, als ich es je könnte. Sie nickt meinen Freundinnen zu, ehe sie mich anschaut. »Auf ein Wort, Alice. Unter vier Augen.«

»Selbstverständlich.« Racella steht augenblicklich auf. Kalmia ist schon vor einiger Zeit verschwunden, um – was weiß ich – ihre Kerze anzubeten, nur Alli stockt, verengt die Augen, schaut zu mir und wendet sich erst ab, als ich leicht nicke. Sie passt auf mich auf, traut der Königin nicht. Kann gerade ich ihr dies verdenken? Alli fühlt sich mir mehr verpflichtet als den Elben, was nicht erstaunlich ist. Ich werde ihre Königin sein, mit Crispin an der Seite. Das ist für die Albe ein großer Unterschied. Sie stellen mich als eine von ihnen über Crispin. Aber wir können beide gut damit leben, sofern es für Ruhe und Frieden sorgt.

»Es ist okay, Alli. Holt noch etwas Brot. Es wird sicher nicht lange dauern. Immerhin weiß Keona, dass morgen ein wichtiger Tag ist. Nicht wahr?« Prüfend schaue ich sie an, doch sie hält meinem Blick emotionslos stand. Ich weiß nicht genau, wo wir stehen, was sie nach all dem über mich denkt. Aktuell gehen wir uns eher aus dem Weg, was mir nur recht ist.

»Nein, es dauert nicht lange«, versichert sie schließlich.

Die Mädchen verschwinden und ich lasse mich auf einem Stuhl nieder, biete ihr mit einer Handbewegung an, es mir gleichzutun. Sie kommt der Bitte nach und setzt sich, die Hände auf dem Schoß verschränkt, die Beine hoheitlich überkreuzt an den Knöcheln. Ich ahme ihre Haltung nach und bin bemüht, zu lernen, wie sich eine Königin verhält. Wie könnte ich diese Frau nicht auch ein wenig bewundern? Sie wirkt kaum älter als ich, strahlt diesen ruhigen Stolz aus und lässt mich manchmal erzittern, ohne dass sie ein Wort sagen muss.

»Wie kann ich dir helfen, Keona?«

»Es geht um die Vermählung. Um all das hier.« Sie macht eine ausladende Geste, die mich einschließt. »Du weißt, dass Elon und ich uns große Sorgen um unseren Sohn und die Verbindung gemacht haben. Elon ist in die *Heiligen Hallen* eingetreten und die Götter mögen weise über ihn richten. Dennoch vermag ich nicht zu vergessen, oder nicht wertzuschätzen, dass du bereit gewesen bist, dein Leben für das meiner Söhne zu geben. Ich glaube dir, dass du meinen Sohn aufrichtig liebst. Ich liebe ihn auch, mehr als mein Leben, deswegen möchte ich unsere Dispute beenden und dich als meine Tochter willkommen heißen, Alice. Dein Blut wird zu meinem Blut. Ich werde dich nicht anders behandeln als meine eigenen Kinder. Mein Schutz wird dir sicher sein.«

Überrascht weiten sich meine Augen. Ich bin eher verwundert, als erfreut und vor allem skeptisch. »Woher dieser Sinneswandel?«, frage ich. Topas erhebt sich vom Bett, reibt seinen Kopf an meiner Hand. Keona verzieht angewidert die Lippen und bewegt ihre Füße ein Stück zur Seite, was mich innerlich schmunzeln lässt. Nur um sie ein wenig zu reizen, gewähre ich Topas, sich zwischen uns zu legen. Er bettet seinen Kopf auf ihren Füßen. Ich sehe ihr an, dass sie diese am liebsten wegreißen würde, doch diese Schwäche gibt sie nicht offen zu, also hält sie durch. Sie hebt den Blick.

»Für meinen Sohn. Wenn ich gegen dich appelliere, bin ich in seinen Augen auch gegen ihn. Du wirst seine Königin sein, ich hingegen die Königsmutter – nicht mehr, nicht weniger. Unser Volk muss sehen, dass ich euch unterstütze und nicht gegen eure Verbindung bin. Ich will mich mit ihm nicht entzweien, sondern hoffe auf einen Platz in seinem Gefolge. Meine Kampfkünste können hilfreich sein. Jetzt, wo ich nicht mehr an Elons Seite verweilen muss, darf ich endlich kämpfen. Bei den Göttern, ich kann es kaum erwarten. All das Sitzen, die endlosen Debatten, ich bin es so leid. Dies obliegt jetzt dir. Ich kann meinem Volk nun anders dienen und freue mich wahrhaftig auf diesen Tag.«

»Ich werde nicht tatenlos auf dem Thron sitzen. Crispin weiß das.«

»Ja, er ist anders als sein Vater. Aber ich bitte dich, auch daran zu denken, wie viel Verantwortung ihr beide somit tragt. Die Welt schaut zu euch auf. Euer Plan ist verrückt und doch sehe ich mit eigenen Augen, dass er zu funktionieren scheint. Heute sind Kobolde eingetroffen. Fünfzig an der Zahl. Kobolde! Sie haben noch nie mit uns gekämpft. Es ist eine geringere Zahl, der Rest steht fest zu Castiell, dennoch kommen immer mehr Wesen, die für diese neue Welt bereit sind. Also, was sagst du, Alice, schaffen wir es ebenfalls, neu anzufangen?«

Mein Mundwinkel verzieht sich und ich nicke. »Ja, das schaffen wir, Keona.« Und ich meine jedes Wort ernst.

ZWEIUNDZWANZIG

Mein Herz wummert gegen meine Brust. Neue Gefühle durchströmen mich. Ich bin nervös, sehr sogar. Meine Hände schwitzen, was sie noch nie getan haben. Kurz klopfe ich meine Kleider ab, der Staub der Wüste setzt sich zu schnell fest. Heute trage ich ein festliches Gewand meines Volkes. Tiefblau und eng schmiegt es sich an meinen Körper. Mit Stolz erfüllt stehe ich am Altar. Ich kann kaum erwarten, dass es endlich beginnt. Mein Blick ist auf den Torbogen gerichtet, erwartungsvoll und äußerst ungeduldig. Wo bleiben sie? Elil will Alice führen, doch die Minuten ziehen dahin. Geduld ist nicht meine Stärke. Ebenso stecken mir die letzten Ereignisse noch in den Knochen, so ungern ich es zugebe. Ich bin beunruhigt, wenn ich Alice nicht in meiner Nähe habe oder sie sich verspätet. Sie redet von einem Trauma, was auch immer das sein soll. Ich brauche Zeit, um all das zu verarbeiten – wie sie. Mir ist bewusst, dass Castiell schon seinen nächsten Zug plant und dieser furchtbar werden wird. Uns bleibt nicht mehr viel Zeit. Cian und Elil werden für mich weitere Verbündete aufsuchen. Ich sende sie still und heimlich auf diese Mission, ohne große Aufruhr. Sollte es Spitzel geben, so werden sie viel zu spät merken, dass beide fort sind. Alice wird nun hier bei mir bleiben. Nicht, weil ich kein Vertrauen in ihr Können habe, nein, weil wir zusammen einfach besser agieren. Ab jetzt wird sie meine Königin sein, und als solche gehört sie zu mir an unseren Hof.

Meine Mutter steht in der vordersten Reihe neben Cian, der mich aufmunternd anlächelt. Ich hingegen werde erst lächeln können, sobald Alice an meiner Seite ist, ihre Sicherheit durch mich gewährleistet. Jade ist ebenfalls mit Vorsicht zu genießen. Neben Castiell und Asta befürchte ich, schmiedet sie ebenfalls Pläne, die keinesfalls positiv für uns ausfallen werden. List und Tücke, das kann Jade gut für sich nutzen. Ich glaube nicht, dass sie uns verraten wird, aber meine Hand dafür ins Feuer legen, würde ich ebenso wenig.

Alice lässt mich warten. Ich traue ihr zu, dass sie mich ärgern will, doch genau diesen Moment wählt sie, um im Blütenbogen zu erscheinen. Kurz blitzt eine andere Version in meinem Kopf auf – das Bild, welches die Göttin Calis mir offenbart hat: Alice, mit unserem Kind unter ihrem Herzen. Wie viele Jahre werden ins Land gehen, ehe sich dies bewahrheitet? Wie viele Kämpfe werden wir noch bestreiten müssen? Mein Herz setzt gefühlt für einige Sekunden aus, doch diese Version zieht schlagartig weiter. Ich ahne, dass die Götter sie mir als Erinnerung daran gesendet habe, wofür wir hier stehen. Wir sind das Zeichen des Wandels. Unsere Liebe löscht den alten Hass, den unser Volk einst verbunden hat. Alice hält den Kopf gesenkt. Sie atmet schnell, das heißt, sie ist ebenfalls aufgeregt. Die Meine. Dieser Gedanke beherrscht mein Geist und mein Sein. Alles in mir brüllt vor Stolz auf, als ich sie mustere, wie sie fast schüchtern zu mir aufblickt und dann langsam an mich herantritt, Elil im Rücken. Sie wirkt erhaben, wie eine wahre Königin. Ich kann mich an ihrer makellosen Schönheit nicht sattsehen und begehre sie wie nichts anderes auf dieser Welt. Das Wissen, dass sie zu mir gehört, löst pures Glück und Furcht gleichzeitig in mir aus. Die Last der Verantwortung wiegt schwer auf meinen Schultern. Komme, was wolle. Was mein ist, werde ich schützen, bis zum bitteren Ende. Egal wie, ich werde es schaffen. Wir werden es schaffen. Meine Augen folgen ihr, wie sie langsam auf mich zukommen ... Mein Herz wird gleich aus den Rippen brechen, so heftig schlägt es. Ihr langes Haar, welches sein kraftvolles Rot verloren hat und nun weiß erstrahlt, kunstvoll geflochten, mit kleinen Perlen und Blumen versehen, fällt über ihren nackten Rücken. Sie wirkt selbst wie eine Göttin, als sie an den verschiedenen Völkern entlang schreitet, die sich ehrfürchtig vor ihr verbeugen. Kobolde, Kentauren, Yetis, Rankenwesen und Reptanierer stehen Schulter an Schulter mit den Menschen, Zwergen, Alben und Elben. Es werden weitaus mehr kommen. Unser Volk. Doch es ist nicht mein Verdienst, nein, es ist ihrer. Wäre Alice nicht in mein Leben getreten, da mache ich mir nichts vor, dann wäre ich heute nicht der, der ich bin. Elil und sein Volk würden ebenso wenig Seite an Seite mit uns stehen. Vielleicht haben die Götter unser Schicksal geschrieben, das mag sein, aber der Auslöser für alles, ist diese verrückte, atemberaubende Frau – ihre Willensstärke, Mut und Mitgefühl. Sie ist so stark, voller Liebe. Während ich weiter meine Maske trage, mein Volk zu mir aufschaut, ich hingegen kalt wirke, werden sie Alice lieben, ebenso wie ich. Sie wird sie hofieren – eine Königin des Mitgefühls, nicht der Furcht. Ich höre das Gerede, wenn ich durch die Straßen gehe, wie sie jegliches Herz für sich einnimmt. Sie ist meine zweite Seite. Wir werden uns perfekt ergänzen. Das perlmuttfarbene Kleid schmiegt sich eng an ihren Körper – schulterfrei, tief geschnitten, mit einem langen Schlitz, der ihren weichen Schenkel entblößt, mich damit bis aufs Blut reizt. Ich weiß aus Erfahrung, wie zart sich ihre Haut an der Innenseite ihres wohlgeformten Beines anfühlt und wie es sie voller Wonne stöhnen lässt, wenn ich sie dort küsse. Heute Abend werde ich es ausgiebig kosten, mich langsam vorarbeiten und sie vor Vergnügen meinen Namen flüstern lassen. Ich kann es kaum erwarten. Ihr Körper ist wie die Seite eines Musikinstruments, welches ich zum Klingen bringen möchte. Der lange Stoff des Kleides raschelt bei jedem Schritt, den sie in meine Richtung macht. Der rötliche Sand färbt den Saum, doch das interessiert weder sie noch mich sonderlich. Ich finde Gefallen an unserer neuen Heimat, ihrer Andersartigkeit. Alice' Schönheit nimmt mich vollkommen gefangen. Ich erinnere mich an unsere erste Begegnung, wie sie dort hoch oben im Baum gesessen hat und ich schon kurz danach gewusst habe, dass sie mir nur Ärger machen wird und dies meine Leben von Grund auf verändert. Wie recht ich doch gehabt habe. Ihre Sturheit und Selbstlosigkeit treiben mich in den Wahnsinn, aber dennoch liebe ich genau diese Eigenschaften besonders. Wir haben so viel gemeinsam erlebt, so viele haben sich uns in den Weg gestellt, die nicht begreifen, was uns verbindet.

Umso näher sie kommt, desto mehr Details nehme ich wahr. Meine Augen können sich kaum sattsehen. In Worte fassen, was ich für eine Erleichterung verspüre, dass wir wieder vereint sind, kann ich erst recht nicht. Es ist schier unglaublich, dass wir es bis an diese Stelle geschafft haben, denn es hat oft nicht danach ausgesehen. Nein, wenn wir ehrlich sind, ist es oftmals haarscharf gewesen. Die Narben an unseren Körper erzählen ihre eigene Geschichte. Das Schicksal meint es gut mit mir, auch wenn ich nicht ansatzweise verstehe, wieso ausgerechnet ich das Privileg habe, meine Gefährtin gefunden zu haben oder gar König werden soll – König bin, korrigiere ich mich selbst und verdränge den Stich, den der Tod meines Vaters in mir auslöst. Insbesondere, dass er sich am Ende hinter Alice gestellt hat, bedeutet mir mehr, als ich wahrscheinlich jemals zugebe. Möge er Frieden finden, dort in den *Heiligen Hallen*, zusammen mit all den Freunden, die schon von uns gegangen sind.

Die kleinen Perlen an Alice' Brust fangen das Licht ein. Die zarte Röte auf ihren Wangen, die ihr einen Hauch von Unschuld verleiht, machen sie noch bezaubernder. Sie ist anders als wir, nicht so hart, nicht so listig und verdorben wie ein großer Teil dieser Welt. Sie ist rein und gut. Sie ist mein. Manchmal erwische ich mich dabei, wie ich sie mir in ihrer Welt vorstelle, wie ihr Leben dort gewesen sein mag, wenn sie davon erzählt, und bewundere dann ihre Stärke, dass sie all dies hier so angenommen hat. Alice weckt die besten Seiten in mir. Seiten, von denen ich nicht gewusst habe. Sie gibt meinem Leben einen neuen Sinn, einen besseren. Castiell hätte sie nie wirklich zu dem machen können, was er ursprünglich geplant hat. Dafür ist ihre Seele zu gut, zu rein. Ich muss schlucken. Gefühle drohen, mich zu überwältigen, also räuspere ich mich, schaue ihr unverwehrt in die Augen, wie sie Schritt für Schritt näherkommt. Ich spüre, dass sie mein Gegenstück ist, bis in die tiefsten Winkel meines Seins weiß ich es. Zweifel habe ich schon lange keine mehr. Wie ich sie so mustere, schweifen meine Gedanken ab. Sie ist mein Licht in all der Dunkelheit um mich herum. Für sie kämpfe ich. Für uns, wie ich es ihr versprochen habe, und ich halte stets meine Versprechen. Ja, Jade hat recht. Sie ist meine Schwachstelle, aber auch mein größter Ansporn. Das werden meine Gegner gegen mich nutzen, also muss ich schlauer sein als sie, listiger, und das werde ich. Sie vergessen, wen sie vor sich haben. Ja, die Jahre haben mich ruhiger werden lassen, doch es hat eine Zeit gegeben, in der mir das Blutvergießen meiner Feinde große Freude bereitet hat. Mein Ruf, dass ich kalt und gnadenlos bin, kommt nicht von ungefähr. Er steckt in mir. Sie wollen mir nehmen, was mein ist? Sollen sie kommen. Ich erwarte sie!

Gemeinsam werden wir unaufhaltsam sein, das verstehe ich jetzt. Nicht ich alleine – wir zusammen. Sie werden Alice stets unterschätzen, dies wird ab sofort unser Vorteil sein. Sie trainiert härter denn je. Eine ungeahnte Kraft und geschicktes Können stecken in ihr, was nicht nur mich überrascht. Ob es ihr wirklich im Blut liegt? Ich weiß es nicht, aber wenn ja, steht uns Großes bevor, denn Kota, ihr Vater, steht mir mit nichts nach. Er ist meiner ebenbürtig gewesen. Ich strecke die Hand nach meiner Gefährtin aus und lasse mir dieses Wort auf der Zunge zergehen: Gefährtin! Meine! Kein anderer Mann wird je wieder Hand an diesen Körper legen, niemand sich in ihrem Schoß versenken, oder diese rosigen Lippen küssen, weil es nur mir zusteht. Jeden Tag meines restlichen Lebens werde ich der sein, der sie in den kalten Nächten wärmen darf, sie morgens, wenn die Sonne ihre Nase kitzelt, küssen kann. Nach dem heutigen Tag sind wir gegen alle Zweifel erhaben. Alice nimmt ihren Platz ein, an meiner Seite. Meine Königin. Sie ergreift meine ausgestreckte Hand und ich ziehe sie kraftvoll an meine Brust, schaue zu ihr hinab, während sie leicht blinzelt. Tränen glitzern in ihren Augen. Sanft streiche ich eine Träne mit meinem Daumen fort, lächle sie an und küsse ihre Stirn, ehe ich den Blick hebe. Noam nimmt den Platz neben Cian ein und strafft die Schultern. Er zwinkert mir zu, ich nicke zurück. Was er und Cian wohl denken? Sie, die Alice viel eher akzeptiert haben als ich ... Ich weiß, dass Alice ihnen ebenso wichtig ist, aber verspüre keinerlei Eifersucht. Nein, eher Erleichterung. Meine Brüder – meine Familie. Alice behält recht, denn nie hätte ich Noam zurückgelassen.

Wir wenden uns Kalmia zu, die unser Bund besiegeln wird. Sie wird Alice zur Königin an meiner Seite krönen. Ich spüre, wie Alice' Hand leicht in meiner erzittert. Sie muss keine Furcht haben. Nicht vor dem, was jetzt kommen wird. Dies ist einer der guten Momente in all dem Schrecken, der um uns herum geschieht. Eine der Stunden, an die wir mit einem Lächeln zurückblicken werden. »Du siehst wunderschön aus, kleiner Schmetterling. Es wird mir ein Vergnügen sein, dir das Kleid später vom Leib zu reißen«, necke ich sie, damit sie sich etwas entspannt.

Sie lächelt verlegen. »Klar, dass so ein unpassender Kommentar von dir kommt. Ich gebe es beinahe auf, dich zu tadeln, du Lustmolch.«

»Lustmolch?«, hinterfrage ich ausgelassen und sie seufzt schicksalsergeben mit einem Lächeln auf den Lippen, was mich grinsen lässt. Ich ziehe sie abermals an meine Brust, drücke meine Lippen auf ihre warme Stirn. Ich bin wahrlich ein glücklicher Mann. Alice schmiegt sich noch fester an meinen Körper. Ich lege meinen Arm um ihre schlanke Hüfte. Ihr Duft berauscht mich und ein wohliger Schauer rieselt meinen Rücken herab. Genau das liebst du an mir. Mein Verlangen nach dir wird nie erlöschen. Glaube mir. Dir stehen etliche wundervolle Stunden bevor. Wir werden Jahrhunderte verbringen, um uns damit zu beschäftigen, wie du meinen Namen vor Verzückung von dir geben kannst.«

»Dein Wort in Gottes Ohr, du frecher Elb. Ich möchte mit niemanden lieber hier stehen als mit dir, Crispin«, flüstert sie, was mich rührt.

Ich ziehe ihre Hand an meine Lippen, küsse sanft ihre Fingerknöchel. Jeden Einzelnen. Mir ist bewusst, dass ich gerade, vor allen anderen, eine viel zu weiche Seite zeige, aber ich hoffe, man legt es mir nicht als Schwäche aus, sondern als das, was es ist, nämlich ein überwältigender Moment, selbst für jemanden wie mich. Sollen sie doch alle sehen, wie sehr ich ihre Königin begehre und verehre. »Du bist meine Bestimmung, kleiner Schmetterling.«

»Und du meine.«

Hand in Hand stehen wir vor Kalmia und fordern den Segen der Götter. Sie wirft Kräuter in eine große weiße Schale vor unseren Füßen. Duftender Rauch steigt hinauf in den Himmel, der von violetten Wolken durchzogen ist. »Crispin, Sohn von Elon, Erbe des Thrones des Elbenreiches, erster seines Namens. Du stehst hier und bittest die Götter um die Hand deiner dir angedachten Seelengefährtin. Du schwörst auf euer beider Leben, dich zu ihr zu bekennen und anderen Frauen zu entsagen. Dein Leben für ihres, bis ihr gemeinsam in die *Heili-*

gen Hallen einzieht oder gar ewig lebt. Du forderst ihr Herz, ihren Körper und ihre Seele, um sie mit deiner für alle Zeit zu vereinen, so wie es sich für Seelengefährten gehört. Du gibst uns dein Wort, dass dieser Bund für immer bestehen wird.« Ich nicke ernst. Aus dem Becken vor mit peitscht ein Band empor, strahlend hell, sodass ich kurz die Augen zusammenkneife, ehe es sich um meine Hand wickelt. Es zieht sich um mein Handgelenk zusammen, was mich verwundert aufschauen lässt. Das habe ich noch nie erlebt. Auch Kalmia stockt kurz, fängt sich aber schnell wieder. »Der Brunnen der Calis wird euch, eure Herzen und eure Worte prüfen. Sind eure Absichten ehrenhaft und eure Worte rein, wird euch in dieser und jeder anderen Welt nichts mehr trennen können. Ihr werdet als das gezeichnet werden, was ihr seid – die ersten Seelengefährten seit Jahrhunderten.«

DREIUNDZWANZIG

Ich bin Alice – in meinem ganz persönlichen Wunderland. Weiße Hasen habe ich keine, aber meinen Drachen. Mein Hutmacher ist dieser wundervoll sture sowie selbstlose Prinz, der mir das Leben gerettet hat, und zudem heißer ist, als es erlaubt sein sollte. Schweig! Sei still, mein Herz, versuche ich es, so weit zu beruhigen, dass es nicht gleich vor Aufregung aus meiner Brust herausspringt. Der Rauch, der aus der Schale vor uns qualmt, entfaltet sich immer fester. Wie Nebel steigt er über den Rand hinweg, wabert um uns herum. Mit leichtem Unbehagen mustere ich das helle Band, welches Crispins Arm umschlingt. Darauf hat mich niemand vorbereitet, doch ich straffe die Schultern, schaue dem Rankenwesen starr in die rosafarbenen Augen. Ihre Blütenlippen lächeln, als sie ihr Wort an mich richtet.

»Alice, das Kind zweier Völker, bist du bereit, deine Seele, dein Sein und deinen Körper mit dem der König der Elben zu vereinen, der dir angestammte Feind, als deinen Geliebten und Seelengefährten anzuerkennen und ihm in den dunklen Stunden, die uns allen bevorstehen, die Seite zu stärken? Du schwörst, dass eure Verbindung rein und deine Liebe echt ist. Sollten deine Worte keine Lüge strafen, werden ihr für alle Zeiten verbunden sein und kein Wesen dieser oder einer anderen Welt wird euch je wieder trennen können. Das heilige Band, welches euch verbindet, ist von den Göttern geschmiedet worden. Nimmst du deine Bestimmung an?« Ich nicke. Ein weiteres helles Band schießt aus der Schale empor, schlingt sich um mein Handgelenk, doch ich spüre keine Schmerzen, nur ein sanftes Pulsieren.

Schlagartig verdichtet sich der Nebel und ein überraschender Aufschrei ertönt durch die Reihen hinweg. Eine Frau manifestiert sich. Ich erkenne sie wieder. Aus dem Nebel erscheint die Göttin, Calis – die Göttin des Schicksals persönlich schaut in die Runde der Anwesenden. Oh Himmel, was kommt jetzt? Ich bin mir sicher, dass dies normalerweise auch hier in Fegoria ungewöhnlich ist. Erschrockenes Flüstern wird lauter. Unsere Arme glühen plötzlich gleichzeitig auf. Von den Fingern bis zu unseren Ellenbogen bildet sich ein verschnörkeltes leuchtendes Muster. Es scheint von meinem auf Crispins Arm überzugehen ... Das ist verrückt! Verschmelzen wir tatsächlich? Ich bin kaum in der Lage, zu begreifen, was hier passiert, da lässt das Leuchten nach, wird silbrig und bleibt auf unserer Haut zurück – das Zeichen unserer Verbindung.

»Dies soll euer neuer König werden, neben ihm seine Königin. Sie haben das Zeichen der Götter erhalten! Sie sind nun für alle Zeit verbunden. So ist es der Wille unserer Schöpfer und ihr seid Zeuge dessen, was möglich ist. Ich segne die Verbindung dieses Paares, und jene, die heute hier versammelt sind. Mein Wohlwollen ist ein Geschenk an euch. Mein Segen, eine weitere Gabe. Bis in den Tod und darüber hinaus gehören Seelengefährten zusammen. Möge kein Mensch, Tier uns keine Welt sie jemals trennen können, jetzt und in alle Ewigkeit. Es wird mehr wie sie geben. Das ist die Belohnung dafür, dass ihr den Zeichen gefolgt seid und hier steht. Bedenkt, in jedem eurer Gegenüber könnte euer Gefährte nur darauf warten, zu erwachen. Er muss nicht aus euren Reihen, von eurem Volk, stammen. Nein. Es wird Zeit, dass wir die Schwerter niederlegen und Ruhe finden. Verneigt euch vor eurem Herrscher, er wird euch Frieden bringen, wenn ihr siegreich seid. Er wird euch den Weg ebnen und euch in glorreiche geruhsame Zeiten führen.« Ihre Worte verursachen eine Gänsehaut auf meinen Armen. Crispin schaut mich lächelnd an. Ich strahle zurück, umgreife seine Hand fester. Die Wesen murmeln leise, sind ergriffen von dem, was gerade passiert und was ihnen in Aussicht gestellt wird. Weitere Seelengefährten werden aufleben. Es ist ein Wunder und wird uns helfen, mehrere zu überzeugen, dass es sich lohnt, für diese Welt einzustehen. Die Göttin hebt ihre

Hände wie in Zeitlupe. Leuchtenden Bänder um unsere Arme verbinden sich erneut, doch ruckartig schießt ein Schmerz in mein Handgelenk. Ich ziehe zischend die Luft ein, auch Crispin zuckt überrascht zusammen. »Blut zu Blut, denn nichts ist mächtiger und verbindet uns mehr«, ruft die Göttin. Rote Perlen meines Blutes tropfen vor meine Füße, als sich die Bänder vollends verbinden und sich schließlich rot färben, als über uns die Tropfen zu schweben beginnen.

Der Schmerz ist vergessen. Ich habe nur Augen für die Magie und die Wunder um mich herum. Unser Blut vermischt sich, tanzt auf und ab, hin und her, ehe es sich auf unserer Verbindung niederlässt. Die Verschnörklungen auf unseren Armen nehmen es auf, leuchten ein letztes Mal ... und alles Licht ist verschwunden. Die Göttin nickt uns zu. Sie wirkt zufrieden mit sich und uns. Das werte ich als gutes Zeichen und schöpfe neue Zuversicht. Noch ein Jahr haben wir, wenn das Orakel recht behält. Ein Jahr, in dem sich alles entscheidet. Es wird nicht leicht werden, vermutlich werden wir hohe Verluste erleiden, aber wir wissen, wofür wir kämpfen.

Die große Schale liegt still vor uns. Das Wasser ist türkis und klar. Kein Nebel und kein Rauch sind mehr zu sehen. Keine Anzeichen der Show, die gerade passiert ist. Wow, das ist echt krass gewesen ... Heißt das ... Sind wird jetzt? Ich meine, so ist das nicht geplant gewesen, aber es hat sich danach angehört ... als wären wir Mann und Frau. Denke ich zu ... menschlich? Kann man unsere Verbindung damit gleichstellen, wo es doch so viel mehr ist? Kalmia scheint in einer Schockstarre gefangen zu sein, ebenso wie viele andere. Was sagt es über mich aus, dass es mich nicht schockt?

Crispin tritt einen Schritt auf mich zu, mustert mich kurz, ehe sich seine Mundwinkel zu einem bezaubernden Lächeln heben, was mein Herz vor Freude rasen lässt. Ich liebe es, wenn er strahlt. Sein breiter Körper drückt sich an mich. Ich spüre seinen wilden Herzschlag, der meinem in nichts nachsteht, unter meiner Hand. »Meine Königin!« Er grinst so dermaßen bis über beide Ohren, wie ich es nie zuvor an ihm gesehen habe. »Küss mich!«, befiehlt er mir, dem ich zu gerne nachkomme. Auf Zehenspitzen stehend, verwuschle ich sein Haar, ehe unsere Lippen gierig aufeinandertreffen und mich die Welt um mich herum vergessen lassen. Dieser Moment gehört nur ihm und mir. Uns! Ich spüre unser Band stärker denn je. Es brennt in mir und fühlt sich wunderbar an. Seine kräftige Hand liegt in meinem Kreuz, zieht mich noch enger an ihn, woraufhin er zufrieden brummt. Dies ist, was zählt. Wir haben uns gefunden und das kann uns niemand mehr nehmen. Kein Grimm, kein Castiell, kein

Kelalan. Unsere Liebe ist von den Göttern gesegnet worden. Jetzt haben wir den Beweis und sein, nein, unser Volk ebenfalls.

Ein Knoten der Anspannung löst sich in mir. Es wird alles gut werden, wir werden unser Happy End bekommen. Dies ist nur ein Vorgeschmack auf das, was uns erwartet. Ab heute wird mein Glas wieder halbvoll sein, nie mehr halbleer. Ich nehme mir vor, nicht im Selbstmitleid zu versinken, sondern das Leben, welches mir geschenkt worden ist, zu genießen. Ich habe eine zweite Chance erhalten und damit weitaus Glück, als manch anderer. Wir haben die Ewigkeit vor uns, was zwar unbegreiflich für mich ist, aber immerhin bedeutet, uns erwartet nach allem die Unendlichkeit. Ich werde ewig leben – eine unvorstellbare Zeitspanne. »Ich kann es kaum erwarten, mit dir alleine zu sein«, lässt Crispin mich flüsternd wissen, während seine Hand an meiner Seite abwärts wandert. Er mustert mich, weiterhin lächelnd. »Ich glaube, das ist der beste Tag meines Lebens. Oh, ganz bestimmt wird er das noch werden«, murmelt er zwischen zwei weiteren zärtlichen Küssen und bringt mich damit zum Lachen. Solche Gefühlsbekundungen sind selten, vor allem vor Publikum. Ich genieße sie vollends und kuschle mich wieder an ihn. Er dreht sich um, hebt unsere ineinander verschränkten Hände hoch in die

Luft, was alle Anwesenden lautstark jubeln lässt. Auch wenn ich nicht gedacht habe, dass dies möglich ist, bin ich bis in die tiefsten Winkel meines Herzens glücklich und schaue voller Zuversicht nach vorne.

»Dabei bin ich so furchtbar müde«, necke ich ihn leise, während ich in die Menge strahle. Er drückt mich von sich weg, mustert mich und antwortet dann vollkommen gelassen: »Glaub mir, sobald wir hier verschwinden, wird schlafen das Letzte sein, woran du denkst. Ich werde deinen Körper mit Küssen bedecken, jeden Winkel neu entdecken, und dich ...« Ich halte ihm lachend den Mund zu, denn um uns herum bildet sich bereits eine Traube von Gratulanten. Sie neigen respektvoll ihr Haupt und erweisen uns ihre Ehrerbietung.

Eine Hand packt meine, zieht mich von meinem Mann fort. Ehe Crispin mich wieder fassen kann, hat sich eine Elbin zwischen uns geschoben und geht vor ihm auf die Knie, um ihm – was auch immer – zu schwören. Mich hingegen lachen Cians blaue Augen an. Er dreht mich gerade so euphorisch im Kreis, dass ich kaum noch geradeaus schauen kann. »Soll das ein Tanz sein?«, kichere ich. »Gleich werde ich dir auf deine polierten Schuhe spucken.«

»Eine überragende Königin wärst du, wenn du in die Menge spuckst, Alice. Und, oh ja, das ist der Tanz der

Fruchtbarkeit, eine Tradition, damit ihr uns bald hübsche Babys schenkt.« Er zwinkert mir zu.

»Du verarschst mich doch«, tadle ich ihn. Das soll ein Fruchtbarkeitstanz sein? Nie im Leben!

»Ich mache was?« Er wirkt verwirrt und bleibt so abrupt stehen, dass ich ganz sicher auf der Nase lande, würde er mich nicht festhalten.

»Du ... Du machst einen Scherz mit mir«, erkläre ich mich und er nickt feixend, bevor er ein breites Lächeln offenbart.

»Oh ja, das mache ich wirklich, allerdings erwartet das Volk irgendwann Nachkommen ... Aber ihr habt Zeit.« Ja, das habe ich geahnt. Er wirft mich in die Luft, meine Frisur löst sich in Wohlgefallen auf, und ich erkenne den Cian von früher wieder. Er sprüht ebenso vor Freude wie ich. Kann er die Schatten ebenfalls hinter sich lassen? Nicht nur wir haben Schlimmes durchgestanden. »Willkommen in der Familie, Schwester.« Seine Worte bedeuten mir alles! Ich fühle mich endlich, als würde ich dazu gehören, als wäre ich Teil von etwas. Meine Familie. Sie alle. Crispin, Cian, Noam, Topas ... Sie sind meine Familie. Elil und Alli nicht zu vergessen. Ein warmes Gefühl steigt in mir auf. Meine Familie werde ich bis aufs Blut schützen. Komme, was wolle.

Mit einer letzten Drehung, und einem achterbahnfahrenden Kreisel im Kopf, lande ich bei Noam. Er sieht nicht weniger erfreut aus als Cian und drückt mich an seine breite Brust. Kurz kuschle ich mich an ihn und ziehe ihn in eine feste Umarmung. Selbstverständlich darauf bedacht, dass sein Bein noch nicht ganz verheilt ist.

»Aber hallo, schöne Maid. Schenkt Ihr mir den nächsten Tanz?« Er verbeugt sich galant, wartet meine Antwort nicht ab, sondern übernimmt die Führung eines Tanzes, den ich absolut nicht kenne. Großartig! Aus der Zeremonie ist ein Fest geworden. Speisen werden aufgebahrt, Musik hallt durch die Luft und alle wirken gelöst und glückselig. Sie feiern uns, unsere Verbindung und diesen Tag. Vermutlich haben sie auch genau das gebraucht: einen Funken Hoffnung, Normalität und Freude. Noam führt mich, an seinem ausgestreckten Arm drehe ich eine Pirouette um mich selbst. Ich habe keine Ahnung, was ich hier mache, aber Noam führt perfekt, also lasse ich ihn, vertraue darauf, dass er mich nicht schlecht dastehen lässt.

Aus dem Augenwinkel sehe ich, wie Topas sich eine Keule vom Tablett stibitzt, damit unter einem Tisch verschwindet, der gefährlich ins Wanken kommt, weil sein großer Hintern kaum darunter passt. Sein Schwanz wedelt zufrieden hin und her, was einen Elben fast zu Fall bringt, da er blöderweise darüber stolpert.

Silver sitzt nicht weit entfernt. Er mustert den Drachen so kritisch, als würde er seinen eigenen Kopf über so viel Leichtfertigkeit schütteln wollen, was mich sehr amüsiert. Vier weiteren Tänzern gestatte ich, mich im Takt der Musik zu drehen, ehe ich an einer harten Brust lande, die mir äußerst bekannt vorkommt und auf die mein Körper sofort regiert – Schmetterlinge finden den Weg in meinen Bauch, nisten sich dort ein und tummeln wild umher. Sein Duft, nach Wald und ihm, geben mir das Gefühl, zuhause zu sein. Er ist mein Zuhause. Mit dem Grübchen, welches ich so liebe, schaut mein Gefährte auf mich hinab. »Muss ich eine Liste anlegen, weil ich gezwungen bin, alle Männer zu töten, die dich angefasst haben?«, neckt er mich. »Oder reicht es dir für heute, mich eifersüchtig zu machen? Du solltest dich schämen, mich am Tag unserer Vermählung so zu quälen.«

»Lass ihnen heute den Spaß.« Ich zwinkere ihm zu. »Du hast mich für alle Ewigkeit, da wirst du mich doch für ein paar Tänze entbehren können.«

»Ich teile niemals. Dich schon gar nicht. Wo kommen wir denn da hin? Das kann ich nicht dulden«, geht er auf den Spaß ein und wir flachsen hin und her.

Die Musik wird langsamer, also nutze ich dies und drücke mich fester an Crispin, verharre an seiner muskulösen Brust. Es fühlt sich wunderbar an. Sein Kopf senkt sich, seine Nase fährt meinen Hals hinab, bevor er sanft mit den Zähnen hinein zwickt. Überrascht und erregt hole ich tief Luft. Er ist heute wirklich zu Schabernack aufgelegt. Das gefällt mir. »Wenn wir zuhause sind, wo auch immer das sein mag, werden wir jeden Tag tanzen, das verspreche ich dir. Unser Leben wird nicht zu allen Zeiten von Kriegen geprägt sein. Vielleicht können wir irgendwann, nach alldem, den Nebelwald neu besiedeln. Obwohl es mir auch hier sehr zusagt, bis auf diesen vermaledeiten Sand überall, versteht sich.« Er streichelt über meine Wange, küsst dann zärtlich meine Schläfe. Mit seinen Lippen streift er mein Gesicht zart entlang, bis zu meinem Mund.

»Ich gehe mir dir bis ans Ende der Welt«, teile ich ihm mit und meine jedes Wort ernst.

»Ich möchte nur, dass du glücklich bist. Irgendwie kann ich kaum glauben, dass wir hier zusammenstehen. Wenn ich könnte, würde ich dir die Sterne vom Himmel holen. Mein Leben ist verrückt, seitdem du hineingefallen bist.«

»Ich brauche keine Sterne. Wieder mit dir zusammen zu sein, erfüllt mir jeden Wunsch, den ich habe.«

»Als ich dich damals dort liegen gesehen habe, im Dreck mit der riesigen Beule ...«, beginnt er, woraufhin ich die Augen verdrehe.

»Ja, die Geschichte kenne ich. Ich bin so hilflos gewesen ...« Er legt mir die Hand auf den Mund.

»Das habe ich gar nicht sagen wollen. Ich habe damals gemerkt, dass an dir etwas anders ist, und das hat mir Angst gemacht. Du, kleiner Zwerg, hast mir Angst gemacht, weil du Gefühle in mir geweckt hast. Du weißt, ich bin kein Freund von großen Gefühlen gewesen. Ein Blick hat gereicht, um mich völlig aus der Bahn zu werfen. Das ist furchteinflößender als jeder Oger, den ich bis dahin getroffen habe.« Zärtlich streiche ich über seinen Nacken, spiele mit den Spitzen seines Haares. »Und das ist heute noch so. Diese Gefühle machen mich stark und schwach zugleich, doch habe ich Angst, Fehler zu begehen, die ich gewiss machen werde. Mich anderen zu ... öffnen, wie du es nennst, ist nicht leicht für mich. Tatsächlich lege ich auch keinen Wert darauf, nur bei dir ist es mir wichtig. Du sollst wissen, wie sehr ich dich vergöttere.«

Ich lege meinen Kopf an seine Brust, damit er die Tränen in meinen Augen nicht sieht. »Wir alle machen Fehler, das macht uns menschlich«, flüstere ich heiser.

»Toll, ich mache dir eine Liebeserklärung und du beleidigst mich«, murrt er. Kurz denke ich, er meint es ernst, aber dann wird mir bewusst, dass er wirklich einen Witz gemacht hat. Himmel, hier passieren heute Wunder.

VIERUNDZWANZIG

Der nackte Körper, der sich seufzend an mich schmiegt, weckt mich auf eine bezaubernde Art und Weise, die ich mir durchaus für das nächste Jahrtausend wünsche. Mindestens. Alice schläft tief und fest in meinen Arm gekuschelt, friedlich und unbesorgt. Ihr Mund ist zu einem leichten Lächeln verzogen, sie wirkt glücklich. Vorsichtig drücke ich meine Lippen auf ihr Haar, atme ihren Duft ein und schließe noch einen Moment die Augen. Ein Luxus, den ich mir sonst nie gönne. Normalerweise stehe ich bei Tagesanbruch auf. Es gibt stets viel zu erledigen, ausschlafen gehört eher nicht dazu. Ich nehme mir einen weiteren Moment, meine Gefährtin zu beobachten, widerstehe dem Bedürfnis, ihr über die Wange zu streicheln, dann mit ihrem Körper weiterzumachen und sie auf diese Art und Weise zu wecken. Nein, sie soll sich ausruhen und für das Kraft tanken, was uns bevorsteht.

Elil und Cian werden bereits fort sein, wenn ich aufgestanden bin. Beide sind mit einer Mission vertraut, dessen Gelingen wichtig für uns ist. Cian wird versuchen, auf die Insel der Amazonen zu gelangen. Sie für uns zu gewinnen, wäre von Vorteil. Allerdings ist er nicht aus diesem Grund dort. Nein, er wird jemanden aufsuchen, einen anderen Zauberer. Kelalan ist sich sicher, dass es einen Zauber gibt, mit dem wir die Verletzungen der Menschen und Wesen, die nicht wie wir unsterblich sind, schneller heilen können. Es wäre zu auffällig, wenn Alice oder ich gehen. Wir wissen nicht, ob es vielleicht sogar Spitzel unter uns gibt. Cian reist alleine unscheinbarer. Ich vertraue ihm, schließlich hat er die letzten Jahre viel gelernt. Ich kann ihn nicht mehr schützen. Neben Noam wird er mein zweiter Kommandant werden, meine zweite rechte Hand. Noam wird an unserer Seite bleiben, weiterhin das Volk mit uns trainieren.

Elil wird versuchen, auf die Insel der Wölfe zu gelangen. Wenn Wolfsmenschen überlebt haben, werden wir sie dort finden. Die Zeit drängt. Einen Alben statt einen meiner Elben loszusenden, setzt ein deutliches Zeichen – wie sehr ich mich verändert habe. Ich vertraue Elil. Er hat sich mein Ansehen und meine Loyalität verdient. Er gehört jetzt ebenso zu meinem inneren Zirkel, obwohl er mich manchmal verrückt macht, was in der Familie liegen muss, denn Alice schafft es auch wie keine andere.

Die Vorhänge wehen im Wind. Ich will mich gerade aus dem Bett schleichen, als Alice sich fester an mich drückt und ihre zierliche Hand auf meine Brust legt. Ein kurzer Kampf mit mir selbst und ich beschließe, mir diesen einen Tag zu stehlen. Er gehört nur meiner Gefährtin und mir, also lasse ich mich zurück in die Kissen sinken und schaue voller Zuversicht in die Zukunft – sie gehört uns!

Illustration von Diana Gus

DANKSAGUNG

Ja, meine Liebe, das war es schon mit Fegoria – Dunkle Stunden. Es hat ein kleines Happy End und einen Hoffnungsschimmer für unsere Freunde gegeben, doch wie wird es in einem Jahr aussehen, wenn sie auf Castiell treffen? Was wird in diesem Jahr passieren? Wohin werden Cian und Elil reisen?

Finden wir es heraus. Wir lesen uns wieder im vierten Teil von **Fegoria – In den Wäldern des Faunus**, wenn Elil versuchen muss, weitere Verbündete für uns zu gewinnen.

Bis dahin – gib auf dich acht!

Deine Annika

PERSONEN UND ORTE

Elben

Crispin – Kronprinz der Elben
Cian – jüngerer Prinz
Noam – Crispins rechte Hand, bester Freund von Crispin und Cian
Elon – König der Elben
Keona – Königin der Elben
Lona – Kriegerin, verstorben
Yuno – Krieger
Mogolas – Krieger, verstorben
Enel – Krieger
Daurin – Krieger
Racella – Kriegerin
Liviel – Köchin

Albe

Alice Field
Kota – Alice‘ Vater, großer Krieger
Castiell – König der Albe
Grimm – Prinz der Albe
Alliaria – Alice‘ Cousine
Lioma – Freund von Alice‘ Cousin

Elil – Alice‘ Cousin

Orakel
Osis

Rankenwesen
Kalmia – Anführerin, oberste Priesterin

Aronia – Schwester

Zauberer
Kelalan

Asta – Herr der Raben

Yeti
Bardawulf – Anführer

Krak, verstorben

Zwerge
König Algrim

Ivhar

Hakon, verstorben

Reptanier
Peia – Anführer

Sala

Feuerputzer

Todesfee

Orks

Zunlogg – Herr der Orks

Nixen

Jade – Herrin der Nixen und Königin
Triel
Yara – Alice‘ Mutter
Ashera

Amazonen

Wolfsmenschen

Luftgeister

Trolle

Kobolde

Tiere

Silver – Wolf von Crispin

Dune – Pferd von Crispin
Topas – Alice‘ Drache
Pix – Alice‘ Pferd
Bararod – Drache von Elil

Orte

Fegoria – Welt, in der wir uns befinden
Nebelwald – Heimat der Elben
Sen Gebirge – Berge im Nebelwald
Escher – Heimat der Menschen
Eisebene – Heimat der Yetis
Schwarze Lagunen – Heimat der Albe
Violetter Ozean – Heimat der Nixen & der Meereselben
Wüstenhain – Heimat der Reptanier und der Feuerputzer
Höhlen des Jeki
Insel der Amazonen
Wolfhain
Wälder des Faunus

Wesen

Harpie
Greif
Chimäre
Bluebell-Fuchs mit drei violetten Schwänzen
Luftgeister

Sylphe – Naturgeister, die dem Element Luft zugeordnet sind

Sandmänner

Mantikor – Mischwesen aus Löwe und Drache/Skorpion

DIE AUTORIN

Annika Kastner wurde 1987 in Niedersachsen geboren, wo sie noch heute mit ihrem Mann und Sohn lebt. Beide teilen ihre Leidenschaft für Bücher, worüber sie wahnsinnig froh und dankbar ist. Geschichten und Märchen hat sie schon immer geliebt und liest sie nicht, nein, sie verschlingt sie.

Viele Jahre hatte sie auf Fanfiktionseiten geschrieben sowie gelesen, ehe eine Freundin sie dazu drängte, ihr eigenes Buch an einen Verlag zu senden.

Sie hofft, dass ihre Geschichten den Menschen genauso viel Freude machen wie ihr andere Bücher – dass sie in die von ihr erschaffenen Werke eintauchen können, den Alltag vergessen und etwas träumen.

PLAYLIST

Alice Extended Version - Avril Lavigne

I Can't Fall In Love Without You - Zara Larsson

Call Out My Name - The Weeknd

Heroes - Mans Zelmerloew

Too Good At Goodbyes - Sam Smith

Little Do You Know - Alex & Sierra

You Said You'd Grow Old With Me - Michael Schulte

The Story Never Ends - Lauv

They Don t Know About Us - One Direction

See You Again - Wiz Khalifa

Believer - Imagine Dragons

Bleeding Out - Imagine Dragons

Hero Of Our Time - NateWantsToBattle

Holding Out For A Hero - Bonnie Tyler

Nobody Praying For Me - Seether

Burn It To The Ground - Nickelback

Come To Me - The Goo Goo Dolls

Otherside - Red Hot Chili Peppers

Kingdom Of One - Joy Frost

Goodbye My Lover - James Blunt

Never Say Never - The Fray

Like I'm Gonna Lose You - Jasmine Thompson

I'd Come For You - Nickelback

Back Together - The Felix

What A Mystery - Josh Wilson

A Thousand Years - Christina Perri

FEGORIA

BAND 1

»Ich bin Alice – in meinem ganz persönlichen Wunderland. Weiße Hasen habe ich keine, aber einen kleinen Drachen. Mein Hutmacher ist ein sturer Prinz, der mir das Leben gerettet hat, und zudem heißer ist, als es erlaubt sein sollte.«

Alice ist von ihren Freundinnen, denen es wichtiger scheint, perfekte Fotos für ihre Blogs und Selfies für Instagram zu inszenieren, genervt und führt die gemeinsame Wanderung alleine fort. Als sie den Eingang eines Berges ausfindig macht, lässt sie sich von ihrer Neugierde treiben und betritt das märchenhafte Fegoria. Umgeben von Orks, Trollen, Drachen und Lichtelben, die ihr Leben gewaltig auf den Kopf stellen, versucht sie mit aller Macht, zurück in ihre Welt zu gelangen. Nachdem sie jedoch mit der wohl größten Lüge ihrer Existenz konfrontiert wird, begibt sie sich mit Crispin, Thronfolger im Nebelwald, auf die Suche nach sich selbst.

FEGORIA

BAND 2

»Oh warte, wie hat sie dich neulich genannt? Obermacker? Was zum Oger ist ein Obermacker?«

Fegoria – so nah und doch so fern von unserer Welt. Alice hat ihren Platz an der Seite ihres Gefährten, dem Prinzen der Elben, und in ihrem neuen Zuhause akzeptiert. Wo ein Teil seines Volkes durch diese Verbindung neue Hoffnung schöpft, müssen sie sich auf der anderen Seite gegen Misstrauen und Furcht starkmachen. Gemeinsam kämpfen sie für Seelengefährten und ein neues Fegoria, in dem ein friedliches Zusammenleben, für all jene, die dazu bereit sind, möglich ist.

Doch nicht nur die Elben erkennen ihre Chance auf einen Neuanfang, auch haben die Albe Pläne mit ihr – finstere Pläne. Um sie von ihrem Vorhaben zu überzeugen, ist ihnen nicht nur jedes Mittel recht, sie bringen

Alice damit sogar in solch eine bedrohliche Lage, dass sie nur noch eines will: den Tod des Kronprinzen der Elben, Crispins Ableben!

Wird er es schaffen, über sich hinaus zu wachsen und Alice zu retten? Dieses Mal liegt es in seiner Hand, Castiell und Asta die Stirn zu bieten.

www.booklounge-verlag.de

Printed in Poland
by Amazon Fulfillment
Poland Sp. z o.o., Wrocław

76651402R00186